RALPH HAMMERTHALER

Alles bestens | ROMAN
ROWOHLT

1. Auflage März 2002
Copyright © 2002 by Rowohlt Verlag GmbH,
Reinbek bei Hamburg
Alle Rechte vorbehalten
Umschlaggestaltung
any.way, Walter Hellmann
Satz Aldus PostScript PageMaker bei
Pinkuin Satz und Datentechnik, Berlin
Druck und Bindung Clausen & Bosse, Leck
Printed in Germany
ISBN 3 498 02966 5

Die Schreibweise entspricht den Regeln
der neuen Rechtschreibung.

Besonderer Dank

an Niklas Luhmann
(vor allem für «Liebe als Passion»),
an Søren Kierkegaard
(vor allem für «Tagebuch eines Verführers»)
und an Roland Barthes
(vor allem für
«Fragmente einer Sprache der Liebe»)

Sie sagte nichts, sie küsste mich, sie sagte: ich kann nicht anders, ich dachte: sie ist so weit, sie sagte: du brichst mir das Herz, ich sagte nichts, ich sagte mir: ein Bruchstück genügt.

Ich war zufrieden, ich hatte alles erreicht. Von nun an brauchte ich nur darauf zu warten, dass sich ein Leben zerstörte. Ich werde dabei zusehen, sagte ich mir, und ich werde mir, wenn es so weit ist, ans Herz greifen. Das hoffe ich zumindest.

Dass ich mir etwas wirklich gewünscht hätte, kann ich so nicht behaupten, keinen bestimmten Posten, keine bestimmte Position, es zog mich einfach immer eine Stufe höher. Ich versäumte nicht, jede dieser Stufen zu feiern, schon wegen der Glückwünsche: ich gratuliere Ihnen ganz herzlich, ein glänzendes Examen! Ich nahm die Urkunde in Empfang, und ich wusste, dass ich mich jetzt Doktor nennen und vor allem nennen lassen durfte. Draußen war das Wetter umgeschlagen, der Parkplatz glänzte vor Nässe, ich zog die Urkunde aus der Mappe und faltete sie, um sie wie jedes DIN-A4-Papier in die Brusttasche meines Sakkos zu stecken. Die Mappe warf ich in den Mülleimer links vor meinem Wagen. Ich weiß noch, dass ich beim Ausscheren überlegte, ob ich zu Angela fahren sollte, gerade weil sie sich das unter Tränen verbeten hatte, und zwar für alle Zeit. Ich weiß, dass ich ihr kleines Apartment gerne heimgesucht hätte, reproduzierte Kunst an den Wänden und viele verbeulte Kissen auf dem

Bett, ich hätte Angela gerne in diese Kissen gedrückt und auf dem Höhepunkt laut und vulgär geschrien, ich hätte das an diesem Tag für angebracht gehalten.

Alles lief bestens. Ich baute einen Verlag auf, und ich gründete eine Zeitschrift, ich wurde Verleger und Chefredakteur in einer Person. Alles aus eigener Kraft – so muss man es Amerikanern erklären, aber nicht nur denen, auch die eigenen Landsleute hören solche Geschichten gern. Ich fing an, zu reisen und aus dem Koffer zu leben, denn ich hatte mir vorgenommen, meine Autoren aus der so genannten geistigen Elite zu rekrutieren. Ein Begriff, mit dem ich schon damals nichts anfangen konnte, erst recht nichts, als ich mit ebendieser Elite bekannt geworden bin. Aber gut. Es war nicht zu vermeiden, ich brauchte berühmte Namen, die mir den Weg säumten, und das taten sie auch bereitwillig, solange ich nur ein anständiges Honorar in Aussicht stellte. Für ein anständiges Honorar lieferten sie mir so viele Seiten, wie ich wollte. Auf Reisen lernte ich viele gute Hotels kennen, und ich zögerte nicht, kaum auf dem Zimmer, den einen oder anderen Videoporno einzuschalten – für ein bisschen Vergnügen und Entspannung nach einem anstrengenden akademischen Geschwätz. Mit echten Nutten dagegen verkehrte ich nicht, das heißt, höchstens das eine Mal, nachdem ich einen angesehenen Professor für einen läppischen Aufsatz gewonnen hatte, den ich genauso gut hätte selber schreiben können. Aber gut. Sie hieß Janina oder Jasmin oder so, und sie war mit so üppigen Reizen ausgestattet, dass ich sie einsteigen ließ und mit ihr ins Hotel fuhr. Ihr Gesicht interessierte mich nicht, und so forderte ich sie auf, sich auszuziehen, aufs Bett zu steigen und mir ihren fetten Hintern anzubieten. Aber in diesem Moment wurde mir klar, dass ich sie nicht ertragen würde, ihr Geruch war mir zuwider, sie stank nach Janina oder Jasmin oder so, und wahrscheinlich stank inzwischen das ganze Hotelzimmer danach. Raus jetzt, sagte ich, es reicht, mach, dass du rauskommst! Ich jagte sie vor die Tür und schleuderte Klamotten und Schuhe hinterher, sie sollte sich auf dem Flur ankleiden, zackzack. Sie hatte mir den Abend versaut, ich öffnete das Fenster und rauchte eine Zigarette, dann ließ ich mich aufs Bett fallen und drückte bald auf den einen, bald auf den anderen Porno-Kanal, je nachdem, wo die schärferen Bilder liefen. Aber es war immer dasselbe, befremdend intim und völlig geruchlos, nach einigen Sequenzen verlor ich jeden Begriff für Sex, jeden Begriff dafür, dass sich jemand nach der schmalen Palette der sexuellen Praxis verzehren könnte, und zwar lebenslang. Ich hätte Janina oder Jasmin oder so, jedenfalls eine Käufliche mit fettem Hintern, eigentlich sofort vergessen können, wäre nicht eines Tages, mindestens drei Monate später, das Manuskript des angesehenen Professors in der Redaktion eingetroffen. Mit der Post kam die Erinnerung, an die fremde Stadt, an das gepflegte Abendessen, bei dem ich so höflich war, den Professor nicht zu unterbrechen, als er sich in Riten der akademischen Selbstdarstellung erging, die Erinnerung auch an die Fahrt mit dem Taxi zurück ins Hotel, an die eher zufällige Bekanntschaft mit dem Straßenstrich, genauso zufällig wie meine Entscheidung, eine Prostituierte in den Wagen zu ziehen, so zufällig, dass ich nicht einmal danach fragte, wie viele Peseten ihr Fleisch wert war, die Erinnerung schließlich an die geduckten Blicke der jungen Frauen an der Rezeption, als ich mit auffälliger und verräterisch geschminkter Begleitung in den Fahrstuhl stieg. Es war tatsächlich so, dass die Erinnerung keinen Strich zog zwischen einem gepflegten Abendessen und einem gekauften Vergnügen in hohen Stiefeln. Deshalb fiel mir nichts Besseres ein, als an den Papieren des angesehenen Professors zu schnüffeln, gerade so, als würde ihnen der nuttige Geruch meiner Erinnerung anhaften. Dann legte ich das Manuskript beiseite, es würde sich jemand finden, der es redigierte. Es interessierte mich nicht mehr, denn es war auf unverzeihliche Weise unvollständig. Aber gut. Ich hätte darüber erleichtert sein sollen, dass sich nicht eine Angelegenheit mit der anderen vermischte, wo doch die Erinnerung gern alles zusammenzieht. In der Erinnerung hängt eins am anderen, ich möchte sagen: eins wird durchs andere penetriert, sagen wir: die akademische Sphäre durch die sexuelle und umgekehrt, so lange, bis sich die anfangs scharfen Differenzen verlieren. Das jedenfalls ist meine Meinung. Ich muss sagen, dass ich seither nicht nur der Peseten-Prostitution aus dem Weg gehe, sondern auch der Peseten-Akademie, besonders aber jenem angesehenen Peseten-Professor, der, nachdem er sein Konto großzügig gestärkt fand, am Telefon eine langfristige Zusammenarbeit anregte. Ja, warum nicht.

Dazu muss man prostituiert sein, sagte Lorenzo, der eigentlich Lorenz hieß, aber Lorenz klang für einen wie ihn viel zu stumpf, nach Stumpfsinn und gestauchtem Denken, dazu muss man prostituiert sein, sagte er immer dann, wenn ich ihm erzählte, wer sich in unserer Zeitschrift über welche Themen auszulassen beliebte. Die wollen doch nur Geld scheffeln, sagte er, erst scheffeln sie Titel, dann scheffeln sie Geld, weil sie irgendwann feststellen, dass sie sich vom Titelscheffeln nichts kaufen können. Doch nicht selten ist es dann schon zu spät, sie haben sich beim Titelscheffeln verhoben, so sehr, dass sie keiner mehr versteht, sie müssen sich aber verständlich machen, sie müssen zumindest erklären, dass sie die Absicht haben, sich fortan aufs Geldscheffeln zu stürzen, mit der Folge, dass sie vor lauter Scheffelnwollen abschüssig geschwätzig werden. Entweder du siehst dich einem seicht geschwätzigen Professor gegenüber oder einem hochfahrend geschwätzigen – dazwischen: nichts.

Lorenzo wusste Bescheid, auch darüber, dass ich mich und meinen Verlag mit seichtem akademischem Geschwätz ernährte und nicht etwa mit hochfahrendem. Dazu muss man prostituiert sein, sagte ich mir, ganz ohne einen Anflug von Reue. Es wäre zwecklos gewesen, hätte ich Lorenzo etwas von der Aufklärung der Massen vorgeheuchelt, von der Verbreitung wissenschaftlicher Einsichten bis in das letzte Dorf. Er hätte es mir sowieso nicht abgenommen. Ich wollte mit einer Idee Geld verdienen, ohne dass mir jemand hineinredete, und ich verdiente schon damals nicht schlecht. Im Übrigen war ich froh, dass ich in Lorenzo einen letzten unbestechlichen Freund hatte.

Er drückte seine Zigarette aus und bestellte schwarzen Kaffee bei der Kurdin. Das Lokal zog sich, ein Tisch hinter dem anderen, weit nach hinten, am Ende schob sich eine Theke quer in die Perspektive, rechts vorbei führte ein schmaler Gang zu den Toiletten. Dieses Lokal war mit den Jahren unser Lokal geworden, eines, in dem wir uns mindestens zweimal die Woche trafen, es lag zentral, nicht weit vom Bahnhof Friedrichstraße, und es zeigte keine Spur von akademischem Snobismus. Die Kurdin hieß so, weil sie kurdische Spezialitäten servierte, wir hatten sie aber nie danach gefragt, woher sie wirklich stammte. Sie war jung und sexy, das genügte, und dass sie auch noch freundlich war, ließen wir uns gefallen. Sie trug ein Top oder ein T-Shirt über der nackten Brust, jeden Tag in einer anderen Farbe, einmal bauchnabelfrei, einmal nicht, so dass wir Wetten abschlossen für die nächsten

Treffen: würde sie, oder würde sie nicht? Ihren Bauchnabel herzeigen.

Du hast gewonnen, sagte Lorenzo, die Zeche geht auf mich.

Lorenzos Erscheinung, muss ich sagen, war die eines hochgeschossenen Gerippes mit einer dünnen Schicht Fleisch an den Knochen, er hatte Mühe damit, seine Glieder zu beherrschen, zum Beispiel, wenn er sich setzen wollte. Dann hörte man im Geist das Gerippe klappern, und es kam vor, dass seine langen Finger, während sich sein Gesäß der Sitzfläche näherte, unkontrolliert zappelten und am Ende etwas vom Tisch fegten, selbst wenn es nur der Salzstreuer war. Saß er einmal auf dem Stuhl, fasste er einen ins Auge, nicht unfreundlich, aber bestimmt, und wer nicht an ihn gewöhnt war, staunte über die riesigen Brillengläser, eingefasst von einem Kassengestell aus Horn. Wovon Lorenzo seinen Lebensunterhalt bestritt, konnte ich mir nicht vorstellen, umso weniger, als er auch noch eine Frau versorgte, die auf dem zweiten Bildungsweg Biologie oder Chemie oder Biochemie studierte, eine sehr schöne Frau übrigens. Lorenzo war jemand, der Tag und Nacht in Büchern blätterte, er hatte ein Wissen, das ans Unverschämte grenzte, und ich holte mir in allen Fragen seinen Rat. Ich warb Jahr für Jahr um ihn, bis er im fünften Jahrgang meiner Zeitschrift eine Kolumne übernahm. Diese Texte, das sage ich noch heute, waren die besten, die je in dieser Publikation herausgekommen sind, jeder Peseten-Professor war ihm schachttief unterlegen, aber darüber verliert ein Peseten-Professor kein Wort. Natürlich konnte ich Lorenzo nie anständig bezahlen, weil er letztlich unbezahlbar war, aber ich versuchte mir weiszumachen, dass ihm meine Schecks wenigstens aus dem Gröbsten heraushalfen. Über Geld redete er nicht, es sei denn, über das Geldscheffeln der anderen, allerdings auch nur, wenn man ihn anstach. Ab und an begleitete er mich auf Reisen, auf der Pirsch durch die Akademien, und ich hatte mir angewöhnt, ihn, sobald wir einen Professor an der Angel hatten, als Schüler irgendeines Meisterdenkers vorzustellen, natürlich in der Disziplin des geangelten Akademikers. Lorenzo spielte seine Rolle glänzend. Er vermittelte den Eindruck eines hohlwangigen Asketen, der all seine Leidenschaft in die geistige Welt hineinlegte, er hatte immer gerade so viel Ahnung, dass er als Jünger des jeweiligen Meisterdenkers durchging, und er hielt, wie es unserer Vereinbarung entsprach, jedes Mal dann den Mund, er stockte abrupt, wenn der Peseten- oder Dollar-Professor Anzeichen von Schwäche zeigte, wenn dieser überfordert schien und also ein peinliches Schweigen drohte. War Lorenzo beim Angeln zugegen, durfte ich mir sicher sein, dass sich seine kundigen Einlassungen vorteilhaft auswirken würden auf den zu schreibenden Aufsatz. Kein Professor wollte sich blamieren, nicht vor einem Meisterschüler wie Lorenzo.

Die Kurdin trat zum Kassieren an den Tisch, und Lorenzo musste zwei Banknoten aus der Brieftasche ziehen, er holte dann aber, die Scheine zwischen den Fingern, so weit aus, dass er mein Weinglas umstieß und den kurdischen Bauchnabel mit roten Tropfen benetzte. Oh, das macht nichts, beschwichtigte die Kurdin. Doch, das macht was, sagte Lorenzo: das macht Sie unwiderstehlich.

Alles lief also bestens. Ich konnte mich, wie man so sagt, nicht beklagen. In der Liebe wurde ich wählerisch, das heißt, ich wurde zum ständigen Liebeswähler. Ich entschied mich bald so und bald so, und die Entscheidung galt dann jeweils für eine bestimmte Periode, selten länger als für ein Jahr. Ich lebte also gewissermaßen in serieller Monogamie, die einzige Form der Liebe, die sich nicht selbst vertilgt, der ganzen Ehe- und Durchhaltepropaganda zum Trotz. Die Vorstellung, es könnte mich zu Hause eine unmerklich verhärmte Durchhaltefrau erwarten, mich zur Rede stellen und eine propagandistische Liebeskundgebung einfordern, noch ehe ich den Knoten der Krawatte gelockert hätte, stimmte mich wehrhaft verdrießlich. Lassen wir das. Ein Liebeswähler hingegen muss, wie Kierkegaard sagt, in verschiedenen Gewässern gleichzeitig fischen, schon damit er nie, wie ich daraus folgere, in die Versuchung kommt, einen alten Fisch zu genießen. Natürlich bewegt sich der Liebeswähler in einer der Liebe und dem Liebeswerben eigenen Sphäre, und er wird sich, sobald er etwas Übung hat, eines bestimmten Codes bedienen, der ihm die Türen öffnet und auch die Knöpfe eines Sommerkleids, das sich dann mühelos vom Körper ziehen lässt. Diesen Code zu beherrschen, und zwar virtuos, darauf verwendete ich allerhand Zeit und Energie, und ich war verblüfft, wie gut er am Ende funktionierte, nicht nur bei gewissen Frauen für gewisse Stunden, sondern überhaupt. Frauen, sagte ich mir, sind so. Sie hören am liebsten das, was man schon hundertmal in ein weibliches Ohr geflüstert hat, was man gelobt und geschworen hat, hundertmal und öfter und natürlich für alle Ewigkeit, und sie wollen behandelt werden wie alle Frauen vor ihnen, nach den Regeln unerschütterlicher Romantik, du und nur du allein, ohne dass sie die Grundregel zur Kenntnis nähmen, die ganz einfach heißt: die eine geht, die andere kommt. Durch den Code wird auch die Liebe zu einem ganz eigenen System, speziell in der Anwendung, allgemein in der Ausstrahlung. Dass ich mich zu einem Spezialisten fürs Allgemeine der Liebe aufschwingen konnte, verdanke ich nicht zuletzt meinem Freund Lorenzo.

Er spielte mir die einschlägige Literatur zu, er legte Bündel von Büchern auf den Tisch im kurdischen Lokal, und er sagte: wenn du damit keinen Erfolg hast, dann weiß ich dir nicht zu helfen.

Es lief bestens. Es lief in der Liebe und im Verlagsgeschäft so gut, dass ich den Systemkitzel, ob Liebe, ob Geschäft, nicht mehr allzu stark spürte. So fing ich an zu ermüden, nicht aus Erfolglosigkeit, sondern aus Erfolg. Um aus dem vertrauten Kreislauf auszubrechen, in eine dunkle, fremde Gegend hinaus mit einem dunklen, fremden Code, dazu war ich inzwischen zu bequem geworden. Wer fängt, Mitte dreißig, schon gerne nochmal von vorne an? Ich jedenfalls nicht. Und so wurde ich in gewisser Weise das Opfer meiner eigenen Routine, ganz richtig: das Opfer.

Ich verlor das Bewusstsein, ein erstes Mal und dann immer wieder. Einer, der das Bewusstsein verliert, ist nicht nur für sich, sondern auch für die Gesellschaft verloren, selbst dann, wenn er körperlich anwesend bleibt. Sichtbar für jeden, der ihn sehen will, wie er zusammengesackt auf einem Stuhl oder auf einem Sofa kauert oder wie er quer und verbogen auf einem Bahnsteig liegt, außerstande, sich selbst aus dem Weg zu schaffen. Das erste Mal, als ich in Ohnmacht stürzte, hörte ich kurz, bevor es dunkel wurde, einen spitzen Schrei, und ich hatte noch den Eindruck, dass dieser Schrei der Gastgeberin selbst entfuhr, sie stieß einen Schrei aus, und die kleine Gesellschaft erstarrte, egal, wie weit sie mit dem Essen gekommen war, ich bemerkte ein Stühlerücken, dann nichts mehr. Später ließ ich mir alles genau berichten, etwa, dass ich aussah wie gestorben, weiß wie eine Leiche, reglos, unansprechbar, mit Schweißperlen auf der Stirn, und dass die kleine Gesellschaft, nachdem sie meinen bewusstlosen Körper auf eine Chaiselongue gebettet hatte, im Kreis um mich herum stand. Eine Frau hielt meine Hand, eine andere betupfte mit einer schmutzigen Serviette meine Stirn und schnippte, kaum darauf aufmerksam gemacht, eine Gräte aus meinem Haar, und ein junger Mann hob mit stoischem Gleichmut meine Beine im spitzen Winkel an. Sie hatten mich noch nicht aufgegeben, und so kehrte ich wie zur Belohnung in ihren Kreis zurück. Das war gespenstisch, sagte die Gastgeberin, Sie haben mir einen Schrecken eingejagt. Also entschuldigte ich mich, und noch ehe die Nachspeise in Schälchen aus Porzellan aufgetragen wurde, verlief das Gespräch wieder in der gewohnten Richtung, in der unverbindlichen Heiterkeit einer Gesellschaft, die sich nichts zu sagen hat.

Die geschilderte Szene scheint aus dem 19. Jahrhundert zu stammen, korrekt aufgespannt zwischen Fischgräten und Porzellanschälchen, zwischen Abendgesellschaft und Ohnmachtsanfall, und ich muss gestehen, dass ich sie erfunden habe, und zwar in der Absicht, das verwickelte Thema meiner immer wiederkehrenden Ohnmacht einzufädeln. Das Thema ist auch deshalb so verwickelt, weil ich genau genommen gar nicht in Ohnmacht falle, ich sehe, hinterrücks attackiert, weder aus wie eine Leiche, noch perlt der Schweiß auf meiner Stirn, ich kann also der Hilflosigkeit, die gewöhnlich entsteht, wenn eine Gesellschaft Zeuge eines solchen Vorfalls wird, nicht dadurch begegnen, dass ich Anlass böte, eine Serviette vom Tisch zu stehlen und eine feuchte Stirn zu betupfen. Der Grad der Verwicklung bemisst sich nämlich daran, dass ich auch im Fall einer Ohnmacht gewissermaßen mächtig bleibe, es ist wahr, dass ich mein Bewusstsein verliere, und zwar immer wieder, aber der Körper, der von diesem Bewusstsein normalerweise gesteuert wird, steuert sich in den Auszeiten gewissermaßen selbständig. Ich stürze in die Nacht, und der Körper sitzt weiter am Tisch, er isst und trinkt, und er achtet darauf, dass er an keiner Gräte erstickt, so als ginge ihn die periodische Abwesenheit seines Herrn nichts an. Es ist mir beispielsweise passiert, dass ich bei vollem Bewusstsein in einen Hörsaal der Berliner Universität gegangen bin, wie immer darauf aus, einen potentiellen Vertreter der geistigen Elite zu entdecken und gegebenenfalls an meinen Verlag zu binden. Ich zwängte mich in eine Bank, zog einen Notizblock hervor und schrieb ein paar Thesen nieder. Wie lange meine Aufmerksamkeit vorhielt, kann ich nicht genau sagen, ebenso wenig wie ich den Zeitpunkt benennen kann, da ich das Auditorium verließ, aber ich könnte noch heute den Mann am Katheder beschreiben, seine widerspenstige Frisur, die schmale Brille, die verkniffenen Mundwinkel, das gepresste Dozieren, sogar das Muster der Krawatte, ich könnte lückenlos wiedergeben, welche Einsichten er der Zuhörerschaft anzudrehen versuchte, jedenfalls bis zu dem Moment, da mir der Faden riss. Irgendwann muss ich den Notizblock eingesteckt haben und hinausgegangen sein, und ich muss auf einer der Brücken über die Spree gelangt sein, denn als ich wieder zu mir kam, saß ich in der Auguststraße an einem runden Bistrotisch, draußen, unter freiem Himmel. Ich sah das verzerrte Gesicht eines Kellners vor mir, und ich sah, wie es die Lippen bewegte, ich spürte, wie der Kellner an meiner Schulter rüttelte, aber erst nach und nach entkrampften sich meine Ohren, sodass ich verstehen konnte, was der Kellner von mir wollte. Er sagte: bestellen Sie jetzt endlich was, oder scheren Sie sich zum Teufel! Ja, dann bestelle ich lieber was, sagte ich, eine Tasse Kaffee, bitte. Als der Kellner durch die Tür im Bistro verschwunden war, tastete ich nach meinen Armen und Beinen, ich legte die eine Hand auf die Stirn, die andere auf die Brust, als wäre ich noch nicht sicher, in welchen Körper mein Bewusstsein gefahren war. Es gab aber keinen Zweifel, ich war wieder zu Hause. Und ich erinnerte mich allmählich, woher ich gekommen war, wenn auch nicht auf welchem Weg. Ich entnahm meinen Aufzeichnungen, dass ich dem Gang der Vorlesung ohne Auslassungen gefolgt war, bis zu der Stelle, an der die Mitschrift mitten im Satz abbrach. Ich schob den linken Ärmel zurück und blickte auf die Uhr: es waren drei Stunden vergangen.

Das Bewusstsein, jedenfalls das meine, nimmt sich gern eine Auszeit, ich kann nicht sagen, wann, und ich weiß auch nicht, unter welchen Umständen bevorzugt, ich rätsele über den Zeitpunkt des Abtauchens ebenso wie über den Zeitpunkt des Auftauchens. Bin ich bei Sinnen? Das ist die Frage, die ich mir am liebsten stelle, ungeachtet aller Logik, denn sofern ich in der Lage bin, sie mir vorzulegen, bin ich auch in der Lage, sie zu beantworten, und zwar zu meiner Zufriedenheit. Ich sollte erleichtert darüber sein, dass mir im bewusstlosen Zustand noch nichts zugestoßen ist und dass mein Körper ganz gut ohne mich auskommt. Beim Autofahren zum Beispiel ist mir noch nie ein Blackout widerfahren, und falls doch, so kann ich mich nicht daran erinnern, ich kann nur versichern, dass ich bisher überall heil eingetroffen bin. Natürlich raten mir Kollegen, besonders jene, die bereits Zeugen meiner nur mehr physischen Gegenwart geworden sind, einen Arzt aufzusuchen. Aber ich zögere. Ich zögere deshalb, weil ich das Ergebnis einer gewissenhaften Untersuchung scheue, ich habe nicht vor, mein Gehirn checken zu lassen, die Vorstellung eines düsteren Befunds versetzt mich in panische Unruhe, ich will es nicht wissen, ich finde, ich bin noch zu jung, um an einer vernichtenden Prognose zugrunde zu gehen. Doch das ist noch nicht alles. Es gibt da etwas, das mich an meinem Fall interessiert, und insofern habe ich nicht die Absicht, etwas in die Wege zu leiten, das die Beobachtung erschweren könnte. Ich erwarte ja nicht, dass ich etwas herausfinde über die stundenlangen Perioden der Ohnmacht, aber ich erwarte, dass ich über den Prozess des langsamen Abtauchens Aufschluss gewinne, über Anfall, Dämmerung, Dunkelheit. Denn ich habe nicht nur festgestellt, dass sich meine Auszeiten wiederholen, und zwar zunehmend öfter, sondern auch, dass sich die Zwischenzonen der Dämmerung ausdehnen. Diesen Zwischenzonen gilt mein Interesse. Und nur was die Zwischenzonen betrifft, sehe ich eine Chance, etwas über mich in Erfahrung zu bringen, weil ich die Zwischenzonen noch einigermaßen bewusst erlebe. Ich taste mich sozusagen durch die Dämmerung, so lange, bis es Nacht wird. Es wird niemanden überraschen, dass ich dabei nach und nach die Orientierung verliere, denn mit dem Bewusstsein schwindet die Selbstgewissheit, das Gespür für den Standort zwischen den Dingen, zwischen den Systemen, in denen sich das Leben, ob aus Pflicht, ob aus Neigung, bewegt. Begriffe, dazu gemacht, eins vom anderen zu unterscheiden, lösen sich auf, und man ist unfähig, eine bestimmte Situation zu bewältigen.

Wenn man mich fragt, so würde ich sagen, dass ich an einem Interpenetrationsschaden leide. Ich werde, meiner Begriffe entkleidet, interpenetriert und letztlich außer Kraft gesetzt.

Das leuchtet mir ein, sagte Lorenzo, aber nur aus der Sicht der Systemtheorie.

Ja, gut.

Lorenzo sagte: gehen wir davon aus, dass die moderne Gesellschaft unterschiedliche Sphären herausgebildet hat. Diese Sphären müssen, um überleben zu können, bestimmten Regeln oder, wenn du so willst, bestimmten Vorzeichen gehorchen. Die Wirtschaft etwa lässt sich, ganz für sich genommen, nach Kosten und Nutzen steuern, die Politik, wieder ganz für sich genommen, nach Regierung und Opposition, die Wissenschaft nach wahren Erkenntnissen und nicht ganz so wahren.

Prostitution hat mir, bezogen auf die Wissenschaft, besser gefallen, sagte ich.

Das wäre dann schon Interpenetration, sagte Lorenzo. Allerdings würde dann die wissenschaftliche Sphäre nicht von der sexuellen penetriert, sondern von der wirtschaftlichen, und zwar, weil sich der Wissenschaftler ungeniert fragt, was bringt es mir, wenn ich mich der Mühe des Schreibens unterziehe, welchen Nutzen habe ich davon, wie viel zahlt mir der Auftraggeber?

Dann funktioniert aber die Systemtheorie nicht.

Theoretisch schon, in der Tendenz zumindest, sagte Lorenzo. Natürlich hat auch die Prostitution nicht wirklich etwas mit Sex, gar mit Liebe zu tun, sie liegt mitten in der wirtschaftlichen Sphäre. Prostitution heißt Anschaffen gehen und Geld verdienen.

Wenn Prostitution nichts mit Sex zu tun hat, was dann?

Sie hat nichts mit Sex zu tun, wenn man Sex als Akt der Liebe begreift.

Wer wäre denn so unverfroren?

Dann musst du die Liebe als ein eigenes System aufgeben und sie der Wirtschaft zuordnen.

Frauen kosten Geld.

Lorenzo sagte: ich will dich nicht zur Systemtheorie bekehren.

Nein?

Lorenzo sagte: in einem hast du Recht: weil die sozialen Systeme nicht ganz und gar auf sich selbst bezogen denkbar sind, weil sie im Austausch mit benachbarten Systemen stehen, deshalb muss der Theorie unter dem Stichwort der Interpenetration aufgeholfen werden. Ein System dringt ins andere ein, aber es verliert sich nicht, nicht, wenn es ein starkes System ist, eines mit starken Regeln und Vorzeichen.

Dazu muss ich aber nicht in Ohnmacht fallen. Das verstehe ich auch so, sagte ich.

Es geht ja nicht um die Ohnmacht, sondern um die Zone der Dämmerung, um die Zersetzung aller Begriffe und so auch aller Theorien. Das Denken kollabiert, aber es röchelt noch ein bisschen vor sich hin, es ist der Welt ausgeliefert, es kann keine Differenzen mehr erkennen, hier das eine, dort das andere, hier links, dort rechts. Ein geschwächtes Selbst wird von Systemen bedrängt und schließlich durchbohrt, es wird von allen Richtungen her penetriert, das Chaos versetzt ihm den Gnadenstoß.

Die Kurdin brachte die Rechnung. Und weil ein schwarzes T-Shirt ihren Bauchnabel verdeckte, lehnte sich Lorenzo zurück: du zahlst.

Ich fahre immer wieder nach Jena, in die Zeiss-Stadt Jena. Dort erwartet mich das Paradies, Jena Paradies, genauer gesagt, so nämlich heißt dort eine ganze Ecke, Häuser und Häuser mit renovierten Fassaden, eine Straßenbahn, die durch die Gasse rumpelt hinaus nach Winzerla oder Lobeda, Plattenbau an Plattenbau. Ich fahre nach Jena, weil ich Geschmack daran gefunden habe, in das Paradies einzufallen, ich stehe linkisch vor der Tür und sage: hallo, wie gehts, und Nicole sagt: schön, dass du da bist.

Ich könnte nicht sagen, wie oft ich diese Strecke schon gefahren bin, wenn es gut läuft, 150 Minuten im Auto, 150 Minuten mit der Musik von Groove Armada, entspanntes Tempo, kaum zu Ende wieder von Anfang, *I See You Baby*, das bringt mich in Stimmung, gerade angemessen für einen paradiesischen Zustand, den ich sonst nicht ertragen könnte. Nicole sagt, sie würde in dieser Stadt alt werden, sie habe hier alles, einen Job, ein Auskommen, etwas Vergnügen, zum Theater seien es nur ein paar Schritte, zum Kino zwei, drei Schritte weiter. Ich stelle sie mir mit Runzeln im Gesicht vor und mit grauem, zu einem Dutt gestecktem Haar, und ich sehe, wie sie, auf eine Krücke gestützt, durchs Paradies ächzt.

Man kann das Paradies nicht beschreiben, wie auch, es sieht hier nicht anders aus als anderswo. Die ganze Ecke ist Durchschnitt, ihr Name ein Witz, aber die Eisenbahn, der Intercity, hält jetzt an der schlanken Paradies-Station, nicht mehr am Saalbahnhof wie früher, viel zu weit abseits, in einer Peripherie, die nach dem Taxi schreit, einmal Paradies und zurück. Ich bleibe nie länger als unbedingt nötig.

I See You Baby. Das Lied ist zum Sterben, nein, es ist, ehrlich gesagt, für Menschen, die schon tot sind, es simuliert eine Erregung, die es längst nicht mehr gibt und die es auch nicht mehr geben wird, nicht für mich. Ich muss nur ab und zu mal in ein fremdes Bett, zum Vögeln, was sonst, das hab ich noch nicht hinter mir. Ich bin gern mit Frauen zusammen, sowieso, ich fühle mich wohl mit ihnen, ich mag es, wenn sie die Arme zurückwerfen aufs Laken, das ganze Repertoire, mit dem sie ihre Hingabe vortäuschen. Das Spiel folgt bestimmten Regeln, aber seit jeher ist es das Beste, von Liebe zu reden, ich hab da so meine Masche, ich sag ein paar Sätze, die eigentlich immer dieselben sind, aber ich sag sie jedes Mal anders, und ich versäume nicht, sie zu adressieren, du und nur du allein, das mögen sie, so sehr, dass sie schmelzen – und nur darum geht es. Ich sag also: Nicole.

Immer wenn ich von der Autobahn abfahre und die Ränder von Jena erblicke, dann spule ich meine Kassette zurück, das ganze Band retour, ein bisschen zwanghaft vielleicht, aber es muss sein, ich muss *Chicago* hören, sobald ich von fern das runde Hochhaus erkenne. Dieser Turm stemmt ganz für sich die Skyline von Jena, und ich höre *Chicago* dazu. Während ich auf den Turm zusteuere, der mir das Zentrum signalisiert und wie nebenbei das Paradies, scheppert der Rhythmus aus vollem Rohr. Ich fühle mich wie zwanzig, und am liebsten würde ich schreien, yeah, ich bin verdammt gut drauf, hätte ich ein knospendes Girlie neben mir auf dem Sitz, langes Haar, kurzer Rock, ich würde es tun, jede Wette, ich würde einmal kalkuliert yeah! schreien und mit der Hand aufs Lenkrad schlagen, um mir die Kleine zu ködern, die Liebe ist ein todsicheres Ding immer schon gewesen.

Einmal, ganz zu Anfang, hat mir Nicole Jena gezeigt, das Paradies und die anderen Viertel, das ist meine Stadt, hat sie nicht ohne Stolz gesagt, und ich glaube, ich habe laut gelacht. Es kommt manchmal vor, dass ich die Kontrolle verliere und ohne Not alles vermassele, dann muss ich mir etwas einfallen lassen, um die Gewogenheit einer Person für mich zu retten, es fällt mir meistens etwas ein, und es lohnt sich, denn Nicole ist bezaubernd. Ich fahre immer wieder nach Jena, weil ich ihr nicht viel vormachen muss, sie ist im Bild. Sie hat bestimmt zwei Dutzend Männer gehabt, und sie ist sie auch alle wieder losgeworden, bloß ihre beiden Kinder, die sind ihr geblieben, und die muss sie durchbringen – aber darüber spricht sie nicht. Wenn ihr etwas zu schaffen macht, dann ist es das Älterwerden, sie hat mir fünf Jahre voraus, völlig egal und höchstens ein Vorteil für mich, für den ich nichts tun muss. Einmal, wie gesagt, hat sie mir Jena gezeigt und ist mit mir auf den Campus gegangen, der gar keiner ist, ringsherum Universität und im Hof die Skulpturen von Frank Stella, drei oder vier Objekte aus Schrott, zerknautscht, verbeult, verdrahtet, gequetscht mit himmelwärts fliehenden Armen aus Edelstahl. Ich war beeindruckt. Die Zeiss-Stadt Jena, sagte ich mir, hat sich vieler tausend Arbeiter entledigt nach dem Zusammenbruch der DDR, vom ehemaligen Kombinat mit einer Belegschaft von rund 30 000 Leuten ist nur noch ein Rumpfbetrieb geblieben, noch gut für ein paar tausend Überlebenskünstler, der Rest ist arbeitslos oder fährt Taxi, einmal Paradies und zurück, man sollte nach einem Taxi winken, sagte ich mir, um zu erfahren, was vorgefallen ist. Stellas Skulpturen sprechen für sich, sie zeigen, was aus einem aufgeblähten Unternehmen wird, wenn plötzlich die Luft entweicht: es implodiert, es stürzt in sich zusammen. Nicole behauptet, die Stadt habe noch Glück gehabt.

Wir leben in einem Ernst-Abbe-Staat, wo Kapitalismus herrscht, ohne dass die Beherrschten massenhaft auf die Straße gingen. Manchmal protestiert ein Häuflein Enttäuschter gegen Enttäuschungen, Fäuste, Gebrüll, Transparente, die ganze Folklore, aber etwas Protest tut jedem System gut, weil er Unzulänglichkeiten benennt, die das System hemmen. Die Störung wird behoben, und das System kreist weiter, in aller Ruhe um sich selbst. Der Ernst-Abbe-Staat zeichnet sich durch einen sanften Kapitalismus aus, sagte ich mir, keiner der Beherrschten soll wirklich ins Elend stürzen, weil das nicht gut aussieht vor der Welt, die auch eine Weltwirtschaft hat, mit der man Handel treiben möchte. Ernst Abbe, deutscher Physiker, 1905 in Jena gestorben, hat so weit gedacht, dass seine Ideen noch hundert Jahre später in Sonntagsreden aufleuchten. Er tüftelte nicht nur seine optischen Geräte aus, schrieb nicht nur theoretische Kompendien, sondern sicherte sich auch das Wohlwollen der Arbeiterschaft, indem er Bruchteile des kapitalistischen Reichtums unter sie streute. Er führte soziale Reformen ein, errichtete Wohnheime, und er gründete die Carl-Zeiss-Stiftung. Die Stadt hat meistens Glück gehabt, Jena ist nicht Chicago.

Ich parkte den Volvo im Hof, prüfte mein Aussehen im Rückspiegel und stieg aus. Es roch noch immer nach Kohlenheizung, aber egal. Ich mochte den Feuerschein auf der Wand, sobald Nicole das Licht ausknipste und zur Begrüßung mit ihren weichen Lippen meinen Penis melkte. Ich spürte, dass sie nervös war, viel zu hastig und mit den Gedanken schon beim Zähneputzen im Badezimmer. Was soll ich anziehen? Ich konnte ihr nichts raten, wollte es auch gar nicht. Sie zog sich mehrmals um, wechselte von einer Kombination zur nächsten, Hosen, Röcke, Kleider, alles in Schwarz. Sie malte ihren Mund himbeerrot an. Du siehst bezaubernd aus.

Die Partyintellektuellen werden es ihr danken. Sie nimmt es mit jedem auf, weil sie alles gelesen hat, was jeder liest in diesen Kreisen. Aber wenn sie ihre Meinung sagt, dann merken sich die Partyintellektuellen nur die Farbe: ihre Meinung ist himbeerrot.

Freut mich, Sie kennen zu lernen.

Schulz oder Schulze hatte Lachfalten um die Augen und ein Glas Sekt in der Hand. Er kam auf mich zu, so als sei ihm aufgefallen, dass ich immer einen Schritt hinter Nicole stand, unwillig, mich an einem der Gespräche zu beteiligen. Schulz sagte: wissen Sie, ich bin aus dem Westen gekommen, gewissermaßen ein Kind der ersten Stunde. Sie haben ja gar keine Vorstellung davon, was hier los war, nichts nämlich, gar nichts, was unseren wissenschaftlichen Standards hätte genügen können. Wir mussten alles neu aufbauen, gewissermaßen von vorne beginnen, wir importierten unablässig aus dem Westen, Professoren, Bücher, Computer, Know-how, wenn Sie wissen, was ich meine. Und so liefen die Dinge in allen Bereichen, Ostdeutschland ist gewissermaßen eine Importgesellschaft, es hat sich alles, was bewährt und gut war, aus dem Westen geholt, das politische, das wirtschaftliche, das rechtliche System. Natürlich hat dieser Ruck die Menschen gebeutelt, und zwar heftig, sie sind hier Gewohnheitsmenschen wie überall, und von einem Tag auf den anderen, ruckartig gewissermaßen, war nichts mehr wie gewohnt, nicht das Geld, nicht die Karrieren, nicht die Zeitung, nicht die Zahnpasta, doch nach dem ersten Schock fingen sie an, freier zu atmen, das können Sie überall feststellen.

Liberalisierer, sagte ich mir, doch vielleicht zu früh, denn Schulz runzelte die Stirn: das Problem aber ist, dass diese guten und bewährten westlichen Ordnungen unter ganz anderen Umständen und über einen langen Zeitraum hinweg entwickelt worden sind und dass sich die westliche Gesellschaft an ihrer Ausgestaltung beteiligen konnte. Nicht so die ostdeutsche, die ostdeutsche musste die Dinge nehmen, wie sie sind, und so auch die zugezogenen Personen auf allen Chefsesseln ihres Landstrichs.

Oder Kolonialisierer?

Ich selbst sitze auf so einem Sessel, sagte Schulz.

Was wollen Sie tun?

26

Ich warte darauf, dass man mich killt.

Schulz legte sein Gesicht in Falten und lachte. Ich ging zum Büfett und nahm mir eine Baguetteschnitte mit Lachs. Als ich mich umdrehte, sah ich Schulz noch immer lachen, ich nickte ihm zu, und er lachte, bis er rot wurde im Gesicht, er trank einen Schluck und hustete, sodass ich versucht war, zu ihm zu stürzen und ihm auf den Buckel zu klopfen, aber eine ältere Frau löste sich aus einer Gruppe älterer Frauen und sprang ihm zu Hilfe. Sie versetzte ihm einen gezielten Schlag zwischen die Schulterblätter und lachte, bestimmt seine Tippse, sagte ich mir, wer sonst könnte sich dieses herzhafte Eingreifen erlauben, man muss sich mit der Tippse verbinden, wenn man einen Professor vernichten will, dachte ich: man braucht eine Killertippse.

Gerade hatte ich vor, Nicole aus dem Ring ihrer Bewunderer zu ziehen, da eilte Schulz, mit einem Taschentuch seine Lippen betupfend, an meine Seite: haben Sie schon mal, setzte er an, haben Sie schon mal darüber nachgedacht, was es für die Innenstädte bedeutet, wenn Großmärkte auf die grüne Wiese flüchten? Ganz einfach: der Einzelhandel geht vor die Hunde. Und wissen Sie, warum eine Entwicklung, die im Westen längst als fatal erkannt worden ist, im Osten nachgeholt wird?

Ja, sagte ich.

Sie wissen es nicht?, sagte Schulz. Weil sich das produzierende Gewerbe nicht entschließen konnte, sich in der Peripherie anzusiedeln, nicht auf Gebieten, die dafür vorgesehen waren. So wurden diese Gebiete an die großen Märkte verschachert, für eine Handvoll Münzen, glauben Sie mir. Und die Ossis sind begeistert, weil sie alle begeistert Auto fahren und da draußen sofort einen Parkplatz finden.

Ja, sagte ich. Aber wo soll denn die Industrie herkommen,

nachdem sie nach der Wende auf ein Drittel zusammengeschrumpft ist? Alles, was im Osten noch produziert wird, ist Arbeitslosigkeit.

Sie haben Recht, freute sich Schulz. Deshalb muss der Staat – der gute Ernst-Abbe-Staat, sagte ich mir – eingreifen, steuerrechtlich, mit öffentlichen Aufträgen, mit sehr viel Geld. Denn sonst segnet die Marktwirtschaft dieses Land zu Tode.

Nicole hakte sich unter, bei mir und bei Schulz, und Schulz tat überrascht: ach, Sie sind das.

Wer denn?

Unsere liebenswürdige Nicole hat mir von Ihrer Zeitschrift erzählt, sagte Schulz, und Nicole biss mir, als folge sie einem hier üblichen Verhaltenskodex, ins Ohrläppchen. Wie heißt sie doch gleich, fragte sich Schulz, *Grips*, nicht wahr, *Grips* oder so ähnlich.

Wissen, sagte ich.

Richtig. So heißt sie, sagte Schulz. Populärwissenschaftlich angehaucht, nicht wahr, aber ziemlich erfolgreich.

Demnächst wird sie monatlich erscheinen, sagte ich.

Grips wäre auch kein schlechter Titel gewesen, sagte Nicole.

Nicht wahr?, sagte Schulz.

Blödsinn, sagte ich.

Ich möchte dir jemanden vorstellen, flüsterte Nicole, und ich zog mein Ohr weg, da ich fürchtete, sie würde abermals zuschnappen. Sie steht da hinten in der Ecke, lockte Nicole. Na, kommst du mit oder nicht?

Gehen Sie ruhig, sagte Schulz.

Kurz darauf stahlen wir uns davon. Beim Gehen drückte sich Nicole an mich, so als habe sie etwas gutzumachen. War doch gar nicht so schlimm, sagte sie. Schulz ist in Ordnung.

28

Er hat ein wichtiges Buch geschrieben, über Strukturpolitik, sein Steckenpferd, er ist ein Ass, nicht nur in Jena.

Ich schwieg.

In den Kneipen entlang der Wagnergassse waren noch Leute. Ich kam mir vor wie bei einem Schaufensterbummel, überall angeregte Unterhaltung an Holztischen, Rauchen und Zigarettenausdrücken, viel junges Publikum. Wenn sich wo eine Tür öffnete, wurde es laut in der Nacht, Techno tobte, keiner tanzte. Was möchte Schulz diesen Leuten erklären? Ich hatte keinen Schimmer. Aber ich war froh, dass ich kein Examen mehr schreiben musste. Wir zogen weiter, und es war angenehm, nicht bedrängt zu werden, sich in eine der Kneipen zu setzen, zu reden und zu rauchen und Zigaretten auszudrücken. Von solchen Abenden habe ich genug, sagte ich mir, sie laufen immer nach demselben Muster ab. Am Morgen danach, wenn man sich die Pasta aus dem Mund spült, ist alles eins, die Erinnerung fegt alles zu einem einzigen Haufen zusammen, gestern, vorgestern und vorvorgestern, ununterscheidbar, es bleibt kein fester Eindruck zurück, allenfalls ein nikotinhaltiges Muster, und das ist zum Ersticken. Kaum sitzt man beim Frühstück und hat die erste Tasse Kaffee getrunken, die erste Zigarette geraucht, ist der Kopf voller Stimmen, die aus der Nacht heraufhallen: jeder hat ein Vorhaben, sagte ich mir, und jeder nennt dieses Vorhaben ein Projekt, jeder wiegt sich in der Illusion, er könne, sofern er nur wolle, sofort aus dem Muster ausbrechen, das ihn Abend für Abend vor den Aschenbecher auf einem Holztisch zwingt und ihn Abend für Abend eine Gesellschaft suchen lässt, der er seine Pläne unterbreitet. Es ist vergeblich. Normalerweise wird die Runde von jungen Frauen geschmückt, selbst von solchen, die man begehrenswert nennt, selbst dann noch, wenn ein verbitterter Zug ihre Münder entstellt. Diese Frauen würden natürlich am liebsten von der Liebe reden, aber sie reden vom Unglück, sonst säßen sie nicht hier. Man muss sich hüten, den verständnisvollen Zuhörer zu spielen, einen, der im richtigen Augenblick die richtigen Fragen stellt und so durch seine Sensibilität besticht, ehe man nämlich nach dem Kellner winken kann, hängen sie einem am Hals, und man muss sehen, wie man seinen Kopf aus der Schlinge zieht.

Der Turm stemmte die Skyline, einsam, penetrant und dunkel. In keinem der Stockwerke brannte Licht, alles längst ausgeräumt; die Fakultäten der Universität waren umgezogen, Mauern aus Kartons waren abgetragen und andernorts wieder aufgebaut worden zum Auspacken; ein Turm, der nichts beherbergt und keine Funktion erfüllt, ist schön und nutzlos wie die Kunst, sagte ich mir, ein gigantischer, finsterer Spross in der Form eines Fernrohrs.

Nicole blickte steil nach oben und tat so, als zähle sie die Stockwerke, jedenfalls bewegten sich stumm ihre Lippen, dann schob sie mich weiter, ein paar Schritte bloß, bis vor ein Haus, das sich nicht unterschied von anderen Häusern in der Zeile, schmucke Fassade, retuschierte Bürgerlichkeit. Nicole schöpfte Atem und sagte: hier war es, wo wir uns trafen in der zweiten Hälfte der Achtziger, erst einmal im Monat, dann auch zwischendurch, privat, in den Wohnungen, eine Gruppe verschworener Frauen, weißt du, nicht nur zum Teetrinken. Hier haben wir das erste Flugblatt entworfen und dann fünfzigmal abgeschrieben, weil wir keine Presse hatten und einen Kopierer erst recht nicht, später half dann die Kirche aus, die hatte gute Kontakte zum Westen, so gute, dass sie Geräte geschenkt bekam.

Es war zu spät, sie war nicht mehr zu halten, und ich stellte mich auf eine lange Rede über den Widerstand ein, wie ich sie bereits ein Dutzend Mal gehört hatte, denn alle, die, und sei es nur von fern, mit oppositionellen Zirkeln in Berührung gekommen waren, wussten lang und breit darüber zu berichten, vorzugsweise vor Westdeutschen, die jeden Satz abnickten, weil sie keine Ahnung hatten und außerdem dankbar waren für jede Geschichte, die ihre revolutionäre Romantik nährte.

Nicole sagte: zugegeben, der Anstoß dazu kam vom Pfarrer der Gemeinde, aber wirklich nicht mehr als der Anstoß. Was glaubst denn du? Die Hexen waren unter sich, und das, was sie sich in diesen Nächten sagten, sagten sie sich sonst nirgends. Unser Motto hieß: Frauen im Gespräch.

Das klingt ja gefährlich, sagte ich.

Hör doch erst mal zu, sagte Nicole. Okay, vielleicht muss man heute wirklich darüber lachen, ich muss ja selber lachen, wenn ich das Wort Selbsterfahrung höre. Aber darum ging es anfangs tatsächlich. Was fange ich an mit meiner Zeit? Warum bin ich, eine gute Frau der DDR, so schnell bereit, mich anzupassen?

Warum eigentlich habt ihr eure DDR so gefoppt?, fragte ich. Sie hat euch die geschlechtliche Gleichstellung gebracht, und sie hat euch ein Recht auf Arbeit eingeräumt. Neunzig Prozent der Frauen sind arbeiten gegangen.

Schön, nicht?, sagte Nicole.

Um dieses untergegangene Land zu begreifen, bräuchte man einen Meisterdenker, sagte ich mir, oder wenigstens einen Meisterschüler von Lorenzos Graden, einen, der imstande wäre, abgebrüht und also systemtheoretisch darzulegen, warum die Systeme des Systems DDR nicht ganz so modern organisiert waren wie die Systeme des Systems BRD. Lorenzo würde sich umständlich an einen Tisch setzen und würde dann durch die großen, von einem Kassengestell aus Horn gerahmten Brillengläser in die Runde blicken. Lorenzo würde sagen: aus der Sicht der Systemtheorie betrachtet, stellt sich heraus, dass die sozialen Systeme der DDR nicht ausreichend differenziert und somit nicht ausreichend autonom waren, nicht so, wie es sich für eine moderne Gesellschaft schickt, es gab ein Wirtschaftssystem, das nicht allein ein Wirtschaftssystem sein durfte, ein Religionssystem, das nicht allein ein Religionssystem sein durfte, ein Wissenschaftssystem, das nicht allein ein Wissenschaftssystem sein durfte – und so weiter. Nehmen Sie das Recht, die Erziehung, die Kunst oder die Öffentlichkeit, all diese Systeme waren nicht in der Lage, sich ausschließlich nach ihren eigenen Regeln zu entwickeln und dadurch zu vervollständigen, denn das Krakensystem der Politik schlug mit seinen Fangarmen nach allen anderen Systemen aus und unterwarf sie seinem Steuerungscode: der Herrschaft der so genannten Sozialistischen Einheitspartei mit ihrer so genannten sozialistischen Ideologie. Galt das auch für das System Liebe?, würde ich Lorenzo fragen, und Lorenzo würde antworten: nein, für die Liebe nicht.

Nicole behelligt mich nie mit einer Liebeserklärung, sagte ich mir, nie sagt sie, was sie für mich empfinde, und sie trotzt mir umgekehrt auch keine leichtsinnigen Schwüre ab, nie fordert sie ein Bekenntnis heraus. Die Affäre hat einen pragmatischen Zug, jeder nimmt, was er bekommen kann, und damit gut. Im letzten Jahr haben wir uns vielleicht fünf- oder sechsmal gesehen, ich fahre immer wieder nach Jena. Nicole versteht es so einzurichten, dass ihre beiden Kinder dann zu ihren jeweiligen Vätern auf Besuch geschickt werden können, und ich danke ihr jedes Mal ganz herzlich dafür, weil ich ihren Nachwuchs nicht leiden kann, mehr noch, ich kann ihn nicht ausstehen.

Einmal ließ es sich nicht vermeiden, dass die Geschwister, ein hässlicher kleiner Junge und ein ebenso hässliches kleines Mädchen, eines unserer kostbaren Wochenenden besetzt hielten, und zwar bis spät in die Nacht, sie gaben sich allerhand Mühe zu zeigen, was gesunde und lebhafte Kinder sind, so sehr, dass es selbst Nicole zu bunt wurde. Der hässliche Junge vergriff sich an meiner Reisetasche, er durchwühlte die Klamotten und schleuderte meinen Rasierapparat heraus, und das hässliche Mädchen hörte nicht auf, aufs Fondue zu tappen, immer wieder mit ihren Fingern auf den Käse, bis ich angeekelt Pfui! schrie und abermals Pfui! Aber als mich Nicole deswegen missbilligend anglühte, raunzte ich ein Tschuldigung. Nicole sagte: hastse wohl nicht mehr alle – wobei ich nicht exakt erfasste, wen sie nun damit meinte, ihre kleine hässliche Tochter oder mich, ihren Liebhaber.

Abgesehen von der Zumutung der hässlichen Geschwister, mindestens einmal im Jahr, sagte ich mir, läuft diese Affäre nach meinem Geschmack, und sie läuft so schon seit langem, es tut dieser Affäre gut, dass sie immer wieder ausspannen kann, in den Zeiten, da wir nichts voneinander sehen und hören, sie lebt von einer unaufzehrbaren Leidenschaft, und sie lebt von der Intelligenz einer Frau wie Nicole, die Gespräche zustande bringt, bei denen sich ein Gähnen verbietet. Nicole, muss ich sagen, ist eine der wenigen Frauen, die mich auch nach dem Abspritzen noch interessieren. So liegt diese Affäre quer zu der von mir vorgeschützten Praxis serieller Monogamie, ständiger Liebeswahl nach kleinen, sich selbst vertilgenden Episoden, ich bin also höchstens so monogam, wie Nicole es zulässt.

Heim ins Paradies?, fragte Nicole, und ich stimmte zu, sowieso, denn die Stadt war zu kalt und zu dunkel fürs Spazierengehen. Nicole trug zwar einen langen Mantel über ihrem Partykleid, aber ihre schmalen Füße steckten noch in Stöckelschuhen, und so sträubten auch sie sich gegen eine größere Runde. Nicoles Gesicht wirkte blass zwischen den schwarzen Haaren, die ihr damals bis auf die Schultern fielen, und ihre Lippen leuchteten nicht mehr wie frisch angestrichen. Würden die Partyintellektuellen jetzt eine Meinung aus ihrem Mund hören, würden sie finden, ihre Meinung sei fahl. Aber gut. Als wir die Straße zum Paradies überquerten, kreuzte ein Radfahrer unseren Weg, er klingelte und winkte, ohne abzubremsen, aber Nicole erkannte ihn trotzdem: das ist Schulz, sagte sie und winkte zurück. Der Professor Schulz, sagte ich mir, er hat sich vermummt mit Mütze, Schal und hochgeschlagenem Kragen, doch er hat keine Handschuhe an, er wird schnell zu Hause sein.

Wann endlich wirst du Professorin am Institut?, fragte ich die fahle Nicole.

Ich?, sagte sie. An mich denken die wohl zuletzt. Eine Alleinerziehende mit zwei hübschen kleinen Kindern daheim – die hässlichen kleinen Geschwister, dachte ich – kommt bestimmt nicht in Frage, und außerdem könnte ich ja noch ein drittes hübsches kleines Kind gebären.

Da ist ja nicht mehr viel übrig vom Hexeneinmaleins des DDR-Feminismus, sagte ich.

Nicole sagte: es geht mir doch ganz gut, sollte ich mich wirklich aufreiben im Kampf um meine Karriere? Die Stellen sind ohnehin alle besetzt, von Männern in den besten Jahren.

Schulz jedenfalls glaubt, dass seine Tage gezählt sind.

Wie kommst darauf? Warum ausgerechnet Schulz?

Er rechnet damit, dass er gekillt wird, sagte ich, denn er ist überzeugt davon, dass er es nur einer besonderen Gunst der Stunde verdankt, auf seinem Chefsessel zu sitzen, ebenso wie viele andere Westmarkintellektuelle auch, die sich nach der Wende auf den Chefsesseln des Ostens bequem niederlassen konnten.

Klar, so lief das Spielchen, sagte Nicole. Aber daran ist nun nichts mehr zu ändern, wie denn auch.

Du könntest Schulz umlegen.

Montag früh. Das Telefon klingelte, Nicole schälte sich aus dem Bett, Schulz lebte noch. Was wollte er? Nicole sagte: ach, nichts. Es ist ihm etwas eingefallen beim Frühstück, das konnte er nicht für sich behalten, er lebt nämlich in der Furcht, einen guten Gedanken zu verlieren, sobald er die Haustür hinter sich zuschlägt.

Ich dachte: es interessiert mich nicht, welche Gedanken Schulz beim Frühstück anfallen.

Du musst los, sagte Nicole.

Ja, weiß ich selbst: waschen, anziehen, Kaffee trinken, Zigarette rauchen, Nicole küssen, Tasche umhängen, die Tür öffnen, Nicole küssen, zum Auto gehen, das Auto starten, Rückwärtsgang einlegen, Fenster runterlassen, Nicole küssen, bis bald, mein Schatz.

Eine Zeit lang sehe ich noch den Uni-Turm im Rückspiegel, sehe, dass Chicago zurückbleibt wie immer, denke, dass ich nie damit aufhören werde, immer wieder nach Jena zu fahren, wegen ihr und nur wegen ihr allein, finde, dass ich eine schwache Minute habe, dass ich eine Schwäche zeige für einen längst überwunden geglaubten Code, wünsche, dass es ihr genauso geht, wenigstens in dieser einen schwachen Minute, bin sicher, dass ich allenfalls einer sentimentalen Anwandlung erliege, die sich wie eh und je von selbst erledigen wird, sage mir, dass ich es besser wissen müsste, dass ich keine Leidenschaft zu verschenken habe und so auch keine Leidenschaft verschenken kann, schwöre, dass ich zur Ernüchterung, die alle Erfahrung für sich hat, zurückfinden werde, vielleicht schon in der nächsten oder übernächsten Minute, erkläre, dass ich das große Lügen um die Liebe durchschaut habe, versichere, dass ich für das große Lügen nicht mehr zur Verfügung stehe, räume ein, dass eine einzige schwache Minute das große Lügen noch einmal hervorrufen könnte, fühle mich insofern gewappnet, als mir der Mechanismus vertraut ist – und frage mich, kaum auf der Autobahn, welcher gute Gedanke Schulz beim Frühstück gekommen sein mag, denn es könnte genau jener Gedanke sein, der mich in einer schwachen Minute auf einen anderen Gedanken bringt.

Ich bog ab zu einer Raststätte, denn es war kurz vor zehn, also die Zeit, in der meine kleine Redaktion ihre wöchentliche Konferenz einberief, und zwar telefonisch. Eine Anregung meinerseits, nachdem sich abzuzeichnen begann, dass die Mitglieder häufig auf Reisen und daher nur noch selten an einem Tisch zu versammeln sein würden. Auf dem Parkplatz angelangt, stellte ich die Sitzlehne zurück, ließ das Fenster runterfahren, sodass mir der Geruch von Benzin unter die Nase wehte. Ich bin, offen gesagt, ein Tankstellen-Junkie, ich schnüffle gern im Umfeld von Zapfsäulen, diese Sucht rührt von weit her, sie stammt aus meiner Kindheit, da die Familie in den Süden fuhr, meistens nach Italien, meistens in die Annehmlichkeit eines Pauschalangebots, ein Hotel mit Blick aufs Meer, Vollpension und Hafenrundfahrt, alles inklusive. Deshalb suche ich mir nie eine Raststätte ohne Tankstelle aus, denn ich sehne mich nach dem Geruch von

Benzin und etwas Auspuff, so als führe dieser Geruch bereits Schwaden von Salzwasser und Sonnencreme mit sich, dabei orchestriert von Motoren, die an der Servicestation vorbeirauschen. Erst jetzt drehte ich die Musik ab, schloss die Augen und konzentrierte mich darauf, auf diesen Geruch und dieses beständig an- und abschwellende Rauschen der Motoren. Wenn ich Glück habe, sagte ich mir, dann sehe ich, wie sich Frauen am Strand ihre Brüste einschmieren, im Sitzen natürlich, ehe sie sich aufs Handtuch legen, um ihre glänzenden Körper zu bräunen. Dann schnappte ich mir das Handy und wählte mich ein.

Pünktlich meldeten sich auch die anderen, darunter ein Kollege, der zum Angeln eines Dollar-Professors in New York weilte und sich daher einen Wecker stellen musste für den mitteleuropäischen 10-Uhr-Termin. Dieser Kollege sagte: der wird das nicht machen, nicht für die Summe, die wir zu zahlen bereit sind. Ich war inzwischen zweimal mit ihm essen, beste Küche, Downtown, jedes Mal mit anschließendem Besuch in seiner Lieblingsbar, dort wird er beim Vornamen gerufen, jeder scheint ihn zu kennen, und es sieht so aus, als sonne er sich in der Aufmerksamkeit, die ihn umgibt. Am Tresen kann man nicht in Ruhe mit ihm reden, er wird dauernd angerempelt und linkisch hofiert, von einem Milchbubengesicht, das ihm zu seinem letzten Buch gratuliert, von einem Sorgenfaltengesicht, das ihm zu seinem letzten Vortrag gratuliert, von einem Pickelnarbengesicht, das ihm zu seiner letzten Talkshow gratuliert, nicht zu vergessen: von einer üppigen Blondine, die ihn artig im Nacken krault.

Die hat ihm wohl nicht gratuliert, sagte eine Stimme aus der Berliner Redaktion.

Hab ich nicht mitbekommen, nein, aber sie hat ihm etwas zugeflüstert, mit der Zunge dicht an seinem Ohr, kann gut sein, dass sie ihm etwas Schönes gesagt hat, na, jedenfalls blühte unser Professor auf bei all der Verehrung, er gefiel sich in der Rolle des akademischen Stars, und so bestellte er einen weiteren Drink, dann noch einen und noch einen, bis er sich auf meine Schulter stützen musste, kein Grund, mit dem Lallen aufzuhören, am Ende schleppte ich ihn aus der Bar und winkte ein Taxi herbei. Ich ließ ihn nach Hause fahren, kehrte zurück ins Lokal und genehmigte mir ganz entspannt einen Drink, ich gehörte ja jetzt gewissermaßen dazu.

Das gibt ne Spesenrechnung, sagte eine zweite Stimme aus Berlin.

Was man nicht alles tut, verteidigte sich der Kollege aus New York. Die Frage aber ist: soll ich noch einmal mit ihm essen und trinken gehen und, was das Honorar betrifft, etwas großzügiger sein, das würde heißen, die Summe verdoppeln? Oder soll ich mit ihm essen und trinken gehen und mich dann freundlich verabschieden?

Hör mal, schaltete sich eine Stimme aus Florenz ein, dieser Mann ist ein Crack, ganz Italien redet von seinem Buch, es ist hier gerade in der Übersetzung herausgekommen. Wenn wir wirklich diese Sondernummer über die Stadt der Zukunft machen wollen, dann brauchen wir ihn, selbst wenn er das Dreifache verlangt.

Ich sagte: das Doppelte muss genügen. Der hat doch schon eine Akademie, die sich dumm und dämlich für ihn bezahlt. Stimmt er bei doppeltem Honorar nicht zu, dann lass ihn laufen, dann zitieren wir eben ausgiebig aus seinem Buch und basteln ein lustiges Patchwork. Oder besser, du lässt ihn nicht laufen, sondern machst ein lustiges Interview mit ihm, das walzen wir dann auf mehreren Seiten aus, kleben die Skyline von Manhattan dazu und, wenn ihr wollt, das Porträt seines korrupten Talkshow-Gesichts, dieses Interview führst du doch aus dem Stegreif, nach all den Stunden in der eitlen Gewalt des Dollar-Professors.

Gut, das lässt sich machen, sagte der Kollege aus New York. Ich melde mich, sobald ich mit ihm über das neue Angebot gesprochen habe.

Ist Lorenzo in der Konferenz?, sagte ich. Lorenzo?

Ja, hallo, sagte Lorenzo.

Ich lud Lorenzo zur Konferenz ein, jede Woche wieder, aber es gab keine Gewähr dafür, dass er sich die Mühe machen würde, sein Telefon zur vereinbarten Stunde zu benutzen. Das Palaver schien ihn nicht zu reizen, und ich konnte es ihm nicht verübeln, trotzdem erinnerte ich ihn jedes Mal daran, wenn wir aus dem kurdischen Lokal traten und uns vor dem Auseinandergehen die Hand gaben. Ich glaube, Lorenzo neigte dazu, das, was ihm unwichtig vorkam, einfach zu vergessen und sich auf das für ihn Wichtige zu besinnen. Dadurch, immerhin, bekam ich einen Meisterschüler an meine Seite gestellt, der ein gutes Dutzend Meisterschüler in seiner Person aufwog.

Ja, hallo, wiederholte Lorenzo.

Hallo, Lorenzo, sagte ich. Wir haben da, wie du gehört hast, einen Dollar-Professor an der Angel, einen schweren Dollar-Professor sogar, einen, der sich nicht scheut, die Hand aufzuhalten, selbst dann noch, wenn sie bereits mit reichen Gaben gefüllt ist. Wir sind ja nicht knauserig, wie du weißt, aber das ist nun einer, der auch noch die Portokasse an sich reißen würde. Sollen wir sein Honorar verdoppeln, oder sollen wir nicht? Anders gefragt: brauchen wir diesen geschäftstüchtigen Geist, oder brauchen wir ihn nicht?

Ja, hallo, sagte Lorenzo. Es kommt darauf an, was du dir von ihm versprichst. Wenn du das Heft mit einem geschniegelten Namen schmücken möchtest, dann kauf ihn dir, vorausgesetzt, du bist dazu prostituiert.

Das bin ich, sagte ich.

Ich schaltete aus. Ich hielt das Telefon in der Hand und betrachtete die Tasten, besonders gut gefielen mir die Ziffern Eins bis Neun und dann die Null, ich drückte dreimal auf die NullNullNull und drückte dann bald auf die eine, bald auf die andere Ziffer, meine Finger sprangen behende über die Tasten, und ich stellte mir vor, eine ungeheuer lange Rechnung einzugeben, so als würde ich das Honorar eines schweren Dollar-Professors zu ermitteln suchen, pausenlos fielen mir weitere Beträge ein, mal für diese, mal für jene Leistung, jeder Posten wollte berücksichtigt sein, um am Ende das vollständige Werk würdigen zu können. Ich erinnere mich, dass ich die Ergebnistaste vermisste, dass ich nach ihr, das Gerät unmittelbar vor den Augen, regelrecht forschte, natürlich vergeblich, und dass ich auf Sternchen, Pfeilchen und Glöckchen auswich, natürlich ebenso vergeblich, bis ich so wütend wurde, dass ich das Handy zweimal gegen meinen Kopf schlug, um es zur Besinnung zu bringen und so wenigstens ein Zwischenergebnis zu erzielen. Ich atmete tief durch und drückte schließlich auf die Taste der Wahlwiederholung. Ich sagte hallo, und ich sagte: ich schaffe es nicht, ich schaffe es nicht, ich komme zu keinem Ergebnis.

Da bist du ja wieder. Sag mal, wann eigentlich erscheinen die –

Ich schaltete wieder aus, ich wusste ja längst, dass sie ohne mich auskommen mussten, ich war nicht mehr imstande, sie zu dirigieren, aber ich sagte mir noch: dein kleines Orchester spielt ganz von selbst, du musst es weder befeuern noch besänftigen, es weiß von allein, welche Musik du am liebsten hörst. Ich spürte, dass ich diesen Montagmittag an die Dämmerung verlieren würde und schließlich an die Finsternis, ich hätte nicht sagen können, ob ich bereits am Nachmittag oder erst am Abend wieder zu mir kommen würde, doch ich war mir sicher, dass ich mich noch nicht aufgegeben hatte, ich registrierte mich noch. Ich bin da, sagte ich mir, ich sitze in meinem Auto auf dem Parkplatz einer Raststätte, ich halte ein Handy in meiner Hand, das ich zum Reparieren bringen muss, denn ich kann zwar damit telefonieren, aber nicht rechnen, das heißt, ich kann zwar eine Rechnung eingeben, aber ich erhalte kein Ergebnis, es spuckt die Summe nicht aus, sagte ich mir, es ist verdammt nochmal kaputt, ich kann also verdammt nochmal nicht sagen, sagte ich mir, wie viel Dollar ich dem verdammten Dollar-Professor zahlen muss. Ich warf das Handy nach hinten auf den Rücksitz und sammelte meine Kräfte, du musst noch ein bisschen durchhalten, sagte ich mir, Auto, Parkplatz, Raststätte, ich rang um mein Bewusstsein, ich tastete mich ab und sagte: Stirn, Brust, Bauch, Schenkel, ich bezeugte vor mir, dass ich anwesend war, ich in meinem Körper, ich griff nach der Zigarettenpackung und fingerte eine Zigarette heraus, etwas ungeschickt, denn kaum hatte ich sie, fielen die übrigen auch heraus und verstreuten sich auf dem Sitz und auf dem Boden, ich warf die Packung nach hinten auf den Rücksitz und sammelte meine Kräfte, du musst durchhalten, sagte ich mir, als ich ein Streichholz entflammte und damit die Zigarette anzündete. Das klappt ja noch ganz gut, ermutigte ich mich, du hast dir ohne fremde Hilfe eine Zigarette angesteckt, ich rauchte, und ich roch eine Brise Benzin, ich sog sie tief in mich hinein und weckte erfolgreich meine Sehnsucht nach dem Süden, du bist noch bei Sinnen, sagte ich mir, und ich kniff mir zum Scherz in die Wange, so schnell gibst du noch nicht auf. Ich schloss die Augen und sah, wie die fahle Nicole ihre fahlen Brüste einölte und sich dann aufs Handtuch legte, ich sah, dass sie vollkommen nackt war und mich unmerklich zu sich lockte, mit ihrem kleinen unmerklich zuckenden Finger, Nicole küssen, sagte ich mir, du musst Nicole küssen und durchhalten, wenigstens an diesem Montag, Nicole küssen, sagte ich mir, und ich sah, dass eine üppige Blondine mit öligen Brüsten aus dem öligen Salzwasser stieg und dann über den Strand wippte bis zur öligen fahlen Nicole, sie legte sich neben sie und kraulte sie im Nacken, sie krault sie artig im Nacken, sagte ich mir, Frauen ganz ohne Gespräch und nur im Kraulen und Gekrautwerden vereint, Lesben! sagte ich, und Nicole sagte: nicht so schnell! Die Blondine stützte sich auf einem Ellbogen ab und lachte mich an: ich gratuliere dir, sagte sie, ich gratuliere dir von ganzem Herzen dazu, dass du immer noch durchhältst. Ja, sagte ich, so bin ich eben, ziemlich zäh im fahlen Licht der Dämmerung. Ich klopfte die Asche ab auf dem Armaturenbrett und nahm einen Zug von der Zigarette, das klappt doch ganz gut, sagte ich mir, Asche abklopfen und an der Zigarette ziehen, ich bin schon ein echter Crack, der ganze Strand von Italien spricht davon, und er spricht mir seine Glückwünsche aus, ich hörte das Rauschen der Motoren, und ich hörte das Rauschen des Meeres, mitteleuropäisches Mittelmeer, sagte ich mir, ich sollte mich in die ölige Brandung werfen oder nach hinten auf den Rücksitz, in die Gesellschaft des Handys und der leeren Zigarettenpackung, auf dem Rücksitz kann ich mich ausstrecken, sagte ich mir, ich sollte mich mit Sonnencreme einschmieren und dann auf den Rücksitz legen, ich sollte mich hinlegen, sagte ich mir, aber ich sammelte erneut meine Kräfte, und ich ermahnte mich: du musst durchhalten, mein Lieber, du darfst die Frauen am Strand nicht enttäuschen, nein, das dürfen Sie wahrlich nicht, sagte eine Stimme mit der Zunge dicht an meinem Ohr, und weil sie so schön wahrlich sagte, wusste ich, dass sie einem Professor gehörte, einem Dollar-Professor wahrscheinlich sogar, er hatte sich zu mir ins Auto gesetzt, und ich roch eine Fahne Alkohol aus seinem Mund, vor allem, als er wahrlich sagte mit einem langen Aaah. Der Professor bat mich um einen kleinen Gefallen, er bat mich schlicht darum, ihn nach Hause zu fahren, er würde den Weg allein nicht mehr finden, aber ich mag Betrunkene nicht leiden, schon gar nicht in meinem Wagen, sagte ich mir, und so scheuchte ich ihn hinaus, Tür auf und hinaus, ich kann ihm doch kein Angebot unterbreiten, sagte ich mir und schielte auf das Handy auf dem Rücksitz, ich kann zwar rechnen, aber keine Summe ziehen, ich muss Sie um Nachsicht bitten, Tür auf und hinaus. Ich fischte nach meinem Handy und dachte noch, ich sollte Hilfe rufen, es ist doch gar kein Problem, sofern man ein Telefon bei sich hat, eine Rettung zu finden, keiner ist zum Krepieren verurteilt, sofern er nur rechtzeitig die richtigen Tasten drückt, besonders gut gefallen mir die Ziffern Eins bis Neun und dann die Null, dreimal die NullNullNull, es handelt sich um einen Notfall, ich sollte den Professor zum Auto zurückrufen und ihn um einen kleinen Gefallen bitten, nämlich dass er mir einen kleinen, völlig unbedenklichen Interpenetrationsschaden bescheinigt, das klappt doch noch ganz gut, sagte ich mir, wie ich so ein halsbrecherisches Wort wie Interpenetrationsschaden denken kann, ohne nach den ersten Silben abzustürzen, ich sollte Hilfe rufen, sagte ich mir, ich sollte Nicole küssen, sagte ich mir, ich sollte durchhalten und Nicole küssen, ich sollte, ich sollte –

Ich erblickte eine Werkstatt, zwei, nein, drei Autos, das erste hydraulisch aufgebockt und sozusagen unterwandert von zwei sich duckenden Mechanikern, das zweite mit aufgeklappter Motorhaube, davor ein weiterer Mechaniker, der gegen einen Widerstand hämmerte, dass mir die Ohren klirrten, das dritte etwas abseits, Hauben und Türen geschlossen, sehr gelassen und wie irrtümlich hier abgestellt. Vor der Werkbank stand ein weiterer Mechaniker, oder vielmehr, er lehnte sich gegen eine hervorstehende Kante und wischte sich mit einem Lappen über die öligen Finger, ganz vertieft in seine Sorgfalt, ich sah ein paar Pin-ups über der Werkbank, zwei größere Poster mit vollbusigen Strandschönheiten, die hübsch verwegen auf die Männer in Overalls herabblickten. In der Ecke ein vierteiliger Spind, dessen vier Türen in unterschiedlichen Winkeln offen standen, es roch nach Öl und Benzin, nach Schweiß und etwas Auspuff, und weil sich das Flügeltor der Werkstatt weit nach draußen spreizte, bemerkte ich einen Andrang vor den Zapfsäulen und ungeduldige Autofahrer in den Reihen, die schließlich erbost, wenn auch zielsicher Zapfhähne in Tanklöcher stießen. Ich hörte das Rauschen der Motoren von der Autobahn, und ich muss sagen, ich fühlte mich wohl, so wie ich da saß auf einem schmierigen Klappstuhl und langsam zu Kräften kam. Hey, wat willste nu?, fragte der Mechaniker an der Werkbank und winkte mit dem Lappen in meine Richtung, zukiecken bei der Arbeit, wa? Biste nich janz jescheit im Kopp oder wat isset mit dir? Doch, doch, sagte ich, ich kann Sie gut verstehen, alles in Ordnung. Bist mir ja eener, sagte der Mechaniker, tapste in die olle Werkstatt reen und machste auf bescheuert, wa, solche hamwer jern, reensetzen und zukiecken, dat kann ik ooch. Haste n Wagen draußen? Nein, sagte ich, das heißt, ja, ich hab da einen stehen, aber der ist okay, nichts für die Werkstatt. Haste keen Schaden?, fragte der Mechaniker. Doch, doch, erwiderte ich, ich hab einen Interpenetrationsschaden, und ehe ich erstaunt darüber sein konnte, wie leicht

44

mir das Wort über die Lippen ging, fuhr mich der Mechaniker an: een wat? Biste nich jescheit? Ik wees ja nich, setzt sich reen und quatscht ooch noch doof rum. Ik mein, ik muss de mol oof de Birn kloppen, so n bisschen mit'm Hammer droofkloppen. Das ist nicht nötig, sagte ich schnell und stand auf, ich wich dem Blick des Mechanikers aus, überflog nochmal die Wand über der Werkbank, Pin-ups, Poster, Werkzeuge und eine tellergroße Uhr, die war mir bereits aufgefallen, doch erst jetzt war ich imstande, die Zeit zu lesen, elf Uhr, kann nicht sein, sagte ich mir, elf Uhr, kaum zu glauben, da bin ich ja höchstens zwanzig Minuten außer Gefecht gewesen. Dann geh ich mal wieder, sagte ich, und ich sagte: auf Wiedersehen. Mach, dat de rooskommst, drohte der Mechaniker, roosroos, aber dalliklick.

Ich kehrte zu meinem Wagen zurück, und ich fragte mich, was mich zum Aussteigen bewogen hatte und zum Aufsuchen der Werkstatt, ich hätte ja genauso gut sitzen bleiben können, und ich hätte so lange ausharren können, bis sich mein Bewusstsein wieder meldete, ich hätte, wenn schon veranlasst, meine komfortable Position zu verlassen, in den Laden der Tankstelle gehen und mir die Auslagen ansehen können oder aber gleich in die Gaststätte, um dort einen Imbiss zu verzehren. Aber gut. Die Auszeit ist vorüber, und ich sollte zusehen, dass ich nach Berlin komme, sagte ich mir, denn ich muss zu einer Unterredung in die Druckerei. Als ich die Autotür aufziehen wollte, stellte ich fest, dass sie abgeschlossen war, zum Glück steckte der Schlüssel, so wie es meine Gewohnheit ist, in meiner rechten Hosentasche. Ich sagte mir: du kannst dich auf dich verlassen.

Jedes Mal, wenn ich durch die Drehtür gehe, empfängt mich eine künstliche Welt, dachte ich, ich stehe in einem lichten

Foyer, ich höre klassische Musik, ich sehe aus dem Stein ge-
pellte Nymphen, blendend weiß, die ihre Schwanzflossen ins
Brunnenwasser tauchen. Auf dem Rand des muschelförmi-
gen Beckens sitzen vier oder fünf Frösche mit Kronen auf
den Köpfen, alle mit weit offenen Mäulern, aus denen Wasser hervorschießt, die Frösche speien, das Wasser plätschert,
die Nymphen schweigen. In einer Ecke des Foyers plaudert
ein Herr mit zwei Damen, der Herr im hellen Anzug, die
Damen in gut geschnittenen, dabei völlig identischen Kostü-
men, ich kann kein Wort verstehen, die Stimmen wirken ge-
dämpft. Selbst als der Herr lacht, klingt es so, als habe er sein
Lachen, kaum an der Luft, sofort verschluckt, das Foyer duldet keine Aggression, nicht einmal die Aggression des Lachens. Schwere Teppiche ziehen jeden Schritt ein, indem sie
seinen Schall vernichten, man kann sich kaum bemerkbar
machen, sagte ich mir und lächelte, als ich bemerkte, dass ich
angelächelt wurde von den Empfangsdamen hinter der Emp-
fangsbalustrade. Jeder Gast, verrät das Lächeln, wird in diesem Haus mit einem Lächeln begrüßt, sobald er nur durch
die Drehtür kommt, und so verhielt es sich wirklich, denn als
ich probeweise durch die Drehtür kreiste, hinaus und wieder
herein, da fand ich mich abermals mit dem Lächeln der Empfangsdamen beschenkt, genauso freigebig wie beim ersten
Mal. Ich überlegte kurz, ob ich mich in einen der bequemen
Fauteuils fallen lassen sollte, das nämlich tat ich mit Vorliebe, nachdem ich durch die Drehtür in das Reich der Frösche
und Nymphen und Empfangsdamen Einlass gefunden hatte,
ich blätterte dann entweder in einer Zeitschrift, oder ich entspannte mich beim Plätschern des Wassers, ich muss ja nicht
in die aufgerissenen Froschmäuler starren, sagte ich mir,
nicht in das angestrengte Speien eines endlosen Schwalls, das
nämlich verursacht mir Übelkeit. Ich zog es vor, durch die

gläserne Fassade zu blicken, hinaus auf den Vorplatz, auf eine, von hier aus betrachtet, unwirkliche und stumm geschäftige Welt, draußen heult das Leben, sagte ich mir, drinnen schweigen die Nymphen. Aber ich überlegte es mir anders, ich stieg in den gläsernen Aufzug und fuhr hoch auf meine Etage, nicht ohne den Ausblick zu würdigen, auf das seltsam verwunschene Foyer und auf den stumm geschäftigen Vorplatz jenseits der durchsichtigen Fassade.

Ich bin umgezogen in ein Hotel, umgezogen von einer Wohnung in der Stadt in ein Hotel in der Stadt. Ich habe meine Wohnung nicht aufgegeben, aber ich wohne nicht mehr dort, höchstens noch für die eine oder andere Nacht, wenn, dann am Wochenende, dann, wenn die Baustellen in der Nachbarschaft keinen Lärm erzeugen, denn der Baustellenlärm ist mir unerträglich geworden, selbst bei geschlossenen Fenstern, ich kann, sagte ich mir, bei diesem Lärm keinen klaren Gedanken fassen, ich muss, wenn das so weitergeht, zum Telefonieren das Viertel wechseln, weil ich das eigene Wort nicht mehr verstehe. In meiner Nachbarschaft wird bis in die Nacht gearbeitet, Laster fahren vor und rangieren bis auf den Millimeter, es wird pausenlos gehämmert wie auf einer Werft, und ich spähe stündlich aus dem Fenster, um nicht zu versäumen, dass das Schiff vom Stapel läuft. Ich verliere die Geduld, meine Nerven sind gespannt, vor allem an Tagen, da der Schutt durch eine Röhre rutscht, von ganz oben nach ganz unten in den Container, wo er, wie ich beobachte, aufschlägt und eine Staubwolke aufwirbelt, wieder und wieder. Man wird, heißt es, die Straße nicht wiedererkennen, dann, wenn sie vollkommen saniert und gesundgehämmert sein wird und wenn die Lücken zwischen den gesundgehämmerten Blöcken mit neuen, von Grund auf errichteten und also grundgesunden Blöcken gefüllt sein werden. Sie werden schon sehen, heißt es, dass Sie die ganze Zeile bald angrinsen wird wie ein makelloses Gebiss. Das glaube ich gerne, erwidere ich, ich bin ja nicht so, dass ich für den Verfall, für die Karies der Stadt besonders anfällig wäre, es ist nur so, dass ich das unablässige Bohren nicht ertrage, keinen Tag länger, beim besten Willen: nein. Ich bin also umgezogen in ein Hotel, nicht nur wegen des unzumutbaren Aufruhrs in meiner Nachbarschaft, sondern auch wegen des unzumutbaren Alltags, der mich Tag für Tag und folglich zusehends entkräftet hat. Ich gebe zu, dass ich nicht in der Lage bin, selbständig einen Haushalt zu führen, und ich schrecke davor zurück, in einer großen Wohnung von einem Zimmer ins andere zu gehen, ohne einer Menschenseele zu begegnen. Die Serie meiner Liebschaften hat einen Bruch erlitten, das kommt vor, sagt man leichtfertig, doch die Unterbrechung währt schon zu lange, zumindest für meine Verhältnisse. Die Idee, ein Au-pair-Mädchen aus Irland anzuheuern, war eigentlich nicht schlecht, die junge Frau hatte ein anstelliges Wesen, sie war geschickt und unkompliziert, aber leider bestand sie darauf, in ihrem eigenen Bett zu schlafen. Als ich sie einmal, wie es heißt, sexuell belästigte, und zwar nicht nur mit schlüpfrigen Anspielungen, da kündigte sie, und zwar sofort, von einem Tag auf den anderen, ohne dass ich irgendetwas hätte wieder gutmachen können. Nicht mal das doppelte Honorar, ein Angebot also, das bei jedem durchschnittlichen Professor verfangen hätte, konnte sie, ein durchschnittliches Au-pair-Mädchen aus Irland, umstimmen. Aber gut. Danach besorgte ich mir eine Haushälterin, eine seriöse ältere Dame, dachte ich mir, eine, die gewissenhaft ans Werk geht, und ich muss sagen, ich habe meine Wohnung noch nie so sauber gesehen wie in der kurzen Zeit unter ihren Händen, sie wischte den Staub aus den hintersten Winkeln, sie fuhr mit dem Lappen sogar in meine Brieftasche, um zwischen den Banknoten nachzusehen, und weil hinterher ein ganzes Bündel fehlte, feuerte ich sie, und zwar sofort, von einem Tag auf den anderen. Die Folgen waren verheerend, denn ich war gezwungen, in Supermärkten einkaufen zu gehen, die reinste Tortur, wie kann ich wissen, was ich morgen Abend auf meinem Tisch haben will? Ich kann es nicht wissen, sagte ich mir, aber es mangelt mir an der Zeit, jeden Tag in einem Supermarkt einkaufen zu gehen, ich finde mich zwischen den Regalen nicht zurecht, und ich knicke über dem Wägelchen ein, wenn ich an der Kasse anstehen muss. Ich ging also eine Zeit lang auswärts essen, in den neuen Restaurants des Bezirks, hätte ich das nicht getan, so wäre ich verhungert, ganz ohne Scherz, ich lief Gefahr, zu einem Sozialfall zu verkommen, zu einem Anspruchsberechtigten des guten Ernst-Abbe-Staates, zu einem, dem man mittags das Essen auf Rädern vors Haus karrt, oder zu einem, den man ins Sozialheim steckt und dort mit dem Nötigsten versorgt. Doch bevor ich in solch ein Heim umziehe, sagte ich mir, ziehe ich besser um in ein Hotel. Ich zahle fürs Essen und fürs Schlafen, und wenn mir etwas nicht passt, dann beschwere ich mich eben. Es wird nicht wieder vorkommen, sagte der Hoteldirektor, und ich habe genau gesehen, dass er einen Diener vor mir machte. Das hoffe ich, sagte ich verhalten drohend und war zufrieden. Das System der wirtschaftlichen Verhältnisse funktioniert von allen Systemen am besten, sagte ich mir, denn es beruht auf einer sorgfältigen Abwägung von Kosten und Nutzen, auf einer Rechnung, die jeder für sich anstellt, so lange, bis sie ihn überzeugt und ihm, wie man sagt, zu seinem Vorteil gereicht. So gelten Wirtschaftsbeziehungen, sofern sie nur sorgfältig kalkuliert sind, als die dauerhaftesten Beziehungen, alles, was du brauchst, ist Geld, sagte ich mir, und schon wirst du im Übermaß verwöhnt, du bestellst à la carte, bald dieses, bald jenes, immer das, worauf du gerade Lust verspürst, und du schläfst, wann und wo und mit wem du schlafen willst, garantiert sanft und ungestört, du hast alle Muße der Welt, um einen klaren Gedanken zu fassen, was willst du mehr. Dem Krakensystem der Politik, das die Gesellschaft der DDR umklammert hielt und sie zu dauerhaften, das heißt verlässlichen Beziehungen anspornte, entspricht in der kapitalistischen Gesellschaft das Krakensystem der Wirtschaft. Besser eine verlässliche kapitalistische Gesellschaft als eine verlässliche politische, sagte ich mir, besser, eine Gesellschaft konstituiert sich im Zeichen des Geldes als im Zeichen der Macht. Dass aber ein Haufen Geld auch einen Haufen Macht hervorbringt oder dass sich das Geld die Macht ganz einfach kauft, das fällt schon in die Zone der Interpenetration, vor der sich die Theoretiker scheuen, und zwar aus gutem Grund. Einst dazu gedacht, Komplexität zu reduzieren, beginnt sich die Theorie zu zersetzen angesichts der komplexen Interpenetrationswirklichkeit der Welt. Gut, sagte ich mir, gut, dass es das Geld gibt, denn das Geld hält die Welt zusammen und so auch ihre Gesellschaften. Hier weiß man wenigstens, woran man ist. Ich jedenfalls fühle mich wohl in meinem Hotel.

Gardinen vor dem Fenster finde ich geschmacklos, sagte Lorenzo, während er sich vorsichtig umsah in meinem Zimmer. Er stand, unschlüssig, ob er sich setzen sollte oder nicht, er stand wacklig auf seinen dünnen langen Beinen, aber diszipliniert, und er drehte nur den Kopf ein wenig, er hatte etwas Kriminalistisches im Blick, er bewegte sich kaum, er fasste nichts an, so als wolle er keine Spuren hinterlassen, das Zimmer sollte meine Spuren tragen, seine Spuren nicht. Ich begriff, dass er meine Entscheidung, in ein Hotel zu ziehen und mich freiwillig dessen Service zu unterwerfen, geschmacklos fand, aber er sagte zunächst nichts weiter. Er registrierte das Buch auf meinem Nachttisch, den Laptop auf meinem Schreibtisch, er registrierte die schwarzen Ledersessel und den vollen Aschenbecher auf dem Aschenbechertisch, er sah, dass ich sehr viel Post bekam und dass ich mir die Zeitungen nachschicken ließ, er wunderte sich über die Zimmernymphe neben meinem französischen Bett, aber das, hätte ich erklären müssen, das ist der Stil des Hauses, dann riskierte er ein paar Schritte und lugte ins Badezimmer, er ging nicht hinein, sondern lugte mit dem Kopf durch die halb offene Tür. Soll ich dir Licht machen?, bot ich mich an. Neinnein, sagte Lorenzo, nein, nicht nötig.

Es ist ja nicht für immer, sagte ich. Aber es hilft mir momentan aus der Not. Was soll ich allein zu Hause? Ich kann mir nicht mal ein mittelmäßiges Gericht zubereiten, und ich halte es nicht aus, ohne Gesellschaft am Tisch zu sitzen.

Das musst du hier doch auch.

Schon. Aber im Speisesaal halten sich immer Gäste auf, und ich höre ihre Stimmen im Hintergrund.

Lorenzo fasste einen Entschluss: er näherte sich einem der Ledersessel, er hielt sich vorsorglich fest während des Hinsetzens, mit der einen Hand am Aschenbechertisch, mit der anderen an der Schreibtischschublade, und so zog er, während er sich niederließ, die Schublade versehentlich heraus, oh, sagte er, wozu denn das da? Er schob die Lade wieder zurück.

Ich habe mir einen Revolver besorgt, sagte ich.

Damit erschreckt man das Zimmermädchen, sagte Lorenzo.

Eigentlich ist die Schublade verschlossen, sagte ich.

Ich bin auch etwas erschrocken, sagte Lorenzo.

Dazu besteht kein Grund, sagte ich. Die Waffe ist nicht geladen.

Keine Patronen?

Die Patronen habe ich im Schrank versteckt, sagte ich.

Dann ist es ja gut.

Als Lorenzo im Begriff war aufzustehen, klammerten sich seine Finger an den Aschenbechertisch, und zwar die Finger beider Hände, er wollte sich nicht noch einmal erschrecken, und er wollte mich zu keiner Erklärung nötigen, für den Fall, dass sich die Waffe erneut zeigen würde. Ich begleitete ihn hinunter ins Foyer, ich hatte den Eindruck, dass er nicht nach links, nicht nach rechts blickte, sondern immer geradeaus auf die Drehtür. Er hätte, zumindest nach seinem ersten Besuch, kaum bezeugen können, dass sich dieses Foyer mit einem Springbrunnen schmückte, mit Nymphen und speienden Froschkönigen, er hätte nicht sagen können, dass das Plätschern des Wassers eine angenehm künstliche Atmosphäre erzeugte, er hätte das Plätschern geschmacklos gefunden.

Danke, aber es braucht mich keiner darüber aufzuklären, dass der Umzug ins Hotel noch einen anderen Zweck erfüllte, danke recht herzlich, aber das weiß ich selber: ich bin umgezogen, weil ich fürchtete, eine Illusion zu verlieren, ich fürchtete, dass sich der Eindruck verstärken würde, ich stünde nicht, wie es heißt, im Vollbesitz meiner Kräfte und so auf lange Sicht überhaupt nicht mehr zur Verfügung. Ich war und bin bemüht, diesen Eindruck zu vermeiden, vor Kollegen und Geschäftspartnern und vor allem vor mir selbst – vor mir selbst zuallererst. Das Hotel dient mir und meiner

Illusion, sagte ich mir, der ganze Apparat stützt die Vorstellung einer uneingeschränkten Zurechnungsfähigkeit, ich sehe Damen lächeln beim Empfang und lächelnd in eine der Postwaben greifen, um mir dann ein Bündel aus Briefen, Karten und Päckchen über die Balustrade zu reichen, ich sehe Zimmermädchen durch die Korridore huschen und sehe, dass sie während meiner Abwesenheit alle notwendigen Verrichtungen erfüllt haben, das Bett ist gemacht, das Bad geputzt, die Minibar bestückt, alles wie am ersten Tag, ich sehe Gäste kommen und gehen, ich sehe Pagen im Livree deren Koffer schleppen, ich sehe ein Taxi vorfahren und sehe, dass der Page ein Trinkgeld bekommt.

Ich bin in ein Hotel umgezogen, weil es die Illusion befördert, dass ich unvermindert in die Geschäfte meines Verlages verwickelt bin, dabei spielt die Musik ganz von selbst, sagte ich mir, dein kleines Orchester beherrscht die Partitur längst ohne dich.

Ich nehme mir Zeit, spazieren zu gehen, in der Hoffnung, mich von den Strapazen – welche Strapazen?, fragte ich mich – zu erholen, ich rede mir ein, an Überanstrengung zu leiden, dein Kopf, sagte ich mir, ist völlig überfordert, er kriegt die Dinge nicht mehr auf die Reihe – welche Dinge?, fragte ich mich: auf welche Reihe? Ich stellte mich, wie um ein Bild zu finden, ans Ende der Reihe vor einen Fahrkartenschalter im Bahnhof Friedrichstraße, völlig absurd, aber klar und schön im Ausdruck, ich wartete hinter Wartenden, so lange, bis ich am Ziel war und, wie es heißt, an der Reihe: in diesem Augenblick drehte ich ab, ging hinaus, unter die Menschen, die kreuz und quer durchs Parterre liefen, die einen zu den U-Bahnen, die anderen zu den S-Bahnen, die dritten in einen Zeitungsladen, die vierten wer weiß wohin. Ich bestellte Espresso in einer Espresso-

Bar, ich sah den einen und den anderen, den dritten und den vierten beim Durcheinanderlaufen zu, ich bemerkte sogar, dass jemand stürzte und liegen blieb, mitten im Verkehr, und kurzzeitig hatte ich das Gefühl, dass ich derjenige sei, gestürzt, hingefallen und liegen geblieben. Ich fing wieder an, mich abzutasten, Arme und Beine, aber ich war völlig bei Sinnen, spürte, dass ich mit meinem Bewusstsein in meinem Körper hauste, ja, wo denn sonst, sagte ich mir und nippte am Espresso, und so sah ich keinen Grund zur Beunruhigung, keinen Grund, vom Hocker zu rutschen und einem Gestürzten, der mit mir nichts zu tun hatte, zu Hilfe zu eilen. Seit jeher versuche ich dem Unglück aus dem Weg zu gehen, seit jeher empfinde ich es als eine Zumutung, Zeuge eines Unglücks zu sein, ich mag es nicht, wenn Menschen, die eben noch wohlauf waren, plötzlich hilflos am Boden liegen, zusammengesackt oder zusammengeschlagen, wer weiß das schon so genau, ich spüre eine Spannung, die mich unversehens in ein Unglück hineinzuziehen droht, die mir eine Verantwortung zuspielt aus reinem Zufall und ohne dass ich sie mir auferlegt hätte. Ich bestellte noch einen Espresso und war froh darüber, dass ich nicht unmittelbar an der Unglücksstelle stand und außerdem davon getrennt war und geschützt durch eine schaufenstergroße Scheibe, da sind ja noch andere, sagte ich mir, die sich des Unglücklichen annehmen können, andere, die nur innezuhalten brauchen in ihrem rasenden Schritt, aber es dauerte eine Weile, bis tatsächlich einer stoppte und sich bückte, dann sich wieder aufrichtete und die Bahnhofswache verständigte. Damit war die Spannung verflogen, das Unglück kommt ohne dich aus, sagte ich mir, nach wenigen Minuten werden die Sanitäter eintreffen und die Störung beheben, sie werden den Unglücklichen auf eine Trage legen und zum Rettungswagen bringen, aus den Augen, aus dem Sinn, sagte ich mir, und ich fand, dass diese Gesellschaft sehr gut organisiert war.

Seit Tagen erwartete ich eine neuerliche Attacke, ein langsames Verdämmern meines Bewusstseins, und sei es nur für Minuten, ich muss sagen, dass mich diese Erwartung an das Hotelzimmer fesselte, dass ich es mir untersagte, das Hotel zu verlassen, ich hatte nicht vor, jemanden mit meinem Unglück zu belästigen, ihn wider seinen Willen in mein Unglück hineinzuziehen, ich wollte keine Scherereien verursachen, nicht einmal in einer sehr gut organisierten Gesellschaft. Aber die Tage vergingen wie im Flug, ich fühlte mich gut in Form und las so viel, wie ich schon lange nicht mehr gelesen hatte, nach jeder Nacht wurde mein Bett gemacht, das Bad geputzt und die Minibar bestückt, es war ein bisschen wie Urlaub, ich erholte mich gut. Gleichzeitig wuchs sich die Erwartung in den Vorhof der Sehnsucht aus, schön gesagt, sagte ich mir, denn das trifft es im Kern, ich sehnte mich nach der Dämmerung, sie sollte über mein Bewusstsein hereinbrechen und mir zu einer neuen Erfahrung verhelfen – über das, was passiert, wenn die Sinne fliehen, ich ging sogar so weit, mich auf den Vorgang einzustellen, indem ich das Umfeld vorbereitete, nämlich es in gewisser Weise verschärfte, ich weiß ja nicht, wozu ich fähig bin, wenn ich keine Kontrolle mehr über mich habe, ich würde es aber gerne wissen, der spielerische Zug, der in meinem Vorgehen lag, verlangte nach einem Experiment. Deshalb hatte ich mir einen Revolver gekauft, nein, nicht wirklich, ich hatte ihn eingetauscht bei einem Bekannten gegen ein Gratisabonnement meiner Zeitschrift, und inzwischen blätterte der Bekannte bereits im dritten Heft. Ich legte das Experiment, wie soll ich sagen, ich legte es sozusagen anspruchsvoll an: die Waffe sollte nicht geladen sein, das wäre zu einfach und in der Wirkung zu direkt, ich verwahrte also die Patronen in einer Schatulle im Schrank, und ich schloss die Schublade, in der sich die Waffe befand, sorgfältig ab und schob den Schlüssel unter die Flosse meiner Zimmernymphe. Sollte ich also in einer Verfassung, in der man mir, vom klinischen Standpunkt aus betrachtet, jede Zurechnungsfähigkeit absprechen würde, an eine geladene, das heißt, an eine gefährliche Waffe gelangen wollen, so müsste ich erst den Schlüssel unter der Flosse der Zimmernymphe hervorziehen, dann mit dem Schlüssel die Schublade aufschließen und den Revolver herausnehmen, schließlich die Patronen aus der Schatulle im Schrank bergen und sie in die Trommel stecken. Dann erst, muss ich sagen, hätte ich eine gefährliche Waffe in der Hand.

Eines Morgens erschienen zwei Frauen zum Frühstücksbüfett, eine jüngere und eine ältere, beide sehr gepflegt und von leicht affektiertem Benehmen, jede Äußerung wurde von einer deutlichen Geste bestärkt, und selbst wenn man die beiden aus der Ferne beobachtete, außerstande, ihre Stimmen zu entschlüsseln, empfing man Hinweise auf den Gegenstand ihrer Unterhaltung. Da fächelten lange Finger durch die Luft, da flog eine Hand auf den Mund, da stemmten sich Hände in die Hüften, da knickten die Oberkörper komisch zur Seite, die Frauen setzten all diese Zeichen, während sie sich am Büfett bedienten, sie pickten sich hiervon und davon, und die ältere schien sich über ein Thema zu ereifern, sie redete ununterbrochen, wobei sie einzelne Früchte für ihren Frühstücksquark zusammenstellte, sehr gewissenhaft übrigens, denn sie scheute sich nicht, eine Frucht, die ihr nicht zusagte, wieder in die Fruchtschale plumpsen zu lassen, in die große gläserne Fruchtschale auf dem Büfett, sie redete und redete, während der jüngeren ein Fruchtstück zu Boden klatschte, das sie, die ältere, dann mit der Schuhspitze unters Büfett kickte, ich war darauf vorbereitet, dass die Frauen gleich am Nachbartisch Platz nehmen würden, ich durfte mir sogar sicher sein, denn sie hatten bereits ihre Handtäschchen auf Stühlen postiert und die senkrecht stehenden, gefalteten Servietten umgestoßen und dann ausgelegt wie zum Bügeln, jeweils neben dem Teller. Ach du, sagte die ältere, lass uns doch umziehen zu dem Tisch dort am Fenster. Da sitzen wir dann viel näher dran an der Stadt. Ach ja, sagte die jüngere, das ist eine gute Idee. Beide schnappten sich ihre Täschchen und hängten sie über die Lehnen der ausgesuchten Stühle. Es änderte sich dadurch nicht viel für mich, ich sah die Frauen in der Nachbarschaft sitzen, statt rechts nun also links von mir, ich würde, wenn ich wollte, jedes Wort verstehen können, und weil ich die Zeitung bereits durchgeblättert hatte, stimmte ich mich auf etwas Abwechslung ein.

Die ältere: was sagst du nun? Sitzen wir näher dran an der Stadt oder nicht? Hab ich zu viel versprochen?

Die jüngere: viel näher. Wir sitzen jetzt viel näher dran.

Die ältere: Berlin bleibt Berlin, sag ich immer. Was meinst du, warum Kreuzer nach Berlin gegangen ist? Hmm? Weil Berlin eben Berlin ist. Sag ich auch immer: Berlin ist Berlin. Berlin ist die einzige Stadt in Deutschland, die dich nicht und niemals zur Ruhe kommen lässt. Berlin ist ein bisschen wie New York, das sagen alle, Berlin ist wie New York, sag ich immer, und ich kann mir nicht vorstellen, in einer anderen Stadt zu spielen, heute nicht mehr, du musst auf einer Berliner Bühne stehen, alles andere ist Abklatsch und Provinz.

Warum, meinst du, ist Kreuzer nach Berlin gegangen? Weil Kreuzer ein Mann für die Hauptstadt ist – wer, wenn nicht er.

Die jüngere: Kreuzer ist jetzt viel näher dran.

Die ältere: sicher, Schätzchen, du hast es erfasst. Kreuzer will es nochmal wissen, er will dieser Hauptstadt zeigen, was ein Hauptstadttheater ist. In diesem Mann steckt eine Energie, seit er hier eingetroffen ist, das glaubst du gar nicht, er steht wie unter Strom, er schafft es, die Proben zu elektrisieren. Das ganze Ensemble steht Kopf, es ist völlig verrückt nach Kreuzers Hauptstadterotik, und das Publikum jubelt, du musst hauptstadterotisch sein, sag ich immer, dann liegt dir das Publikum zu Füßen. Ich hab hier einen Jubel erlebt wie nirgendwo sonst, die Leute waren außer sich, und ich musste mich wieder und wieder verbeugen, ein überwältigender Erfolg, wer das nicht erlebt hat, hat gar nichts erlebt. Ich freue mich so für Kreuzer.

Die jüngere: die Kritik war ja nicht so –

Die ältere: ach, hör mir doch damit auf. Die Kritik, die Kritik. Die Kritik muss kritisch sein, das ist sie sich schuldig, wer liest schon gern eine Kritik, die nicht kritisch ist. Eine Kritik muss kritisch sein, sag ich immer, andernfalls würde sie sich selbst abschaffen. Kennst du einen Kritiker, der unkritisch ist? Natürlich nicht. Das wäre ja dann ein Unkritiker, und einen Unkritiker stellt keine ernst zu nehmende Zeitung ein. Die Kritik muss kritisch sein, selbst wenn sie dabei das Wichtigste verpasst. Sie verpasst die Hauptstadterotik, sag ich dir, und das wird sich rächen. Eine Kritik, die nichts von Verführung versteht, ist unerotisch, ganz unter uns gesagt, sie ist erotisch verkommen, sie erträgt den Jubel nicht, und sie erträgt sich selbst nicht, sie hat Angst, sich umgarnen und betören zu lassen, weil sie dann keine kritischen Kritiken mehr

schreiben könnte, sie sitzt, einen Keuschheitsgürtel umge-
schnallt, im Parkett, und das rächt sich, sag ich immer, das
wird sich noch rächen.

Die jüngere: was sagt denn Kreuzer dazu?

Die ältere: Kreuzer ist total erotisch. Du solltest ihn einmal erleben auf der Premierenfeier. Total erotisch, sag ich dir,
erst bringt er dir ein Glas Sekt, und dann kneift er dich in
den Po. Was hab ich da gekiekst.

Die jüngere: was sagt er denn dazu, dass die kritische Kritik so kritisch ist?

Die ältere: ach, die Kritik, die Kritik. Kreuzer sagt, die
könnte ihn am Arsch lecken, total erotisch am Arsch lecken.
Kritiker sind zickig, sagt Kreuzer, die sind noch nicht reif für
sein Theater, die zieren sich wie die Jungfrauen, Kreuzer sagt:
denen müsste er es erst mal richtig besorgen. Was hab ich da
gebrüllt.

Die jüngere: ich bin nicht zickig.

Die ältere: du doch nicht, Schätzchen, du bist eine Frau
nach seinem Geschmack, strebsam, folgsam, biegsam, genau
nach seinem Geschmack, sag ich immer. Mach ein bisschen
auf sexy, und du wirst sehen, er nimmt dich mit Handkuss.

Die jüngere: ja, gut.

Die ältere: ja, sehr gut. Die Hauptstadt braucht ein eroti-
sches Hauptstadttheater, ich hab mich tief verbeugt, immer
wieder, ich hab die Hauptstadt tief in mein Dekolleté blicken
lassen. Das ist es, hat Kreuzer gesagt, das ist es.

Ich ziehe meinen Revolver und richte ihn auf den Nachbartisch, ich sage kein Wort und genieße das Schweigen, das
sich augenblicklich ausbreitet, die jüngere Frau schlägt sich
die Hand auf den Mund, die ältere fächelt mit langen Fingern durch die Luft, dann knicken beide komisch zur Seite,
so wie sie es gelernt haben, die eine nach links, die andere

nach rechts, erst danach reißen sie die Hände hoch, eine Haltung, die, würde sie bemerkt, Aufmerksamkeit erregen würde, ich sehe mich daher gezwungen, so schnell wie möglich zu handeln, ich muss eine Entscheidung treffen: entweder – oder.

Nicht diese Geschichte, sagte Nicole, es gibt diese Geschichte nämlich nicht, es gibt keinen Vater, jedenfalls nicht bis zur Wende, ich bin zwar gezeugt worden, das siehst du ja, aber ich habe meinen Erzeuger nie kennen gelernt, nicht bis zur Wende, er ist einfach auf und davon, er hat meine Mutter sitzen lassen, er hat ihr ein Kind gemacht, und er hat ihr sogar noch freundlich über den dicken Bauch gestreichelt, siebter Monat oder so, dann aber war er nicht mehr zu halten. Er ist tatsächlich getürmt, tatsächlich aus politischen Gründen, wie er betonte, so hats mir die Mutter erzählt, er ist nicht nur aus der Familie geflüchtet, sondern auch aus der Republik, eine Familien- und Republikflucht in einem, immer war der Staat an allem schuld, dabei hat mein Vater bloß keine Lust drauf gehabt, einen Kinderwagen durchs triste Jena zu schieben, igitt, und er wollte in den Nächten seine Ruhe haben, er wollte schlafen, wie die anderen Menschen auch, statt im Bett aufzufahren, wenn sein Kleines plärrt. Er hat, wenn du mich fragst, sein Kleines verraten und nicht so sehr sein Land, das Land aber hat sein Kleines aufgefangen in der Kinderkrippe, und es hat dafür gesorgt, dass es groß werden konnte bei einer Mutter, die jeden Tag auf Arbeit musste, ja, was meinst denn du, meinst du etwa, sie wäre fortan zu Hause geblieben, um ein Kind aufzuziehen und nichts sonst? So lief das nicht bei uns. Das Kleine wurde ein Mädchen und hat ein Halstuch umgebunden bekommen, es wurde eine Pionierin und schwang ein Fähnchen, wenn Vater Staat einen Umzug veranstaltete, die ganze Stadt war auf den Beinen, und aus den Fenstern wehten rote Fahnen, schön anzusehen, besonders am 1. Mai. Meine Mutter setzte alles daran, dass sie auch am 1. Mai etwas zu arbeiten bekam. Du kannst ja ein Krankenhaus nicht zumachen, wenn Feiertag ist, das bekäme den Kranken schlecht, wenn sie zur Feier des Tages keiner versorgen würde. Meine Mutter sprach immer vom Zirkus und davon, dass sie einen Zirkus nicht leiden mag, schon gar nicht einen Staatszirkus wie den von unserer DDR, sie besaß keine einzige rote Fahne, nicht einmal eine im Schrank, und deshalb konnte sie auch keine aus dem Fenster hängen, wenn der Staatszirkus vorbeizog. Da schob sie lieber einen Feiertagsdienst ein, dagegen war ja nichts einzuwenden, denn eine musste ja Spritzen aufziehen und Pillen verteilen, eine musste ja mit den Kranken feiern, die vielleicht auch lieber eine Zirkusvorstellung gesehen hätten, mit Winkelementen, mit Blasmusik und mit einer Ansprache an das Volk. Ich habe das, ehrlich gesagt, immer gern gesehen und gehört, und als ich schöne, lange Zöpfe hatte, da sah ich mich schon als Zirkusprinzessin, als eine Prinzessin, die auf einem Elefanten durchs Johannistor reitet, aber da hätte ich den Kopf einziehen müssen, ich hätte noch mal gewunken und hätte mich dann geduckt. Eine Prinzessin wäre ich gern geworden, selbst in einem Staatszirkus, das darf man nicht so eng sehen, ich glaube sowieso, dass dieses Wort von meinem Vater stammt, ich glaube, dass meine Mutter das Wort Staatszirkus von meinem Vater geklaut hat, von wem denn sonst, er hat gesagt, das ist ein Staatszirkus, damit meine Mutter erkennt, was sich da vor ihren Augen abspielt. Er redet ja heute noch so, nicht nur, wenn er sich an die DDR erinnert, er redet auch so, wenn er sich ansieht, wie der neue Staat sich schmückt, sofern der neue Staat vorhat, sich zu feiern, er redet so, ob-

wohl er bei diesem Staat angestellt ist, ein echter Erfüllungs-
gehilfe der Bundesrepublik Deutschland. Das gibt wieder den
üblichen Staatszirkus, sagt er dann, und er hofft, dass er dabei keinen Statisten mimen muss, das nämlich ist nicht seine
Art, da geht er lieber Tennis spielen oder sieht zu, dass er eine
Reise ins Ausland anbrechen kann. Mein Vater ist erst seit
der Wende mein Vater, und ich glaube sogar, er ist ein bisschen stolz auf seine große Tochter, die auch schon zwei Kinder hat, all die Jahre davor aber hat er sich kein einziges Mal
gemeldet, er kam nie auf den Gedanken, uns zu besuchen.
Die ferne Familie in der fernen Republik nebenan, er schick-
te uns kein Westpaket, keine Deos, keinen Kaffee, keinen Udo
Lindenberg, er schrieb keinen einzigen Brief, keine einzige
Karte mit einer Ansicht aus der freien Welt, er hat uns verraten. Er hat den Absprung geschafft, gerade noch rechtzeitig,
so rechtzeitig nämlich, dass er keinen Heldenmut aufzubie-
ten brauchte, er hat bloß die Seiten gewechselt, er ist bloß
nach drüben gefahren, mit der S-Bahn von Ost-Berlin nach
West-Berlin, das war damals noch möglich, ehe der Staat, der
um seine Zirkusfamilie bangte, einen Schutzwall hochzog
und entlang der Grenze seine Schützen aufstellte, damit
auch ja keiner von drüben einfallen und am 1. Mai den
Clown spielen konnte. Mein Vater aber durfte noch völlig
unbehelligt seine Familie verlassen, es wurden keine Hunde
auf ihn gehetzt, und es wurde nicht auf ihn geschossen, er
hatte Glück, und so konnte er noch einmal von vorne beginnen, jenseits von Familie und Republik, er war ja noch jung.

Herr Wettrich ist gleich so weit, sagte die Sekretärin, er tele-
foniert noch. Sie stand hinter einer Theke, als hätte sie etwas
zu verkaufen, kaum aber, dass sie mich vertröstet hatte,
wandte sie sich ab und kehrte zurück an ihren Schreibtisch,

sie setzte sich auf einen Drehstuhl, Knie beisammen, Unterschenkel gespreizt, und rollte, sich mit klappernden Absätzen vorwärtsziehend, bis vor die Kante. Schönes Kostüm, dachte ich, schöne Bluse, alles sehr jung an dieser Frau, dabei könnte sie meine Mutter sein. Jens Wettrich erschien auf der Schwelle, groß und schlank, weißes Haar, gepflegter Schnauzer, dunkler Anzug, er hielt sich mit der einen Hand ein Handy ans Ohr und winkte mich mit der anderen herein, er sagte: ja, natürlich! und: das lässt sich machen! und: aber bitte keinen Staatszirkus! und schloss hinter mir die Tür. Das Büro war mir vertraut, und so ließ ich mich ohne Aufforderung in einen Stahlrohrstuhl fallen. Auch der Stuhl war mir vertraut, sein angenehmes Schwingen, das einen leicht wieder zum Stehen brachte – ich blieb sitzen. Wettrich ging auf und ab, während er weiter telefonierte, und das Parkett knarrte unter seinen bedächtigen Schritten, dann ging er zu einem der drei hohen Fenster, nicht zu dem mit den geöffneten Flügeln, sondern zum mittleren, das er aufstieß, um mit der freien Hand eine abschlägige Geste in die Luft zu setzen, hinaus, hinaus, sozusagen, aber ich fühlte mich nicht gemeint. Wettrich sagte: ja, natürlich! Der Senator wird kommen. Aber schicken Sie uns doch noch eine Einladung mit dem kompletten Programm. Ja? Sehr freundlich. Danke. So.

Gehts gut? fragte ich.

Geht so, danke, sagte Wettrich und legte sein Handy auf den Tisch. Ich muss dir sagen, ich liebe dieses Gerät, sogar im Büro, ich bin damit sehr mobil, ich hänge nicht an der Leine, ich kann mich frei bewegen, und das ist ein großer Vorteil, gerade um diese Jahreszeit, in der die Hummeln so aufgeregt sind. Die Berliner Hummeln sind übrigens besonders aufgeregt, ich glaube, dafür sind sie sogar berüchtigt, schau, ich hab da diesen Garten vor dem Fenster, ganz wunderbar und eine Augenweide ohnehin. Ich arbeite, sobald sich die Sonne zeigt, gerne bei offenem Fenster, das hintere Fenster ist meistens geöffnet, die vorderen beiden lasse ich zu, denn ich will mich nicht verkühlen, der Sommer ist noch weit. Jetzt brummen da die Berliner Hummeln dauernd durchs hintere Fenster herein, und meinst du, sie würden auch durchs hintere wieder verbrummen? Natürlich nicht. Sie stoßen so lange gegen die Scheiben der vorderen Fenster, bis ich eingreife, brummbumm, brummbumm, ein klägliches Schauspiel, weil vollkommen sinnlos, ich kann sie ja nicht an ihren schönen gelben Gürteln packen und aufs hintere Fenster lotsen, abgesehen davon, dass sie sich gar nicht lotsen lassen würden, lieber schießen sie wieder auf die vorderen Fenster zu, brummbumm, brummbumm, also muss ich aufstehen und das Fenster aufmachen, damit sie entfliehen können und mich nicht weiter stören. Was aber, wenn ich am Telefon angebunden bin? Ich kann doch ein Gespräch nicht einfach unterbrechen, nicht wegen einer einzigen närrischen Hummel. Deshalb schätze ich das Handy, ich stehe auf und gehe zum Fenster, ohne dass der Gesprächspartner etwas davon bemerkt, ich kann, während ich einer Berliner Hummel den Weg in die Freiheit öffne, unbeeinträchtigt meiner Arbeit nachgehen. So.

Ist das ein Gleichnis?, fragte ich.

Du hast es getroffen, sagte Wettrich. Aber einen blühenden Garten –

Jens!

Wer ist das?, fragte ich.

Aber einen blühenden Garten suchst du vergeblich in der Landespolitik. So, sagte Wettrich: da schreit der Senator.

Jens! Wir sind noch nicht fertig.

Hörst du, er denkt immer noch, dass man in dieser Stadt

irgendetwas zu Ende bringen könnte, sagte Wettrich: ja, ich komm ja schon. Wettrich sagte: entschuldige bitte, es dauert nicht lange.

Dann ging Wettrich hinaus, ohne die Tür hinter sich zu schließen, sodass ich sehen konnte, wie er an der langen Theke entlang zum Büro des Senators schlenderte. Ich schwang mich aus meinem Stahlrohrstuhl und griff nach einem verklammerten Bündel Papier: hausinterner News-Flash stand, angehaucht vom Szene-Jargon, auf dem Deckblatt, der Pressespiegel offenbar, gesammelte Kopien aus den Tageszeitungen. Gerade hatte ich zu blättern angefangen, da brummte etwas unheilvoll über meinem Kopf, ich stockte und ließ mich einkreisen, aber nur für einen Moment, dann nämlich benutzte ich den News-Flash als Schutzschild, sank in die Knie und tauchte weg, das wäre nicht nötig gewesen, denn schon flog die Hummel auf das mittlere Fenster zu und prallte dagegen, brummbumm, brummbumm, sagte ich mir und überlegte, ob ich befugt sei, an Wettrichs Stelle zu handeln. Vielleicht verbirgt sich im Körper der Hummel eine Politikerin der Grünen, sagte ich mir, vielleicht stößt sie nur deshalb gegen die Scheibe, weil sie sich sehnt nach ihrem Garten dort draußen, ganz wunderbar und eine Augenweide ohnehin, ich beschloss, das Fenster zu öffnen und mit dem Schutzschild die Richtung zu weisen, ich entließ die Hummel aus der Verwaltung.

So, sagte Wettrich und kontrollierte, ehe er sich setzte, die geschlossenen vorderen Fenster, und zwar sehr gewissenhaft, indem er vom linken Flügel zum rechten ging, erst vor dem einen, dann vor dem anderen Fenster, er prüfte, ob an einer der Scheiben, und sei es versteckt im Winkel des Rahmens, ein aus Erschöpfung verstummter Brummer klebte, das aber war anscheinend nicht der Fall. Wettrich sagte: sie sind plump und pelzig und meistens bunt behaart, und sie bilden ihren eigenen Staat, so wie alle Bienen. Eigentlich sind sie hässlich, und sie sind dumm, weil sie sich nicht belehren lassen, sie sehen einen wunderbaren Garten und wollen auf dem kürzesten Weg hinaus, brummbumm, sie kommen nicht durch und gehen an der eigenen Vision zugrunde. Aber ich mag sie.

Klar, sagte ich, du spielst ja selbst gern den Visionär.

Ja, schon, sagte Wettrich, aber ich achte darauf, welches Fenster gerade offen steht.

Wettrich sagte: Die letzten Jahre sind verschenkt worden, und weißt du, warum? Weil die Konservativen keine Vision haben für die Stadt. Alles, was sie sich vorstellen können, sind breite Straßen mitten durchs Zentrum, damit man schnell in die Stadt hineinkommt und schnell aus der Stadt hinaus, möglichst ohne anzuhalten, völlig absurd. Darin folgen die Konservativen den DDR-Planern auf den Fuß, die Stadt sollte schon damals möglichst funktional sein, nicht schön, nicht vielfältig, nicht bunt, doch mit Rennstrecken für ihre lahmen Kutschen und mit öden Plätzen für ihre Paraden und den ganzen grotesken Staatszirkus. Weil sich aber die Konservativen, dann, wenn sie auf ihren Schnellstraßen entlanggrasen, von einem sentimentalen Gemüt bewegt fühlen, wünschen sie sich historischen Fassadenkitsch gleich hinter der Leitplanke. Das ist dann fast schon die ganze Politik, das ist sie gewesen, bis auf die Lust aufs Eigenheim in der Peripherie, die kleinen Lustsiedlungen gegen den Frust der Autostadt. Verkehrte Welt. Denn man müsste dafür sorgen, dass es Lust macht, in der Stadt zu wohnen, und dass der Verkehr an den Rändern fließt. Man müsste Gebäuderiegel quer in die Spuren rammen, die Straßen verschmälern und die Trottoirs verbreitern. Ganze bürgerliche Viertel sind denkbar, so viel Ödland gibt es in Mitte, Viertel mit bürgerlichen Plätzen, wo man sich treffen und einen Kaffee trinken könnte, ohne dass man Gefahr liefe, überrollt zu werden von einem Rennwagen mit einem sentimentalen Konservativen am Steuer. Der Staat ist in den Spreebogen umgezogen, geschichtlich verwurzelt dagegen ist er in Mitte, eingespannt zwischen Tangenten, die die DDR für ihre puffenden Ostkutschen geteert hat, der geschichtliche Staat ist von derselben DDR bereits weggesprengt worden für freie Park- und freie Paradeplätze, wenigstens zum Teil, das Schloss ist futsch. Auf die alte Mitte muss man heute schauen, um durch kluge, dichte Bebauung die Standards bürgerlicher Lebensart zu schaffen, und zwar in der Hoffnung, dass über kurz oder lang die alte Mitte kulturell aufblüht und dem neuen Staat im Spreebogen gelassen zunickt.

Jaja, bei Vino frizzante und Campari, sagte ich. Du träumst von der italienischen Stadt.

Nee, Italien lässt sich in Mitte nicht kopieren, schon deshalb nicht, weil das Bild der Stadt tausend Risse hat, Hochhäuser und charmante Klötze, überhaupt alles quer durch alle Epochen, eine Großstadt eben, was sonst. Aber es lohnt sich, in die alten Pläne der Stadt zu blicken, wie da was zusammenhing, ehe es gesprengt und abgerissen, durchkreuzt, geteert und gewalzt worden ist.

Ich glaube, ich höre eine Brummbumm-Hummel, sagte ich.

Wenn, dann hörst du eine brummende Hummel, sagte Wettrich, eine, die weiß, welches Fenster sie anzusteuern hat.

Nein, Jens, sagte ich: sie kämpft gegen das mittlere Fenster.

Tatsächlich, sagte Wettrich und sprang auf, um der Hummel einen Sieg zu verschaffen. Er sagte: die Debatte hat, seit die Baupolitik in unseren Händen liegt, wieder Anschluss gefunden an das internationale Niveau. Nächste Woche jette ich nach Moskau.

Ich sagte: wir geben demnächst eine Sondernummer heraus, sie schielt auf die Zukunft der Städte.

Ja, weiß ich, sagte Wettrich: Nicole hat mir davon erzählt – die fahle Nicole, dachte ich, und ich dachte, dass ich bald wieder nach Jena fahren werde, auch wenn ich nichts zu verschenken habe, schon gar keine Leidenschaft, heute nicht mehr, *I See You Baby*, der Uni-Turm kommt in Sicht, Jena ist nicht Chicago, nicht wirklich auf internationalem Niveau, aber egal, das ist meine Stadt, sagt Nicole, und das ist alles, was zählt, nicht wahr – Wettrich sagte: alle Welt schaut auf Berlin, und ich finde, dass in diesem Heft eine kritische Würdigung zu lesen sein müsste über das, was wir hier leisten, über erste Ergebnisse und weitere Pläne für die Stadt der Zukunft, findest du nicht? Ich würde diese Würdigung, wenn du erlaubst, gerne selbst verfassen, kritisch natürlich, das versteht sich von selbst, natürlich ein kritischer Erfahrungsbericht.

Ich sagte: dafür haben wir bereits einen Stadthistoriker eingekauft, für die kritische Würdigung.

Welchen?, fragte Wettrich.

Ich sagte: aber vielleicht könnte der Senator diese Nummer mit einem Geleitwort versehen.

Das Geleitwort schreibe ich am besten selbst, sagte Wettrich, und wenn unbedingt nötig, dann kann es ja der Senator unterzeichnen.

Die Sekretärin stand wie eine Säule in Wettrichs Büro, unbeweglich und mit gestrecktem Rücken, sie war eingetreten, ohne anzuklopfen, und weil wir uns nicht beirren ließen, nicht einmal jetzt, da sie uns mit ihrer versäulten Anwesenheit zuzusetzen versuchte, löste sie sich aus der Verspannung und schritt langsam über das Parkett, so als seien ihr die am stärksten knarrenden Stellen geläufig. Wettrich zeigte eine Resonanz: oh, da kommt ja der Kaffee. Es hat ein wenig gedauert, weil die Maschine unheilbar verkalkt ist. Bei kürzeren Unterredungen, musst du wissen, kommt der Kaffee gar nicht, es ist aussichtslos, keine Chance.

Kalt ist es hier, sagte die Sekretärin und fröstelte künstlich. Soll ich das Fenster schließen?

Bitte nicht, sagte Wettrich, es scheint doch die Sonne draußen. Und außerdem müssen wir unsere Hummeln trainieren.

Leider ohne Erfolg, sagte ich.

Versteh ich nicht, sagte die Sekretärin und verließ das Büro, als sei sie es gewohnt, mit Rätseln zu leben.

Sag mal, sagte Wettrich und löffelte Zucker in seine Tasse: was hindert dich daran, dich auf Nicole einzulassen, nicht nur mal schnell zwischendurch, das ist prima, weiß ich doch, sondern, wie soll ich sagen, etwas genereller. Ihr passt doch gut zusammen, das sieht man auf den ersten Blick. Und ich bin mir sicher, dass sie dich sehr mag, vielleicht liebt sie dich sogar. Da gibt es doch nichts zu lachen. Sie ist schön, sie ist klug, sie weiß, was sie will, also, was ist es? Ist sie dir zu alt? Gehen dir ihre Kinder auf die Nerven? Hast du Angst, dir eine ganze Familie aufzuhalsen? Nicole braucht einen wie dich.

Plagt dich ein schlechtes Gewissen?, fragte ich.

Wieso denn mich?

Dich hätte Nicole gebraucht, sagte ich, damals jedenfalls, als du alles hinter dir gelassen hast, auf Nichtmehrwiedersehen. Wäre die Grenze nicht gefallen, Nicole hätte ihren Vater nie kennen gelernt.

Ja, sagte Wettrich.

Mehr fällt dir nicht dazu ein?

Nein.

Einmal sagte Nicole: natürlich war ich neugierig, ich wollte wissen, wie so ein Erzeuger aussieht, und es war gar nicht so schwierig, ihn ausfindig zu machen, im Gegenteil, es war ein Kinderspiel mit böser Tante. Irgendwann nämlich habe ich herausgefunden, wie es zu dem Zerwürfnis kam zwischen den beiden Schwestern, zwischen meiner Mutter und meiner Tante. Meine Mutter hat so gut wie nie von meiner Tante gesprochen, sie existierte für sie nicht, sie hat sie aus ihrem Leben gestrichen, aus ihrem Gedächtnis sowieso, sie erinnert sich nicht mehr an sie, nicht daran, dass sie und ihre Schwester als unzertrennlich galten, Hand in Hand und jede mit einem Schleifchen im Haar. Davon gibt es noch Fotos, leider etwas vergilbt, und auf jedem dieser Fotos sind sie gemeinsam zu sehen, nie die eine ohne die andere, sogar später noch, als sie zu Schönheiten aufblühten und für den Fotografen verträumte Blicke riskierten, natürlich weit an der Linse vorbei. Auf einem Familienfest, Jahre danach, ich war schon auf der Welt und trug selbst ein Schleifchen im Haar, wechselten die Schwestern kein Wort, und wenn sich ihre verträumten Blicke kreuzten, dann nie länger als eine Sekunde. Jedes Mal, wenn ich in die Nähe meiner Tante geriet, unvermeidlich, da zum Servieren verdammt, verfolgte mich der Argwohn meiner Mutter, und als die Tante dann einmal freundlich sein wollte und mir vorsichtig übers Haar strich, pfiff mich die Mutter zurück, sie pfiff wie nach einem Hündchen, das im Begriff steht, etwas Verbotenes zu naschen. Die Tante verabschiedete sich früher als erwartet aus dem Kreis der Familie, noch vor dem Dessert, dessen entsinne ich mich genau, denn ich hielt ein überzähliges Schälchen in den Händen, das ich dann vor dem verlassenen Stuhl auf den Tisch stellte, an die Seite eines benutzten Weinglases mit einer Spur von Lippenstift am Rand. Irgendwann jedenfalls habe ich herausgefunden, was die Schwestern entzweite, und zwar auf Dauer, sie gehen sich noch heute aus dem Weg. Sie ähnelten sich damals so sehr, dass es meinen Vater keine große Anstrengung gekostet haben dürfte, sich von der älteren Schwester, meiner Mutter, auf die jüngere, meine Tante, umzustellen. Männer sind, was ihren Geschmack für Frauen angeht, unbeirrbar konservativ. Jens suchte sich nicht einmal eine andere Familie, warum auch, wo aus der einmal erwählten gleich zwei so zarte Knospen sprossen. Die eine Schwester trug sein Kind aus, die andere bezeugte seine Freiheit, das zu tun, was er für nötig hielt. Und weil ihm die Freiheit lieber war als das Kind, schmiedete er Pläne mit ihr. Mutters Schwester Ulrike zog nach Berlin, in die Hauptstadt der DDR, hallo, Herr Nachbar, winkte sie über die Mauer, und Herr Nachbar winkte zurück, so lange, bis Tante Ulrike die Ausreise beantragte und nach einer harten Probe auf ihre Geduld die westliche Hälfte der Stadt erreichte. So kann es gehen, wenn man sich für die Freiheit entscheidet. Man wird sie nicht mehr los. Darüber hat Mutter nie gesprochen, ebenso wenig wie die anderen, sie schwiegen, es war, als hätte sich die ganze Familie gegen mich verschworen, gegen jeden Funken Aufklärung, damit das Küken der Familie keinen Schrecken bekommt. Aber ich erfuhr trotzdem die Wahrheit. Als Großvater senil und, wie die anderen sagten, etwas wunderlich geworden war, plapperte er allerhand dummes Zeug. Hörte man ihm jedoch lange genug zu, beschenkte er einen mit Familiengeheimnissen. Ulrikes Adresse war leicht zu ermitteln, ich schrieb ihr, sie schrieb mir, hin und her, eine stattliche Korrespondenz, und so bekam ich alles heraus, was ich immer schon über Jens Wettrich wissen wollte. Aber ich schrieb nie an ihn selbst, auch dann nicht, als Ulrike zu ihm nach West-Berlin gezogen war, ich schrieb Ulrike, und Ulrike schrieb mir, immer so fort, bis die Grenzübergänge geöffnet wurden.

Sind Sie Jens Wettrich?, fragte ich den Mann an der Wohnungstür.

Ja, sagte er: was kann ich für Sie tun?

Ich sagte: diese Frage höre ich gern. Darf ich reinkommen?

Er zögerte, er musterte mich, mit jener Schamlosigkeit, die eine Fremde, egal vor welcher Wohnungstür, ertragen muss. Ich weiß nicht, was ihm in diesem Augenblick durch den Kopf ging, ob er auf eine perfide Agentin der Stasi tippte, im Dienst der DDR, wenn auch auf feindlichem Terrain, oder auf eine einfache Hausiererin, die ihm auf ihre Weise lästig werden könnte. Aber an die Stasi glaubte schon damals keiner mehr wirklich, und er natürlich auch nicht. Und für eine Hausiererin sah ich schlicht zu privat aus, ohne Waren, ohne Wimpel oder Abzeichen einer Reklame. Beides schied also aus. Ich weiß, dass Männer einen konservativen Geschmack haben, und ich weiß, dass sich familiäre Züge in mein Gesicht gezeichnet haben. Jens Wettrich musterte mich, und ich hatte den Eindruck: ich gefiel ihm.

Bitte, sagte er: kommen Sie herein.

Sehr freundlich, sagte ich und folgte ihm. Sein Wohnzimmer war groß und hell, und es vermittelte, da spärlich möbliert, einen betont vorläufigen Charakter, es sah aus wie eine Bleibe auf Abruf, alte Stühle um einen alten Tisch, zwei oder drei Bücherregale und in der Ecke eine Glasplatte auf zwei Böcken, Computer, Telefon, Akten. Die Nachmittagssonne fiel schräg durchs Fenster, und Jens Wettrich stellte sich in die Lichtschneise auf den Dielen: darf ich Ihnen etwas zu trinken anbieten?

Eine Tasse Tee, ja, sagte ich. Er ging mit bedächtigen Schritten in die Küche. Er gefiel mir.

Sie holte tief Luft, blähte die Wangen und pustete, über den halben Tisch gebeugt, die Kerzen auf der Geburtstagstorte aus, jede Flamme des herzförmigen Gestecks, sodass die anderen johlend in die Hände klatschten. Sie durfte sich, wie es der Brauch ist, etwas wünschen, und wenn sie es für sich behielte, würde es, wie der Brauch verspricht, in Erfüllung gehen. Sie wünschte sich etwas und schlug die Augen auf zu mir.

Ich wich aus. Es war Mitternacht, als Wettrich die hohen Gläser mit Champagner füllte. Die kleine Gesellschaft prostete sich im Stehen zu, und dann trat einer nach dem anderen vor, hob abermals sein Glas und sagte vor dem Klirren einen Glückwunsch. Nicole hatte rote Wangen vom Pusten, und ich fand, dass ihr sonst so fahles Gesicht aufregend glühte, sie sah bezaubernd aus, ich sagte nichts und stieß mit ihr an, und obwohl sie erneut ihren Augenaufschlag verschenkte, küsste ich sie nur flüchtig auf die glühende Wange. Schon schlich sich Schulz mit einem sperrigen Grinsen heran, der Professor aus Jena, jener, der Nicole gern zu Hause anrief, um mit ihr einen nicht zu vergessenden Gedanken zu teilen. Er hatte sich, da eingeladen, angeboten, Nicole nach Berlin zu chauffieren, und sie war darauf eingegangen. Schulz hatte den ganzen Abend gut getrunken, keine Runde ohne Schulz, sagte ich mir, keine Runde, ohne dass Schulz einen Toast ausgesprochen hätte auf Nicole, alles noch am Vorabend ihres Geburtstags, vor Mitternacht, und so wirkte Schulz entsprechend fidel, als er sich sperrig grinsend näherte, sehr fidel und sehr lustig, der Champagner schwappte leicht über den Rand, als er zum ersten Toast nach Mitternacht ausholte: So schö-hö-hön möge sie uns erhalten bleiben bis zu ihrem Hundertsten! Ich stellte mein Glas auf dem Holztisch ab und verzog mich auf die Toilette, auch ich hatte getrunken, wenn auch nicht viel und nicht zu jedem albernen Toast, keine Runde ohne Schulz, sagte ich mir, aber Schulz schluckt notfalls auch allein. Ich setzte mich auf die Klobrille und war erleichtert, einen Augenblick Ruhe zu finden, so sehr, dass ich beschloss, mir Zeit zu nehmen, mich zu entspannen, kaum beschlossen aber, da rüttelte jemand von außen an der Klinke: ist da einer drinnen? Nein, sagte ich, da ist keiner drinnen. Also wurde ich gefragt: ist da keiner drinnen? Und ich erwiderte: ja, da ist keiner drinnen. Die Klinke klappte rauf und runter, und das Scheppern schmerzte in den Ohren, verflucht, schimpfte ich, lass mich in Frieden, wobei ich mit den Fingerknöcheln von innen an die Tür hämmerte. Herein!, sagte die Stimme, verpiss dich!, sagte ich.

Ich fragte mich, wie die aufregend glühende Nicole diese verfluchten Kinder hatte in die Welt setzen können, und ich fragte mich, wieso diese Kinder nicht längst im Bett waren, ich würde sie eigenhändig auf die Matratze schnallen oder, wie in der psychiatrischen Praxis, eigenhändig fixieren, diese hässlichen Kinder muss man fixieren, sagte ich mir, aber da quäkte schon eine zweite Stimme von außen, das kleine hässliche Mädchen hatte ihren kleinen hässlichen Bruder zu Hilfe geholt, die zweite Stimme quäkte: ist da jetzt einer drinnen oder keiner? Verpiss dich!, brüllte ich, dass ich auf der Klobrille rutschte. Piss selber!, sagte der hässliche Junge, was mir, da logisch gedacht, eine Sekunde imponierte, aber nicht länger, denn dann rüttelte der hässliche Junge so heftig an der Klinke, wie es die hässliche Schwester niemals vermocht hätte, da rüttelt eine männliche Hand, sagte ich mir, und sie wird so lange rütteln, bis die Klinke abfällt, und deshalb schrie ich: Scheiße! Der Junge hielt inne, und die hässlichen Geschwister kicherten, ach so, sagte der Junge, dann dauert es also länger. Eine dritte Stimme erklang von fern: kommt, Kinder, wir feiern Mamas Geburtstag! Diese Stimme gehörte Ulrike, der guten Ulrike, dachte ich, denn die hässlichen Geschwister ließen ab von mir, und ich hörte sie über den Flur trampeln. Die gute Ulrike, eine sympathische Person, sagte ich mir, sie schmeißt die ganze Party ganz allein, zwangsläufig sozusagen, weil ihr von Wettrich in die kleinen flachen Schuhe geschoben.

Er hatte die Idee zu dieser Veranstaltung, einmal sollte seine Tochter bei ihm Geburtstag feiern, deshalb auch der ganze Aufwand mit Torte und einem Herz aus Kerzen, der Vater inszenierte einen Kindergeburtstag für seine Tochter, weil er nie einen Kindergeburtstag seiner Tochter erlebt hatte: na, was hältst du davon, Nicole? Nicole, so schien es mir, war gerührt, natürlich rechnete sie damit, dass ihre Mutter die Einladung ausschlagen würde, nicht zu Jens und Ulrike, ausgeschlossen, sie wusste, dass dieses Fest ihre Mutter kränken würde, aber sie entschied sich dafür, dieses Fest trotzdem zu feiern, mit Ulrike und mit ihrem Vater Jens Wettrich. Ich drückte die Spülung und knöpfte mir die Hose zu, ich ging über den Flur zurück auf die Party, Schulz hatte eine Pocketkamera gezückt und schoss ein Foto.

Ulrike leerte die Aschenbecher, Jens und Nicole posierten für Schulz, Lorenzo zog sich ein Buch aus dem Regal, der hässliche kleine Junge saß am Boden und baute aus den erreichbaren Büchern eine Stadt mit Wolkenkratzern, der höchste Kratzer schwankte und stürzte um, dass es krachte. Alle lach-

ten, außer Jens, der jagte den hässlichen Jungen von der Bau-
stelle und trug den Schutthaufen ab, indem er ein Buch nach
dem anderen, kurz den Buchbuckel prüfend, wieder aufs
Brett stellte, in einer Folge, die nur ihm vertraut war. Schulz
eilte herbei und spielte den Paparazzo mit Blitzlicht, der sich
kein Unglück entgehen lässt, keine Katastrophe wie das Kip-
pen und Zusammenkrachen eines Wolkenkratzers. Anne, Lorenzos Frau, kniete im geschützten Winkel vor dem stehenden hässlichen Mädchen und spielte ihm einen Tennisball zu,
den das Mädchen schroff zurückkickte, und zwar Anne an
den Kopf, sodass sich Anne mit einem Stöhnen aufrappelte
und sich eine Hand auf die Stirn drückte, dorthin, wo die
Beule wachsen würde. Schulz fotografierte das vor Schmerz
verzogene Gesicht, Lorenzo klappte sein Buch zu und stieß
beim umständlichen Aufstehen eine Karaffe vom Tisch, Jens
sagte: das ist vielleicht ein Zirkus hier. Ulrike kam mit Eis-
würfeln aus der Küche und kümmerte sich um Anne, Nicole
sagte: Abmarsch ins Bett jetzt! Wider Erwarten gehorchten
die Kinder ihrem Kommando, sie liefen zu ihrer Mutter und
fassten sie um die Taille, das kleine Mädchen drückte sich an
die rechte Hüfte, der kleine Junge an die linke, die hässlichen
Geschwister blickten von unten links und rechts zu ihrer
schönen Mutter auf, bis diese sie bei den Händen nahm und
hinter sich her ins Gästezimmer zerrte.

Die Übrigen kehrten an den Tisch zurück, jeder an seinen
Platz, jeder darum bemüht, keine Anzeichen von Erschöpfung zu zeigen, Anne und Lorenzo, Ulrike und Jens, auch
Professor Schulz, alle eine Zeit lang schweigsam, sodass man
das schwere Pendel der Standuhr klacken hörte. Lorenzo hatte seinen langen dürren Arm um Anne gelegt, und ich bemerkte, dass er ihr mit spitzen Lippen über die Stirn blies.
Die beiden waren ein stilles Paar in der Runde. Lorenzo

rauchte für jeden Satz, den er nicht sagte, eine Zigarette, er mischte sich nur einmal ins Gespräch, und zwar, als Schulz sein Steckenpferd aus dem Stall holte und statt Hü und Hott dreißigmal das Wort Strukturpolitik gebrauchte, da spielte Lorenzo wie gewohnt den Meisterschüler und hielt ganz gut mit, so lange jedenfalls, bis Schulz auf Jena schwenkte und mit profunden Kenntnissen, die keiner zu widerlegen wusste, alle Einwände erstickte. Lorenzos Anne wirkte die meiste Zeit so entrückt, dass ich mich fragte, ob sie Drogen genommen hatte. Je länger ich sie aber beobachtete, desto stärker faszinierte sie mich, es lag etwas Magisches in ihrem Wesen, das die Spannkraft ihres klassisch schönen Gesichts unterwanderte, aber gut: selbst wenn sie offenkundig nicht zuhörte, bedachte sie unseren Kreis mit gespannter Aufmerksamkeit, sodass sich ihr jeder, der gerade, wie es heißt, das Wort führte, unwillkürlich zuwandte, um sich bestätigt zu finden, durch eine Antwort aus ihrem schönen Mund oder wenigstens durch ein Nicken, aber Anne blickte einen nur an durch ihre leicht geschlitzten Augen, und keiner hätte sagen können, woran er bei ihr war. Allein das Lachen passte nicht ganz zu diesem Eindruck, es entfuhr ihr unvermittelt und jäh, und gelegentlich spielte es laut ins Vulgäre. Ich habe an diesem Abend nicht herausgefunden, wo sich eigentlich ihr Witz versteckte, denn sonst hätte ich ihn rückhaltlos bedient, um wieder und wieder dieses Lachen zu provozieren, auch weil sich dann die Schlitze verengten und sie aussehen ließen wie eine asiatische Kokotte. Als sich Lorenzo mit Schulz anlegte, drehte sie sich in seine Richtung und überschüttete ihn mit Zuneigung, sie las in seinem Gesicht, und ich konnte nicht feststellen, ob sie seinen Ausführungen folgte oder sich lediglich, wie soll ich sagen: an seiner Anwesenheit erfreute. Ich gebe zu, dass mich diese Haltung gewissermaßen betörte, denn wer, wenn nicht Lorenzo, hätte diese Haltung verdient, es störte mich auch nicht, dass sich darin eine Spur von Demut äußerte, im Gegenteil, ich hielt diese Spur für durchaus angemessen. Aber letztlich könnte ich nicht bezeugen, welche Aussage damit tatsächlich gemeint war, nein, ich weiß es nicht, Anne hatte ein Geheimnis, jedenfalls für mich an diesem Abend.

Endlich brach Ulrike das Schweigen: wer möchte noch ein Stück Torte?, fragte sie und rief alle der Reihe nach beim Namen.

Schulz sagte: ist noch Champagner da?

Jens entkorkte eine Flasche und schenkte aus. Ich bin dabei, sagte Nicole und setzte sich wieder neben mich. Anne hielt stumm die Hand über ihr Glas und schlitzte, als Jens bedauernd die Schultern zuckte, ihren Blick. Sie hat etwas von ihrer Magie eingebüßt, sagte ich mir, sie verlässt sich nicht mehr auf ihre Ausstrahlung, als fühle sie ihre Magie entstellt, sie flieht in eine Bewegung, die sie ständig wiederholt, sie streicht sich das Haar aus der Stirn, sehr langsam, um ihre Beule mit der Hand zu verbergen, dabei würde die kleine rötliche Schwellung nichts von der Magie dieses Gesichts nehmen, solange sie nur Annes Anerkennung fände.

Wettrich sagte: wir sollten öfter Champagner trinken. So pflegt man die bürgerliche Lebensart.

Du plusterst dich ganz schön auf mit deiner Lebensart, höhnte Nicole. Bist du nicht längst der bekannteste Ideologe des Bürgertums in der Stadt?

Das bin ich gern, sagte Wettrich. Denn die Stadt braucht diese Propaganda. Sie muss urbane Qualitäten entwickeln, und da reicht es nun mal nicht aus, dass die Stadt sich sagt, ich bin eine Stadt.

Die Stadt hat eben ein Selbstbewusstsein, sagte Nicole.

Gegen Champagner ist doch nichts einzuwenden, sagte Schulz.

Die Stadt besäuft sich auch mit Rotkäppchen-Sekt, sagte Nicole.

Soll sie, soll sie, sagte Wettrich: Hauptsache, die Bürger begreifen, dass es eine Welt jenseits der eigenen vier Wände gibt. Wir wollen sie zum Bummeln verlocken. Gerade das Zentrum muss brummen vor bummelnden Bürgern.

Lassen sich Ihre Vorstellungen denn durchsetzen?, fragte Schulz. In der Theorie klingt ja immer alles schön und gut.

Schulz grinste sperrig.

Niemandem wird hier etwas aufgezwungen, verteidigte sich Wettrich. Man kann allerdings keine Pläne entwerfen, wenn man für jeden Strich mit dem Bleistift ein Bürgerforum einberufen muss. Übrigens bieten wir jetzt solche Foren an, es wird jetzt viel diskutiert, das ist alles sehr lebendig. So.

Nicole sagte: das ist doch billig. Erst werden Pläne mit hundert Skizzen entworfen, und dann werden sie, ausgearbeitet bis ins Detail, der Öffentlichkeit zum gepflegten Gespräch vorgelegt. Die Öffentlichkeit soll sich in dem Glauben wiegen, sie habe ganz fabelhaft partizipiert. Aber sie hat allenfalls beim Jasagen partizipiert.

So ist dieser Staat, sagte Schulz. Er lädt seine Bürger ein, sich in einem bestimmten Rahmen zu beteiligen, ehe sie sich selbst einen Rahmen schaffen und eigene Wege gehen können. Das bringt immer nur Scherereien, sagt sich dieser Staat.

Overcrowding, sagte Lorenzo und fasste Schulz durch seine großen Brillengläser ins Auge. Anne drehte ihm ihr schönes Gesicht zu und strich sich das Haar aus der Stirn.

Schulz trank einen Schluck und spuckte: Prima! So heißt

das Fachwort dazu. Entschuldigung, sagte er und wischte mit der Hand über den Tisch.

Lorenzo ist ein Meister in seinem Fach, sagte ich.

Ganz bestimmt, sagte Schulz und trank einen Schluck. Ich erkenne in ihm einen Kollegen, nicht wahr.

Ich höre Schutt durch eine Röhre rutschen, von ganz oben nach ganz unten in den Container, wo er aufschlägt und eine Staubwolke aufwirbelt, der Schutt wird noch lange so weiter rutschen, sagte ich mir, bis meine Ohren auf ewig geschädigt und also taub sein werden, die Belästigung geht so weit, dass mein Körper, auch wenn er sich nicht bewegt, unter Stress schwitzt, dass er vor Lärmstressschwitzen keucht, dass das Herz kämpft und sich durchkämpft bis zum Infarkt, und kein Ernst-Abbe-Staat würde geneigt sein, für die Spätfolgen aufzukommen, ein Ernst-Abbe-Staat übt sich, da er Meister werden will, im offiziellen Lärmmanagement, da und dort in ausgesuchten Ernst-Abbe-Städten, nicht in der Hauptstadt, eine stählerne Birne kracht in die Fassade, bis diese einstürzt und eine riesige Staubwolke aufwirbelt, sie reißen ab, und sie bauen auf, das Alte erzittert durch Pressluft, das Neue stemmt sich ächzend empor, man kann zu keiner Verabredung zu Fuß gehen, weil man stets mit dreckigen Schuhen ankommt, und wer sich trotzdem auf die Straße traut, muss sich permanent Sandkörner aus den Augen reiben, ich habe mir nirgends so viele Sandkörner aus den Augen gerieben wie in dieser Stadt, meine Augen sind ständig gerötet, sodass mir ständig ein Trauerfall unterstellt wird, dabei weine ich schon seit langem nicht mehr, diese Träne, sagte ich mir vor langem, ist deine letzte gewesen, es lohnt sich nicht. Heute schätze ich mich glücklich, in einem ruhigen modernen Hotel zu wohnen, ringsherum alles saniert, geliftete Züge, erneuerte Stadt.

Wettrich ist ein gerissener Ossi, sagte ich mir, einer, der gern im Gewand der kapitalistischen Moderne auftritt und jedes Mal dann, wenn es brenzlig wird, seinen DDR-Ausweis hervorzieht, den nämlich trägt er immer bei sich, als würde er ihn zu wer weiß für was legitimieren, jedenfalls im Effekt wie eine Knolle Knoblauch vor dem vampirischen Eifer der Basis. Das habe ich selbst schon erlebt, natürlich auf einer Versammlung im Osten der Stadt, natürlich schon einige Jahre her. Schaut, was ich für einer bin, ruft Wettrich ins Publikum, und das Publikum atmet erleichtert auf: er ist einer von uns.

Schulz sagte: es wird von den Ossis am Ende nichts übrig bleiben, das meine ich ganz im Ernst, das meine ich als Wissenschaftler, als Professor, wenn Sie so wollen, es bleibt am Ende nichts übrig, so lautet meine Prognose, wenn Sie wissen, was ich damit meine, nicht wahr. Ich liefere Ihnen die Daten, auf die sich meine Prognose stützt, jederzeit frei Haus, nicht wahr, ich schicke sie Ihnen mit der Post, Ihnen zum Beispiel, Herr Lorenzo, Sie werden sie sofort entschlüsseln, auf einen Blick gewissermaßen, ich stecke sie zu dem Foto, das ich von Ihnen gemacht habe, ich habe Sie gut getroffen, wirklich, Sie werden staunen. Ich stecke sie in dasselbe Kuvert, die Daten zu dem Foto, nicht wahr, und dann haben Sie da alles auf einen Blick, alles, was verschwunden und für immer verloren gegangen ist, am Ende bleibt nichts übrig, aber auch gar nichts, und das ist nun wirklich schade. Meine Frau sagt immer: du und deine Ossis. Ist das nicht wunderbar? Ich und meine Ossis.

Duscht hier noch jemand?, fragte ich, weil niemand anderes fragte, obwohl die Brause nicht zu überhören war.

Nicole wollte aufstehen, aber Ulrike fasste sie am Handgelenk: bleib sitzen. Ich geh nachsehen.

Alle schwiegen, selbst Schulz hielt den Mund – keiner in der Runde, der nicht ab und an auf die Tür geschielt hätte. Aber es fiel kein Wort, das schwere Pendel klackte. Dann hörte man einen Schrei, hell und kurz, nicht wirklich bedrohlich, doch Nicole war mit einem Satz bei der Tür und stieß dort auf Ulrike, die das hässliche Mädchen vorführte, im völlig durchnässten Nachthemd, das auf die Dielen tropfte. Sag mal, spinnst du, sagte Nicole.

Anne lachte schallend, sie zeigte so betörende Schlitzaugen, dass ich für einen Moment dachte, sie stünde mit dem Mädchen im Bund, sie wäre die Anstifterin.

Wettrich blieb sachlich: wenn du duschen willst, Schatz, dann musst du dich vorher ausziehen. Hat dir das keiner gesagt?

Aber die Mama hat auch schon im Nachthemd geduscht, petzte das hässliche Mädchen.

Für eine Handvoll sexy Fotos, neckte Nicole: eine kleine Session bei mir im Garten.

Schulz sagte: diese Fotos habe ich geschossen.

Ach Gott, ist der Kerl betrunken, dachte ich, man soll nie am Vorabend anfangen, einen Geburtstag zu feiern.

Nicole und Ulrike zogen das Mädchen hinter sich her. Sie würden es ins Bad bringen, sie würden es abtrocknen und ihm ein frisches Nachthemd überziehen. Gute Nacht, mein Schatz.

Meine Frau sagt immer, sagte Schulz, wäre es nicht zur Einheit gekommen, du hättest einen Einbürgerungsantrag gestellt, das hätte ich natürlich nicht, sagte Schulz, denn das Kleinspießergebilde der DDR war ja tatsächlich zum Davonlaufen, und außerdem kannte ich damals den Ossi noch nicht. Ich kannte ihn höchstens von fern, vom Fernsehen, aber das sagt ja nicht viel, nicht wahr. Erst das Schicksal lenkte meine Schritte in das andere Deutschland, das Schicksal und der Spießerkanzler Helmut Kohl, der wie geschaffen war für das Kleinspießergebilde der DDR, er passte wie die Faust aufs Auge, nicht wahr, und es hat sich schon damals gezeigt, dass sich der Ossi gern aufs Auge schlagen lässt, solange man ihm nur verspricht, dass alles wieder heilt und gut wird. Ich bin mit der ersten Welle in den Osten gespült worden, mit Akademikern, Abenteurern und Vollzeitbürokraten, die sich eine Buschzulage stecken ließen für ihre vollwertige Vollzeittapferkeit, in Jena nicht anders als anderswo, sagte Schulz. Meine Frau aber sagt immer: du hast für diese Stadt gekämpft. Sie haben ja gar keine Vorstellung davon, was dort los war, nichts nämlich, gar nichts, was unseren wissenschaftlichen Standards hätte genügen können. Wir mussten alles neu aufbauen, gewissermaßen von vorne beginnen, wir bezogen alles aus dem Westen, nicht wahr, Professoren, Bücher, Computer, Know-how, wenn Sie wissen, was ich meine. Trotzdem denke ich gern zurück an diese ersten Jahre, in denen ich, wie meine Frau sagt, für diese Stadt gekämpft habe, ich fühlte mich in meinem Element, jedenfalls so lange, bis ich dem Taxichauffeur Wurtzig begegnete, Herrn Professor Wurtzig, genauer gesagt, aber das ist eine andere Geschichte. Ich denke lieber an eine junge Studentin zurück, eine Ossi von Geburt an, die nach dem ersten Semester schüchtern auf mich zukam und schüchtern bemerkte, diese Vorlesung habe ihr die Augen geöffnet. Hören Sie sich das an, ich hätte ihr die Augen geöffnet, ist das nicht wunderbar, jene Augen geöffnet, auf die sonst immer nur draufgeschlagen wird, nicht ohne ein Wort des Trostes freilich, in hundert Jahren werde alles wieder heil und also gut sein. Ich war bewegt, muss ich sagen, sagte Schulz, das sei ja ganz wunderbar, sagte ich, denn das sei beabsichtigt gewesen, und ich war so bewegt, dass ich die traditionell kostümierte Burschenschaft einfach ausblendete, wie sie feierlich und ein Mann hinter dem anderen aus dem Hörsaal marschierte. Ehre, Freiheit, Vaterland, nicht wahr, in den traditionellen Farben Schwarz und Rot, eingefasst in Gold, Jena im Jahr 1815, sag ich nur, ganz ohne Daten geht es nicht, 1815 hat sich in Jena die erste Burschenschaft gegründet, die Urburschenschaft gewissermaßen, um die Landsmannschaften, eine typische Ausgeburt des deutschen Kleinstaatenpuzzles, zu vereinen. Vereint die Studenten, so vereint ihr die Nation, geradezu revolutionär für damalige Verhältnisse. Die Jenaer Urburschen gaben sich die Verfassung einer konstitutionellen Monarchie, in der sie Rede- und Pressefreiheit verankerten, einheitliches Recht und öffentliche Verfahren, Verantwortung der Minister für das, was Minister zu tun belieben, und sie feierten mit Gleichgesinnten ein politisches Fest auf der Wartburg, zu Eisenach im Jahr 1817, ganz ohne Daten geht es nicht, bis sie, nach der Reichsgründung, ein Fass vaterländischen Biedersinns anzapften und sich, den offenen Mund unterm Hahn, vor lauter deutschnationaler Gefühligkeit verschluckten, sagte Schulz, es sind deutsche Burschen bis tief in die deutsche Brust, und ihr deutsches Fleisch wird bestätigt durch einen Schmiss. Nach der Wende fuhren biedere alte Herren mit Schmiss auf der ledrigen Gesichtshaut vor dem Gründungshaus vor, sie stiegen aus ihren schwarzen Karossen und winkten mit ihren Brieftaschen. Die Alten hatten eine harte Währung, und die Burschen hatten eine Jugend, 1990 in Jena. Einige Daten sind unverzichtbar, man begriffe sonst die Welt nicht mehr. Meine Frau sagt immer: dumpfe Tradition, das gibt sich wieder, und ich glaube, es hat sich inzwischen wieder gegeben. Aber einer wie Wurtzig, Herr Professor Wurtzig, wird sein Taxi fahren bis zur Rente. Das gibt sich nicht mehr.

Ich wunderte mich, dass Schulz noch fähig war, in gebundenen Sätzen zu sprechen, manchmal lallte er in den Windungen, und das mochte der Grund sein, weshalb ihn niemand zu unterbrechen wagte, aus Angst, er könne ins Schleudern geraten und aus der Spur scheren. Schulz redete, trank und spuckte auf den Tisch, Lorenzo rauchte eine Zigarette nach der anderen, Anne hatte es aufgegeben, sich das Haar aus der Stirn zu streichen, und war wieder ganz Anne, Wettrich schweifte ab aufs Regal und kontrollierte die Reihenfolge seiner Bücher, Ulrike und Nicole verhielten sich, kaum zurück, wie Eindringlinge, die ihre Anwesenheit zu verleugnen suchten, bis sich Nicole, die fahle Nicole, sagte ich mir, plötzlich meldete: ich kenne keinen Professor Wurtzig.

Undenkbar, sagte Schulz, du musst ihn kennen, jeder in Jena kennt ihn, und zwar nicht erst, seit er Taxi fährt. Auf dem Armaturenbrett liegt stets ein Standardwerk aus der alten Zeit, Wurtzig hat den Marxismus studiert, er kennt sich darin aus wie kein anderer, Wurtzig ist eine Marxismus-Kapazität, sagte Schulz und schluckte erst, nachdem er das Wort schon ausgespien hatte. Er sagte: Wurtzig hat auf der ganzen Strecke verloren, das ist das Tragische am Fall Wurtzig.

Nicole sagte: es gibt keinen Fall Wurtzig in Jena.

Aber sicher, meine Liebe, bekräftigte Schulz: er hat mir seinen Fall in allen Einzelheiten geschildert, ich bin immer wieder mit Wurtzig gefahren, selbst wenn sein Wagen weit hinten in der Schlange stand, selbst dann habe ich Wurtzigs Wagen gewählt, zum Ärger der anderen Fahrer natürlich, die eine eherne Regel verletzt sahen, ich aber musste mit Wurtzig fahren, ich bin so lange mit ihm gefahren, bis ich es nicht mehr verkraftete, bis ich so erschüttert, so beschämt war, dass ich Wurtzig, wollte ich nicht an ihm zugrunde gehen, ausweichen musste. Ich bin seither nie wieder zu Wurtzig in den Wagen gestiegen, nicht einmal dann, wenn sein Wagen am Kopf der Schlange wartete, selbst dann bin ich in einen anderen Wagen gestiegen, in den zweiten oder dritten, in einen, wo nicht der Professor Wurtzig am Steuer saß. Das muss man mir nachsehen, bitte, ich konnte nicht anders. Ich habe von Wurtzig alles erfahren, so viel, dass ich mich nicht mehr in seinen Wagen zu setzen traute, willst du überleben, sagte ich mir, sagte Schulz, dann musst du Wurtzig überleben, Wurtzig nämlich war eine Koryphäe am Jenaer Institut.

Nicole sagte: es gab keinen Wurtzig bei uns am Institut.

Schulz sagte: das kannst du nicht wissen. Wurtzig war die Marxismus-Kapazität schlechthin, ein materialistischer Denker, ein bedeutender Kopf, der marxistische Kopf schlechthin, und wisst ihr, was Herrn Professor Wurtzig zugestoßen ist? Er wurde von so genannten Experten aus dem Westen geprüft und für zu einäugig befunden, für marxistisch verseucht sozusagen, nicht wahr, er wurde aber, weil in der Zeit der DDR ein angesehener Gelehrter, nicht einfach rausgeschmissen, sondern erst mal gedemütigt, er musste umziehen in ein winziges Kabuff, er wurde seiner Sekretärin beraubt, er wurde geschmäht und geschnitten, und seine Lehre wurde auf eine Stunde pro Woche gestutzt. Ein bedeutender Kopf wie Wurtzig sollte seine Bedeutung nicht länger als sechzig Minuten unter die Studenten streuen, eine Demütigung sondergleichen, im Jahr darauf galt er bereits als abgewickelt, als entsorgt. Und heute fährt Wurtzig ein Taxi durch die Stadt. Das Schlimmste jedoch ist, dass ich auf seinem Lehrstuhl sitze, Sie sitzen ja auf meinem Lehrstuhl, sagte Wurtzig zu mir, als er zum Institut abbog, Sie haben ja auf der ganzen Strecke gewonnen. Schulz sagte: Sie sitzen auf dem Wurtzig-Lehrstuhl, sagt der Wurtzig zu mir, der Ossi Wurtzig hat auf der ganzen Strecke verloren, es wird vom Ossi Wurtzig nichts bleiben, meine Frau sagt immer: du wirst über den Wurtzig nicht hinwegkommen, du nicht.

Das waren die letzten Worte von Schulz, jedenfalls für mich, du nicht, habe seine Frau gesagt, sagte Schulz, du wirst über den Wurtzig nicht hinwegkommen. Er nicht, sagte ich mir und verlor das Bewusstsein, tatsächlich verlor ich das Bewusstsein auf einen Schlag, Wurtzig und Schluss, muss ich sagen, egal, ob dieser Geschichte ein weiteres Kapitel folgte oder nicht, sie war für mich zu Ende. Bis zu diesem Einbruch habe ich sie behalten, ich habe ein gutes Gedächtnis, es ist ja nicht so, dass ich mir etwas notieren, dass ich Gehörtes und Erlebtes auf einen Zettel schreiben müsste, in der Furcht, ich könnte es vergessen, das ist in meinem Fall nicht der Fall, ich bin ein guter Zuhörer, und ich habe die Gewissheit, mich an das Gehörte und Erlebte zu erinnern, so lange jedenfalls, bis der Vorhang fällt. Merkwürdigerweise fiel der Vorhang, ob am Ende, ob im Verlauf der Wurtzig-Geschichte, ganz plötzlich, ohne Ankündigung, ohne dass das Licht langsam abgedreht worden wäre und ich durch die Dämmerung in die Dunkelheit hätte gleiten können. Dieser abrupte Anfall bedeutete eine neue Erfahrung für mich, er bedeutete aber auch, dass ich über den Prozess des allmählichen Bewusstseinsentzugs nichts Neues erfuhr, und gerade auf diesen Prozess war und ist meine Aufmerksamkeit gerichtet, vergeblich, muss ich zugeben. Ich war auf einen Schlag außer Gefecht gesetzt, ich habe es nicht kommen sehen, ich habe mich nicht danach gefühlt, allenfalls fühlte ich mich schläfrig, schon den ganzen Abend über, es war jene Schläfrigkeit,

die mich immer dann befällt, wenn ich in Gesellschaft gera-
te, dann, wenn ich mich für bestimmte Zeit gebunden sehe,
ich hätte nach dem Essen nicht aufstehen und gehen können,
das wäre unhöflich gewesen, und außerdem hätte ich dann
das Kerzenauspusten verpasst, die aufregend glühende Nicole, muss ich betonen, es gab also keinen anderen Ausweg
als den Ausweg in die Schläfrigkeit, ich beteiligte mich kaum
an der Unterhaltung, ich hörte zu und spürte, wie meine Augenlider schwer wurden, du darfst ruhig schläfrig sein, sagte
ich mir, schlafen aber darfst du nicht. Ich rutschte auf dem
Stuhl hin und her, ich streckte und beugte den Rücken, mal
ließ ich die Arme hängen, mal verschränkte ich sie vor der
Brust, alles dazu gedacht, mich wach zu halten, alles zur Vor-
beugung, um nicht von der Schläfrigkeit in den Schlaf zu
sinken, ich fragte mich, weshalb ich dieser Anstrengung be-
durfte, wo doch Nicole und Lorenzo zugegen waren, Menschen, die gemeinhin meine Aufmerksamkeit fesselten, jeder für sich, das ist es, jeder für sich und nicht in der Runde.
Eine Runde, die sich eine kleine Gesellschaft nennt, ist für
einen fesselnden Menschen verhängnisvoll, denn der Einzelne verliert in der Runde seine fesselnde Eigenschaft, er muss
sie sogar verlieren, damit durch Verzicht auf das fesselnd In-
dividuelle das kreisförmig Allgemeine entsteht, das, worüber
alle reden und scherzen und lachen können, ein Langweiler
in der Runde ist dann meistens derjenige, der sich weigert,
seine persönliche Note aufzugeben und an das Gesellige zu
verschleudern, ein Langweiler in der Runde entfaltet sich
erst im Zwiegespräch, Auge in Auge, wie man sagt. Anne fesselte mich an diesem Abend, sie gab nichts von sich preis, sie
verriet sich nicht an das Gesellige, sie wirkte unzugänglich,
sie ging keinen Schritt auf die Runde zu, weshalb die Runde,
selbst wenn sie gewollt hätte, keinen Schritt an sie heran-

kam, ihrer Schlitzaugen und ihres unverschämten Lachens zum Trotz. Das einzige Zugeständnis, das sie leistete, äußerte sich in ihrer Verlegenheit, sich das Haar aus der Stirn zu streichen, um ihre Beule mit der Hand zu bedecken, diese Verlegenheit hätte sie beinahe in unsere Runde gezogen, denn sie war eine durch diese Runde hervorgerufene Verlegenheit. Aber selbst Anne fesselte mich nicht so stark, dass meine Schläfrigkeit verflogen wäre, ich wurde schläfrig, ohne dass sich die Vorzeichen einer Interpenetrationsattacke gezeigt hätten, ich bewahrte meinen Blick für Differenzen, ich hätte mich jederzeit einschalten können nach der Logik des jeweiligen Diskurses, politisch, wirtschaftlich, moralisch, selbst als Schulz von Wurtzig erzählte, hätte ich sagen können, welche Ursachen welche Folgen zeitigten, Schulz würde über diese Geschichte nicht hinwegkommen, das sah ich auch so: er nicht.

Schulz soll, wurde mir später berichtet, aufgeschluchzt haben, in der Art, wie ein Verzweifelter unter Alkohol aufschluchzt, rücksichtslos, obszön und schwer zu besänftigen. Dieser Vorfall habe dazu beigetragen, dass meine schlagartig entfernte Verfassung nicht bemerkt worden sei, jedenfalls nicht sofort. Während man Schulz getröstet und gut zugeredet habe, sei ich mit ungläubigen Augen am Tisch gesessen, ungläubig, aber offenbar völlig bei Sinnen, erst als ich aufgestanden und aus dem Zimmer gegangen sei und kurz darauf die Wohnungstür ins Schloss gefallen sei, da sei Nicole hinter mir hergelaufen, und sie habe mich noch im Treppenhaus gestellt: wohin gehst du?, habe sie gefragt, und ich hätte sie angesehen, ich hätte aus dem Fenster auf die dunkle Straße gesehen und dann auf die Treppe hinunter. Ich hätte sie abermals angesehen und dann mit den Schultern gezuckt, ich hätte sie angelächelt wie eine Fremde, wie eine, der man spät in der Nacht zufällig im Treppenhaus begegnet, ich hätte mich umgedreht und so mich zum Gehen gewandt, da sei das Licht ausgegangen, eine Zeitschaltung, nicht wahr, und Nicole habe sich gesagt, ich hätte das Licht zuvor selbständig angeknipst, dann habe sie mich am Arm gepackt, sie sagte: gepackt, und wieder nach oben geführt, ich hätte mich bereitwillig führen lassen, das zumindest wurde mir berichtet.

Als ich zu mir kam, sah ich mich umzingelt von bestürzten Gesichtern, auch Schulz schien das, was geschehen war, nicht geheuer zu sein, aber ich muss sagen, dass ich meine Rückkehr in die Gesellschaft als sehr angenehm empfand. Ulrike drückte mir einen kalten Waschlappen auf die Stirn, Nicole und Anne knieten vor der Chaiselongue, und ich glaube, es war Nicole, die meine Hand streichelte – oder war es Anne?

Schulz sagte: mir geht es auch nicht gut, ich habe zu viel getrunken, ich bin erschüttert, dieser Wurtzig macht mir zu schaffen. Ich würde mich liebend gern, jetzt, da es dem jungen Mann wieder besser geht, auf der Chaiselongue ausstrecken. Die Damen, bitte, mögen so bleiben.

Wettrich sagte: eine Party ist kein Lazarett.

Also richtete ich mich auf, Anne und Nicole setzten sich neben mich, die eine auf der einen, die andere auf der anderen Seite, und Schulz knipste uns: gut getroffen.

Das war ja zum Fürchten, sagte Lorenzo, wie du mich angestarrt hast, ohne mich zu erkennen.

Ich wollte schon den Rettungsdienst rufen, sagte Ulrike. Sie sahen gar nicht gut aus. Das gibt sich doch nicht von selbst.

Das gibt sich, sagte ich. Alles okay. Keinen Rettungsdienst, bitte, ich würde eine Rettung nicht durchstehen.

Ulrike sagte: noch eine Stunde hätte ich nicht gewartet.

Lorenzo sagte: er müsste sich retten lassen wollen.

Ich drückte mir die Mündung an die Schläfe, es war ein belebend kühler Druck, die Waffe war geladen, ich hatte den Schlüssel unter der Flosse meiner Zimmernymphe hervorgezogen, ich hatte die Schublade aufgeschlossen und meinen Revolver herausgeholt, ich war zum Schrank gegangen, um nach den Patronen in der Schatulle zu greifen, ich hatte die Patronen in die Trommel gesteckt, die Waffe war gefährlich, ich bräuchte jetzt nur abzudrücken, sagte ich mir, aber das kann jeder, einfach so. Ich wollte mir nicht ausmalen, welchen Eindruck ich in meinem Zimmer hinterlassen würde, auch nicht, welches Entsetzen das Zimmermädchen befallen würde, und am wenigsten, welche Mühe das Saubermachen und das Aufwischen der Spuren kosten würde, bis die Damen an der Rezeption den Zimmerschlüssel erneut würden vergeben können, mit einem freundlichen Lächeln, sowieso. Der neue Gast würde sich nichts ahnend für eine Nacht oder zwei oder drei Nächte einnisten, er hätte keinen Schimmer von dem grausigen Bild, das ich in seinem Zimmer geboten haben würde, von dem letzten Eindruck eines langen halben Lebens, blutig und breiig entstellt, er würde sich nachts auf sein breites Bett werfen, vielleicht der schönen Zimmernymphe zunicken und dann ein Buch aufschlagen in dem Bewusstsein, dass er ohnehin nur noch vier oder fünf Seiten lesen würde, dann nämlich würden ihm die Augen zufallen nach einem verzehrenden Tag. Vielleicht über einem Krimi, in dem gerade jene Szene geschildert worden wäre, die sich in seinem Zimmer hätte zutragen können, bloß von fremder Hand ausgeführt und nicht von der Hand dessen, der seinen letzten Eindruck nicht mehr würde korrigieren können, das nämlich könnte höchstens eine fremde Hand, indem sie den Schauplatz gestaltet wie vom Opfer selbst gewählt und verunreinigt und so jeden Verdacht von sich weist. Ich kippte die Patronen in meine Hand zurück und verstaute sie wieder in der Schatulle, ich legte die Waffe in die Schublade und schloss ab, und ich vertraute den Schlüssel wie gewohnt meiner Zimmernymphe an. Das alles erschien mir sorgsam bedacht, knifflig, aber lösbar, sofern man nicht schon beim ersten Hindernis aufgibt, man darf nicht enttäuscht sein, wenn eine Schublade verschlossen ist, man muss den Schlüssel suchen, man darf sich nicht entmutigen lassen, wenn in der Waffe keine Patronen stecken, man muss die Munition auftreiben. Wie stark ist der Wille, sich durchzusetzen gegen sich selbst? Auf den Versuch kommt es an, sagte ich mir, auf den Versuch und auf die Versuchung, vielleicht hat sich ja meine ganze Existenz jenseits des Bewusstseins längst dafür entschieden, sich zu vernichten, vielleicht ja, vielleicht nein – das möchte ich sehen.

Es pochte an der Tür, ich nahm eine Zeitung, setzte mich in den Ledersessel und schlug ein Bein über das andere, ja, bitte. Das Zimmermädchen streckte seinen Kopf herein, leicht übermütig und mit einer widerspenstigen schwarzen Locke im Gesicht, sie pustete mehrmals dagegen, bevor sie sie mit der Hand hinters Ohr steckte. Ich würde sagen, dass ich keinen schlechten Eindruck machte auf die junge Frau, ich schreckte sie nicht mit der Grimasse eines Toten, nicht mit verspritztem Hirn und Blut auf dem Teppich, der Revolver war ihrem Blick entzogen, sie schöpfte keinen Argwohn, ich bot das Bild eines gelassenen, nicht mehr ganz jungen Mannes, der es sich leisten kann, am späteren Vormittag Zeitung zu lesen, die Geschäfte würden von allein laufen, die Termine von Kollegen wahrgenommen. Er lässt sich nicht so leicht aus der Ruhe bringen, mochte sie denken, Probleme würden durch Telefon oder Internet gelöst, beides in Reichweite, wann immer notwendig, er ist bestimmt keine schlechte Partie, mochte sie denken, als sie mich in lässig eleganten Klamotten und wie zum Ausgehen bereit im Ledersessel sitzen sah, oder sie dachte: er sieht nicht übel aus, ein bisschen grau an den Schläfen, das zieht mich an, aber wahrscheinlich hat er seine Frau gerade verlassen und ist im Augenblick schwer erträglich, also lieber nicht. Das Zimmermädchen bemerkte leichte italienische Schuhe an meinen Füßen, sie mochte sich sagen: er hat zwar vorgehabt zu gehen, aber er ist, als er das Klopfen hörte, in seinen Sessel gefallen, und jetzt kuckt er mich linkisch an über seinen Bug aus Zeitungspapier und sagt: guten Tag.

Guten Tag, erwiderte das Zimmermädchen und pustete gegen ihre widerspenstige Locke. Ich komme, die Minibar aufzustocken.

Sehr erfreut, sagte ich und sprang auf: ich meine, das freut mich.

Letzten Mittwoch waren wir dazu übergegangen, uns die Hände zu schütteln, ich würde sagen, wir hatten uns das Händeschütteln angewöhnt, jedes Mal, wenn wir uns begegneten, gaben wir uns die Hände, manchmal sogar zwei- oder dreimal am Tag, morgens auf dem Korridor, vormittags auf dem Zimmer, mittags auf dem Korridor, nur so zum Vergnügen, weil sie ein hübsches Gesicht hatte, und weil ich nie einen Gast sah, der die Hand eines Zimmermädchens schüttelte, ich bin eben gerne der Erste. Außerdem, muss ich sagen, kannten wir uns bereits eine Zeit lang von fern, viele Wochen lang sogar, ehe wir uns zu dieser ersten kurzen Berührung hinreißen ließen, ich griff nach ihrer tief hängenden

Hand, und sie kreischte auf, offenbar der Ansicht, ich wolle ihr an die Wäsche, sie entschuldigte sich und wäre mir fast um den Hals gefallen vor Erleichterung, da spürte ich ihr südliches Temperament, ich bewunderte ihre dunklen Augen und ihren dunklen Teint, und ich vermutete ein heißes Herz unter ihrem gestreiften Kittel, aber das stimmte vielleicht gar nicht. Manchmal, wenn sie mein Zimmer zum Aufräumen und Reinigen betrat, entwischte sie ins Bad und wusch sich dort die Hände mit viel Seife, ein Zimmermädchen hat seine Hände überall, sagte ich mir, und überall ist Schmutziges und Benutztes, das diese Hände anfassen müssen, deshalb sieht man ein Zimmermädchen nie beim Händeschütteln mit einem Hotelgast. Sie kam aus dem Bad und streckte mir ihre Hand entgegen.

Sie trinken zu viel, sagte sie, während sie, gebückt vor der Minibar, die Verluste zählte.

Das behaupten Sie zum ersten Mal, sagte ich und faltete die Zeitung zusammen.

Vier Fläschchen Wein, vier Flaschen Bier, ein Cognac und zweimal Schnaps, alles innerhalb von 24 Stunden, ja, ich finde, Sie trinken zu viel.

Ich sagte: vielleicht hatte ich gestern Abend Besuch.

Sie sagte: hatten Sie welchen?

Dann füllte sie die Bar mit neuen Flaschen auf, entsprechend der Mängel, die sie festgestellt hatte, und verabschiedete sich schnell. Scheint so, als hätte ich sie gestern enttäuscht, sagte ich mir, denn gestern zeigte sie sich flüchtig interessiert an meiner Arbeit, ich bildete mir sogar ein, sie zeigte ein flüchtiges Interesse an mir, ich tippte auf meinem Laptop eine geschäftliche E-mail, und sie sah mir beim Tippen zu. Ich roch eine Mischung aus billigem Parfüm und Schweiß, nicht unangenehm, da willkommen verrucht, sie stützte sich mit der einen Hand auf dem Schreibtisch ab und löste mit der anderen ihr Haar, sodass ein Wall von schwarzen Locken über ihre Schultern stürzte, das Haar roch nach Schampon und frisch gewaschen, ich fand, dass mein Zimmermädchen einen scharfen Geruch an sich hatte, billiges Parfüm und Schweiß und Schampon, aber ich stellte mich dagegen immun und tippte eine Zeile auf den Bildschirm: Ich erkläre Ihnen später, wie sehr Sie mir gefallen.

Natürlich blieb ich nicht immun gegen ihre Reize, sie war vielleicht zwanzig und hatte einen straffen Körper, feste, kleine Brüste und eine schmale, knabenhafte Hüfte, ich ließ ihre Reize zu, aber mehr auch nicht. Mag sein, dass das Händeschütteln immer weniger förmlich, immer zweideutiger, vielleicht sogar zärtlich wurde, egal, ich begnügte mich damit, ich wollte nicht mehr von ihr, wenngleich davon überzeugt, dass ich alles von ihr haben könnte. Ich werde dem Zimmermädchen nicht verfallen, sagte ich mir, ich werde sie nie ohne ihren gestreiften Kittel zu Gesicht bekommen, ich werde nie erfahren, ob in ihrer Brust ein heißes Herz schlägt, ein Herz für mich. Ich muss gestehen, dass mich die Aussicht auf eine Affäre mit dem Zimmermädchen erschreckte, schon das immer häufigere Denken an das Zimmermädchen, die Projektion meiner Sehnsüchte auf ihren Körper, machte mir Sorgen, ich erkannte darin nur zu gut, in welche Lage ich mich gebracht hatte, in eine abseitige Lage nämlich, abseits des alltäglichen freien Schweifens, abseits der Chance, eine zufällige Begegnung ins Sexuelle zu jagen. Ich verließ das Hotel immer seltener, nur noch, wenn es absolut notwendig war, ich ging Tag für Tag dieselben Wege, von meinem Zimmer ins Foyer, vom Foyer in den Speisesaal, vom Speisesaal wieder ins Foyer, ich lauschte dem Plätschern des Wassers im

Springbrunnen, ich ekelte mich vor den speienden Froschkönigen, ich betrachtete die verwunschenen Nymphen, blendend weiß in ihrer Anmut, selbst wenn sie mir größer, auch
üppiger vorkamen als die grazile Nymphe neben meinem
Bett. Ich ging vom Foyer zurück auf mein Zimmer, und ich
hatte das Gefühl, in den eigenen Fußstapfen zu wandern, in
einer Spur, die ich mir mit der Zeit selbst gezogen hatte, ich
stieg in den gläsernen Aufzug und blickte, statt die Aussicht
zu genießen, auf meine Schuhe, ich stellte fest, dass sie so
standen wie immer, einer neben dem anderen, in der größten
Entfernung zur gleichfalls gläsernen gewölbten Schiebetür,
ich liebe es, wenn sich der Zylinder vom Boden abstößt und
aufsteigt, sagte ich mir, ich stand mit der Nase dicht an der
Scheibe und redete mir ein, emporzuschweben. Ich kannte
jede Ansicht am Rand meiner Spur, hier ein Gemälde, dort
eine Statue, ich könnte mit geschlossenen Augen meine
Runden drehen durch das Hotel, ich ging über die schmale
Brücke in den Seitenflügel hinüber, wenn sich zwei trafen
auf der Brücke, pflegten sie sich zu grüßen oder wenigstens
sich zuzunicken, als verbinde sie kurzzeitig ein Schicksal, gemeinsam über dem Abgrund, ich grüßte einen älteren Herrn,
der mir entgegenkam, er erwiderte den Gruß, ich glaube, er
zog sogar seinen Hut, mitten auf der Brücke und einen Moment lang unsicher im Gleichgewicht. Es kam vor, dass ich
auch dem Hoteldirektor auf der Brücke begegnete, es kam so
häufig vor, dass ich annahm, er habe sein Büro auf dieser Etage im Seitenflügel, der Hoteldirektor ließ mich, ein Gruß
hin, ein Gruß her, nicht einfach weiterziehen, schließlich war
ich ein treuer Gast in seinem Haus, einer, der sich auf unbe-
stimmte Dauer eingerichtet hatte, und zwar für einen hohen
Preis, diesen Gast konnte der Hoteldirektor nicht einfach ab-
speisen mit einem kurzen Allerweltsgruß, nein, dieser Gast

wollte hofiert sein, das heißt, der Hoteldirektor wollte es so, mindestens vier Atemzüge lang. Also griff er mit seinen Händen ans Geländer, sah in die Tiefe und sah mir dann ins Gesicht, Sie fühlen sich wohl, sagte er, das heißt, er stellte keine Frage, sondern er stellte mein Wohlbefinden fest, ja, sagte ich, im Großen und Ganzen ja, ich fühle mich hier wie zu Hause, so ist es gut, sagte der Hoteldirektor, das höre ich gern, und ich sagte: ich muss mich korrigieren, ich fühle mich sogar besser als zu Hause, es ist viel angenehmer hier und ruhiger und komfortabler, und der Hoteldirektor sagte: das höre ich noch lieber, ein größeres Kompliment kann man einem Hotelier nicht machen, sagenhaft, Sie sagen, Sie fühlen sich bei uns besser als bei sich zu Hause, wenn Sie mich fragen, sagte der Hoteldirektor, dann ist das genau der Satz, den ich auf meine Prospekte drucken lassen möchte: Sie fühlen sich bei uns besser als bei sich zu Hause. Ich stimmte nicht ein in sein joviales Lachen, ich hatte nicht vor, länger als nötig mit ihm auf der Brücke zu stehen, ich suchte nach einem abschließenden Wort, und so fragte ich ihn: hat sich je einer Ihrer Gäste von dieser Brücke zu Tode gestürzt? Der Hoteldirektor unterbrach sein Lachen: das Geländer ist so hoch, dass keine Gefahr besteht, selbst wenn einem schwindelt, besteht keine Gefahr zu stürzen, ist das nicht tröstlich? Man müsste schon sehr sportlich sein, um sich hinüber und hinunter zu schwingen, sagte er und lachte weiter. Ich fragte: halten Sie mich für sportlich genug? Der Hoteldirektor lachte laut, als vergewissere er sich meiner Laune zu scherzen, Sie sind ja geradezu drahtig, lachte er, Sie würden das auf Anhieb schaffen, ganz bestimmt, Sie sind sportlich genug, sich auf Anhieb zu Tode zu stürzen. Ich bedankte mich für die Auskunft und wollte losziehen, aber der Hoteldirektor fasste mich am Ärmel, aufgeregt und gegen die Sitten, ich kenne keinen Hoteldirektor, der seinen Gast am Ärmel zurückhält, außer der Gast weigert sich, die Hotelrechnung zu bezahlen, der Hoteldirektor sagte: ich möchte Ihnen, da Sie sich so sehr für unsere kleine Brücke hier interessieren, etwas verraten, ich bitte Sie aber, es für sich zu behalten. Ich habe Ihnen nämlich etwas verheimlicht, es hat sich zwar noch nie ein Gast von dieser Brücke hinunter auf den wunderbaren Marmorboden dort unten gestürzt, aber eine meiner Angestellten durchaus, eine junge, fleißige Person, ich war mit ihr sehr zufrieden, kein Grund zur Klage, wirklich nicht, es ist aber kein Unfall gewesen, keine Dummheit oder so, sie hat sich in vollem Bewusstsein zu Tode gestürzt, hier, von dieser Brücke aus, ich habe es vom Ende des Flurs gesehen, wie sie auf das Geländer stieg und sich dann einfach fallen ließ, und wissen Sie, ich habe sie gar nicht schreien gehört, alles, was ich gehört habe, war ein dumpfer Aufprall, und nicht einmal dessen bin ich mir sicher, es könnte auch Einbildung gewesen sein. Jedenfalls hat es mich sehr überrascht, dass mir diese junge, diese fleißige, untadelige Person so etwas antun konnte, ich meine nicht den Sprung an sich, es gibt eben Momente im Leben, wo man sich nicht anders zu helfen weiß, nein, ich meine die Tageszeit, sie sprang am Mittag, sie sprang zu einer Zeit, da ständig Schritte auf dem Marmorboden zu hören sind, zu einer Zeit, da Gäste diese Brücke hier überqueren, zu einer Zeit also, da sich im Nu eine Traube von Leuten um einen zerschmetterten Körper versammelt, unten stehend im Kreis, fassungslos, die Hand vor dem Mund, oben gestützt aufs Geländer, wie auf Logenplätzen, ebenso fassungslos, die Köpfe schüttelnd oder eine Zigarette rauchend, die Asche abklopfend, sie weht hinunter. Ich sagte: junge Menschen springen aus Enttäuschung, sie haben sich von ihrem Leben etwas anderes erhofft, sie haben noch nicht die Geduld der Älteren, sich auf eine weitere Hoffnung zu vertrösten, die Älteren sind darin geübt, sich von einer Hoffnung zur anderen zu schwingen, die unduldsamen Jüngeren durchschauen das Spiel und verzweifeln, sie wollen sich nicht gleichfalls betrügen lassen, so gesehen erscheint ein Sprung von dieser Brücke als konsequent. Aber doch nicht zur Mittagszeit, jammerte der Hoteldirektor. Doch, sagte ich, gerade zur Mittagszeit, zu dieser Zeit nämlich vibriert das Leben, von dem sich die Person lossagen möchte. Der Hoteldirektor sagte: eine fleißige Person.

Ich ging wie gewohnt über den Korridor, kurz vor dem Ende bog ich ab und stieß auf mein Zimmermädchen, das kam immer wieder vor zur Mittagszeit, wenn ich mich vom Speisesaal ins Foyer und dann von dort zurück auf mein Zimmer bewegte, ja, guten Tag, sagte sie und gab mir ihre Hand, sie klemmte sich eine Locke hinters Ohr und schmunzelte: darf ich Ihnen etwas für die Minibar bringen?

Natürlich, sagte ich, das wissen Sie doch. Kein Tag vergeht, an dem ich mich nicht am Depot vergreife. Ich würde auch jederzeit eine Flasche zum Schein herausnehmen und sie im Schrank verstecken, bloß damit Sie sich aufgefordert fühlen, eine neue Flasche hineinzustellen. Ich sehe gern, wie Sie das tun. Sie bücken sich so schön.

Sie sagte: Sie sollten mich mal anders sehen als in diesem superollen Kittel, in meinem superneuen Mini vielleicht, damit bücke ich mich aber vielleicht nicht mehr ganz so tief.

Auch nicht für mich?, fragte ich.

Nein.

Das war vielleicht schon zu viel, zu dicht an ihrem heißen Herzen. Ich hätte ihr die Hand geben sollen und dann nichts wie weg, aber sie reizte mich zum Spielen, sie bot sich mir an

auf der eintönigen Spur durchs Hotel, sie zog meine eroti-
schen Energien auf ihren jungen, festen und doch sehr geschmeidigen Körper, ich hätte diesen Körper tatsächlich gern
in einer anderen Garderobe gesehen, muss ja nicht gleich
mini sein, aber etwas, das Zwanzigjährige tragen, wenn sie
keine Kittel tragen. Ich ertappte mich erneut beim Schwär-
men für das Zimmermädchen, mir wurde klar, dass ich ganz
auf die Innenwelt des Hotels verwiesen war, dass ich mich
folglich über kurz oder lang auf das Zimmermädchen stürzen würde, das wäre, schlicht gesagt, völlig logisch, gewissermaßen zwingend, wo doch keine anderen, auch nur annä-
hernd so attraktive Frauen meine Spur kreuzten, logisch und
zwingend gewissermaßen, weil dann die Wahl im Haus auf
eine Hausdame fiele, wie das Zimmermädchen heute manchmal genannt wird. Ich habe ja noch Glück, sagte ich mir, ich
habe das Glück, in einem Hotel zu wohnen, das täglich neue
Gäste anzieht, die neuen Gäste ersetzen die alten, sagte ich
mir, täglich neue Gäste und also frisches Blut, ich sitze beim
Frühstück und sehe, wie die Frauen im Leben draußen aussehen, ich sehe, wie ihre Tränensäcke glänzen von der mor-
gendlichen Feuchtigkeitscreme, ich sehe kaum junge Frauen,
vielleicht mal die eine oder andere Tochter wohlhabender Eltern mit einem fetten Hündchen unterm Tisch, aber sonst?
Ich sehe Frauen, die spüren, dass sie kaum noch ein begeh-
render Blick verfolgt, Frauen allerdings, die so betucht sind,
dass sie sich ein Haus wie dieses leisten können, oder wenigstens einen Ehemann, der dafür bezahlt, ich sehe keine Frau,
die es auch nur von fern mit meinem Zimmermädchen auf-
nehmen könnte. Eine Hausdame wäre genau das Richtige für
mich, sagte ich mir, Gäste kommen, Gäste gehen, aber die
Hausdame bleibt. Gleichzeitig fröstelte ich bei dem Gedanken, in Zukunft allenfalls noch dem Zimmermädchen nach-

stellen zu können, alles andere hat sich für mich erübrigt, sagte ich mir, solange ich nicht den Mut fasse, auf die Straße zu gehen, so lange muss ich mich an das Zimmermädchen halten, halte ich mich aber an das Zimmermädchen, so sagte ich mir, dann werde ich kaum noch den Mut fassen, auf die Straße zu gehen, eine Affäre mit der Hausdame nagelt dich fest ans Hotel, sagte ich mir, du wirst nicht mehr Mut fassen, nicht mehr Fuß fassen in der Welt. Deshalb ermahnte ich mich, Distanz zu wahren, so lange wie möglich, deshalb tippte ich eine Zeile in die Tastatur, die sie enttäuschen musste: Ich erkläre Ihnen später, wie sehr Sie mir gefallen. Vielleicht bin ich feige, jeder Defekt, jede Krankheit macht einen feige, da man anfängt, sich zu fragen, was einem schadet und was nicht und was einen am Ende völlig ruiniert, was einen umbringt. Ich sträubte mich gegen die Vorstellung, mein langes halbes Leben in einem Hotel auszuhauchen, ich hatte einst andere Ziele im Blick, ich hatte einst etwas vor, ich hatte vor aufzusteigen, Stufe für Stufe, was aber, wenn man einerseits in der ersten Hälfte seines Lebens alles erreicht zu haben glaubt? Und andererseits jede Minute damit rechnen muss, auszufallen, Blackout und eine Bitte um Nachsicht? Ich begriff, dass ich mich an das Zimmermädchen halten musste, ein Zimmermädchen hat einen Schlüssel zu deinem Zimmer, sagte ich mir, es kann jederzeit einfallen in dein notdürftig eingerichtetes Privates, wie eine Ehefrau mit einem eigenen Schlüssel fürs Haus, der Schlüssel stellt sicher, dass das Zimmermädchen jederzeit ins Zimmer kann, egal, ob du da bist oder nicht, es schließt auf und steht mitten in deinem Privaten, es ist, wenn du es von außen betrachtest, Teil deiner privaten Welt, es löst sein Haar, es schüttelt es und bindet es erneut zusammen, es fühlt sich unbeobachtet. Wie sehr Sie mir gefallen.

Eines Tages entdeckte die Hausdame meinen speziellen Schlüssel unter der Flosse, ich war nicht dabei, ich konnte sie nicht daran hindern, nicht daran, dass sie meine Zimmernymphe abzustauben begann, nicht daran, dass sie den speziellen Schlüssel aus seinem Versteck unter der Flosse zog und, offenbar ohne lange nachzudenken, in das Schloss der Schreibtischschublade steckte, es lässt sich denken, wie sie zu ihrem Fundstück gelangt war, wie sie mit einem Lappen über Schultern und Brüste und über die Flosse meiner Nymphe wischte, über die glatte und über die schuppige Haut, und wie sie am Ende, ganz unten, am Fuß der Statue sozusagen, dort, wo sich die Schwanzflosse einrollt, auf den speziellen Schlüssel stieß, sie erkannte sofort, dass er zur Schublade gehörte, denn sie hatte den Schubladenschlüssel schon lange vermisst, sie dachte, es würde mich freuen, den Schlüssel wiederzuhaben, vielleicht öffnete sie die Schublade, vielleicht nicht, vielleicht war sie neugierig auf das, was ein durchs Händeschütteln vertrauter Gast in seiner Schreibtischschublade verwahrte, vielleicht nicht, vielleicht zog sie die Lade auf und wich entsetzt zurück vor meinem Revolver, vielleicht nicht, vielleicht fing sie an, sich vor mir zu ängstigen, vielleicht nicht, vielleicht wollte sie von nichts etwas wissen, vielleicht aber doch.

Natürlich ahnte sie nicht, welchem Risiko sie mich aussetzen würde, indem sie in meine Vorkehrungen eingriff, sie wusste ja nicht, dass ich Hindernisse eingebaut hatte für den Fall, dass es mich im ohnmächtigen Zustand nach einer scharfen Waffe verlangen würde, sie hat völlig arglos eines dieser Hindernisse beseitigt, sagte ich mir, sie trägt unwissentlich dazu bei, dass ich sofort an einen Revolver komme und nicht erst auf Knien durch das Zimmer rutschen und den Schlüssel suchen muss. Sie hätte aber das Risiko noch erhöhen können, wäre ihr eingefallen, meinen Schrank zu durchstöbern, dann nämlich hätte sie eine Schatulle gefunden und in der Schatulle eine Hand voll Patronen, sie hätte meinen Revolver mit den Patronen geladen und dann den Revolver zurück in die Schublade gelegt, sie hätte das Experiment scharf zuspitzen können, nicht ganz unwissentlich, denn wer Patronen in eine Waffe steckt, sagte ich mir, der weiß, was passiert, wenn er den Finger auf den Abzug legt und abdrückt, ein Anfall – und ich hätte mich an den Schreibtisch gesetzt, sagte ich mir, ich hätte die Lade aufgezogen, den Revolver genommen, den Lauf an die Schläfe gedrückt und geschossen. Mein Zimmermädchen hätte mir zu einem erfolgreichen Experiment verholfen.

Ein Handwagen, bepackt mit Einheitsgarnitur in Stapeln, Laken und Überzügen, stand vor der Tür. Sie sagte, sie wolle das Bett frisch beziehen. Ich hatte bereits den Telefonhörer am Ohr und winkte ab, unwirsch für meine Verhältnisse, das heißt für mein Verhältnis zu ihr. Sie werden es mir später erklären, sagte sie und zog leise die Tür hinter sich zu, ja, später, murmelte ich, es war kurz vor zehn, und ich wählte mich ein in die Montagskonferenz meiner Redaktion, ein Ritual, von dem ich nicht lassen konnte, denn es verband mich mit den Verlagsgeschäften. Es war das letzte Netz, an das ich mich klammerte, jeden Montag wieder, obwohl ich nicht mehr allzu viel beitrug zum Gelingen der Besprechung, ich hatte die Leitung der laufenden Angelegenheiten einem ehrgeizigen jungen Kollegen übertragen, schon vor einiger Zeit, er erwies sich als zuverlässig und geschickt, er unterrichtete mich über den Fortgang der Dinge, und er verhielt sich loyal, jedenfalls nach meiner Einschätzung, keine Frage, dass er auch für die Anmeldung der telefonischen Konferenzen bei der Zentrale sorgte, dass er, wie man sagt, den Master of the Conference spielte, denjenigen also, der die Konferenz steuerte, der sich einwählte und dann die Mitglieder um sich versammelte, um schließlich ihre Meinungen abzurufen. Ich war gern von Anfang an dabei, am liebsten, wenn nicht mehr der Erste, dann doch der Zweite, der mit einem Piepen den akustischen Raum betrat, um dann zu verfolgen, wie sich einer nach dem anderen piepend dazugesellte, hallo? ja, hallo? hallo, ist Lorenzo in der Runde?, fragte ich, aber Lorenzo meldete sich nicht, und der Master stellte fest: offenbar nicht.

Diesmal hatte der Master Pech, die Konferenz drohte zu scheitern, Lorenzo fehlte, und ein anderer Kollege, mit dem Handy auf der Autobahn, raste in ein Funkloch, sein Tagungsbericht brach unversehens ab, und da wir den Kollegen, jeder rief ihn einmal beim Namen, nicht wieder einfangen konnten, gaben wir ihn verloren, zumindest für absehbare Zeit, das Thema war uns entrissen, das Gespräch stockte. Der Master sagte: ja, gut. Es piepte einmal, zweimal, dreimal, kurz hintereinander, dann ein viertes und ein fünftes Mal, es war zehn Uhr fünfzehn, und der Raum erzitterte vor hallo und hallo, hallo, hier ist Herbert Kessler, hier ist Schlangenhöfer, Smith, Shuo, Ruhoff – wer, bitte, ist da?, fragte der Master, wer, bitte, ist Herbert Kessler? – Herbert Kessler von der Abteilung Finance, sagte die Stimme Kesslers – kenn ich nicht, sagte der Master – eine Kollegin sagte: da muss ein Irrtum vorliegen – aber hier ist doch die Konferenz von BIMS-Company?, fragte eine Stimme, die sich zuvor, heiser und mit einem Hüsteln, als Ruhoff vorgestellt hatte – ich kenne nur Bimssteine, sagte ein vorwitziger Kollege aus unserem Kreis, damit pflegt meine Frau ihre Fersen, nachdem sie aus der Wanne gestiegen ist – nein, damit haben wir nichts zu tun, behauptete Kessler, es handelt sich um die BIMS-Company, B-I-M-S, in Großbuchstaben, BIMS-Company mit Hauptsitz in Berlin und einer Niederlassung sowohl in Boston, nicht wahr, Mister Smith? – BIMS, Boston, sagte Smith – als auch in Nantschang, hören Sie mich, Mister Shuo, hallo, Herr Shuo, hallo, Nantschang – BIMS, Nantschang, sagte Shuo – eine Kollegin sagte: da muss ein Irrtum vorliegen – ein anderer Kollege sagte: stimmt! – hier stimmt etwas nicht, bemerkte der Master – Ruhoff krächzte: ein großes Konzert heute bei BIMS – Kessler sagte: ich gehe davon aus, dass wir alle im Namen von BIMS zusammengekommen sind – ein Irrtum!, sagte eine Kollegin – Kessler aber fuhr fort: sehr richtig, Herr Ruhoff, ein großes Konzert, wie es sich so ergibt bei einem weltumspannenden Unternehmen, BIMS global – bitte, sagte der Master, bitte, ich darf Sie bitten, diese Konferenz zu verlassen, dies hier ist nicht die BIMS-Konferenz – nicht die Konferenz der BIMS-Company?, fragte Kessler – BIMS, Nantschang, sagte Shuo – welche Konferenz ist es dann? – dies hier ist eine Redaktionskonferenz der Zeitschrift *Wissen*, stellte der Master klar – die GRIPS-Konferenz, sagte ich, G-R-I-P-S in Großbuchstaben – der Master sagte: wir sind jeden Montag um zehn verabredet, und zwar unter dieser Nummer, Sie müssen versehentlich in unsere Runde geraten sein – da liegt ein Irrtum vor, sagte eine Kollegin – Master?, röchelte Ruhoff – Ja, antworteten die Master beider Konferenzen, ja, bitte – Master Kessler, lassen Sie sich doch eine andere Nummer geben, schlug unser Master vor – ich lasse das alles prüfen, sagte Kessler – das ist das Beste, sagte unser Master – sorry, wir wollten Sie nicht stören, sagte Kessler – Master?, flüsterte Ruhoff – geben Sie es auf, das wird nichts mehr, sagte unser Master, auf Wiederhören – auf Wiederhören, sagte Kessler, und bitte entschuldigen Sie die Störung, sorry im Namen der BIMS-Company – BIMS, Nantschang, sagte Shuo – und damit verabschiedete sich die BIMS-Company, wir waren wieder unter uns.

Ich zog meine leichten italienischen Schuhe an und trat auf den Flur hinaus, ich drehte den Kopf erst auf die eine, dann auf die andere Seite – nichts, niemand, mein Zimmermädchen war nicht zu sehen, auch der Handwagen nicht mit seiner gebügelten Fracht, sie hat sich rasch durch die Zimmer gearbeitet, sagte ich mir, sie ist bereits um die Ecke gebogen, sie geht vielleicht über die schmale Brücke hinüber ins Hauptgebäude, sie hilft einer Kollegin beim Bettenbeziehen, ich hätte sie nicht fortschicken dürfen, ich hätte sie, während ich der Konferenz beiwohnte, getrost ins Zimmer lotsen können, ich hätte telefonieren, sie hätte ihren Verrichtungen nachgehen können, ich hätte ihr, während das Missverständnis mit der BIMS-Company aufblühte, ein Lächeln stehlen können. Ich lief über den Flur, vorbei am Zeus-Salon des Seitenflügels, Rokokostühle mit samtigen Sitzen und Rückenpolstern unter einem Glasdach, vorbei an Zimmernummern und Türen, entlang an einer Reihe von Gemälden, eine blendend weiße Statue streifend, hinauf auf die Brücke und beinahe hinüber ins Hauptgebäude, doch ich hielt inne, schöpfte Atem und stützte mich dann aufs Geländer. Weißt du noch, was du tust?, fragte ich mich, du jagst einem Zimmermädchen hinterher, du führst dich auf wie zum ersten Mal verknallt, du hast sie nicht mehr alle. Ich erkannte sehr wohl, dass ich Sehnsucht projizierte, den ganzen kläglichen Rest Sehnsucht, der mir geblieben war, ich warf diesen Rest mit letzter Kraft auf das Zimmermädchen, und mir war bewusst, dass ich genau das nicht tun sollte, wollte ich nicht in diesem

Haus, wo das Mädchen Hausdame war, versacken, ich sollte diesen Rest Sehnsucht nach draußen schleudern, sagte ich mir, und ich sollte ihm nachspringen, das nämlich wäre die Rettung, vielleicht. Aber ich war dazu nicht in der Lage. Ich hatte mich an das Hotel inzwischen so sehr gewöhnt, dass ich mir ein Leben außerhalb des Hotels nur mehr schwer vorstellen konnte, die Treffen mit Lorenzo bei der Kurdin ausgenommen, die bestand ich auch anstandslos, obwohl ich zugeben möchte, dass ich es inzwischen vorzog, Lorenzo im Hotel zu empfangen, hier bei mir zu Hause gewissermaßen, das hatte den Vorteil, dass ich nicht durch die Drehtür musste, nicht hinaus in die lärmende Stadt. Damals besuchte mich Lorenzo einmal in der Woche, er kam durch die Drehtür ins Foyer und ließ sich von mir nach oben führen, wir fuhren im gläsernen Zylinder hoch und gingen über die Brücke in den Seitenflügel und hinein in den Zeus-Salon, dort fühlte sich Lorenzo einigermaßen wohl, er mochte es, dass Leute im Salon verkehrten, dass Teelöffel klirrten und Kuchengabeln klapperten, bei Zeus im Himmel ist es nicht ganz so trostlos wie überall sonst in diesem Haus, sagte er einmal. Ich lehnte über dem Geländer und sah in die Tiefe, ich muss den Hoteldirektor fragen, sagte ich mir, ob sich schon einmal ein Gast von der Brücke zu Tode gestürzt hat, aber ich wusste, dass ein Hoteldirektor nicht antworten würde auf diese Frage, jedenfalls nicht entsprechend der Wahrheit, sofern die Wahrheit imstande sein würde, sein Haus zu beflecken, ich weiß nicht, weshalb ich mir den Todessprung der fleißigen Angestellten ausgedacht habe, den dumpfen Aufprall auf dem wunderbaren Marmorboden dort unten, kann sein, dass diese Szene mich angezogen hat, der Riss des Todes durch die belebte Mittagszeit, dann, wenn ständig Schritte auf dem Marmorboden zu hören sind, dann, wenn Gäste diese Brücke hier überqueren, dann also, wenn sich im Nu eine Traube von Leuten um einen zerschmetterten Körper versammelt, unten stehend im Kreis, fassungslos, die Hand vor dem Mund, oben gestützt aufs Geländer, wie auf Logenplätzen, ebenso fassungslos, die Köpfe schüttelnd oder eine Zigarette rauchend und die Asche abklopfend, kann sein, dass ich, den Kopf verdreht auf dem Marmorboden, entsetzt nach oben starren würde, kann sein.

Lorenzo sagte: du wirst die Liebe nicht begreifen, wenn du sie nicht in ihrer Maßlosigkeit begreifst, in ihrem Exzess, in ihrem unnachgiebigen Feilschen um die Erfüllung einer Sehnsucht. Sobald die Liebe aufhört zu feilschen, hört auch die Liebe als Liebe auf. Jedes Verhalten muss ein sich selbst überforderndes Verhalten sein, immer jenseits der geläufigen Normen. Entweder du bist mit den Regeln, oder du bist mit der Liebe. Begnügt sich dein Verhalten damit, angemessen zu sein, ist es kein Verhalten im Sinne der Liebe, und es ist auch keines, das die Hingabe einer Person rechtfertigen würde, diese Hingabe rechtfertigt nur der Exzess. Die Liebe ist, sag ich dir, sagte Lorenzo, nicht in Raten zu haben, sie gibt es nur als Ganzes, sie ist total und sie totalisiert, sie macht jede Lappalie, die, und sei es von fern, mit dem geliebten Menschen zusammenhängt, zu einer Staatsaktion, sie muss sie sogar dazu machen, sonst ginge ihr kleiner, für Dritte unzugänglicher Staat zu Bruch. Wenn du es nicht verstehst, die Liebe zum Absoluten zu erklären, dann solltest du dich nie darauf einlassen, zu lieben, sagte Lorenzo, denn du würdest dich ständig in deiner konventionellen Logik verstricken, die aber zählt nicht, nicht für die Liebe. Alles nämlich verliert seine Bedeutung oder gewinnt nur insofern Bedeutung, als ihm die Liebe eine Bedeutung beimisst. Eine

Verständigung darüber ist so gut wie ausgeschlossen, eine große Unwahrscheinlichkeit sozusagen, sagte Lorenzo, weil vor den Erregungen der Liebe alle Begründungen versagen.

Lorenzo schwieg, und es kam mir so vor, als schweige er aus Erschöpfung, ich habe ihn noch nie so reden gehört, mit Anklängen ans Pathetische, aber gut, es scheint ihn körperlich anzugreifen, sagte ich mir, es scheint ihn zu entkräften, dabei habe ich nicht die Absicht, ihn mit Fragen zu strapazieren, im Gegenteil, ich möchte ihn wie üblich zu einem entspannten Gespräch anregen, ich möchte, dass er Gelegenheit hat, mit seinen Kenntnissen zu schachern, wie stets, wenn ich seine Meinung einhole. Ich sagte: es muss aber auch Regeln geben für die Liebe, und man muss sich ihrer zu bedienen wissen, man muss wissen, wie man es anstellt, um ans Ziel zu gelangen, ein paar Tricks können nicht schaden.

Der Exzess lässt sich nicht in Schranken halten durch welche Übereinkunft auch immer, sagte Lorenzo, der Exzess geht mit der Liebe einher. Aber er lässt sich natürlich auch vortäuschen. Natürlich kannst du die Technik des Exzesses trainieren, genauso gut wie die Technik der Verführung, beide Techniken können gelehrt und gelernt werden, nach bestimmten Regeln meinetwegen. Der Exzess ist dann sozusagen, sagte Lorenzo, er ist dann sozusagen bloß gespielt, eine Täuschung, aber er wird seine Wirkung nicht verfehlen, solange er nur überzeugend gespielt ist und so die angeblich geliebte Person überzeugt. Der Exzess wird für ein Zeichen des absoluten Hingerissenseins gehalten, und der Hingerissene muss den Eindruck erwecken, er könne gar nicht anders, als sich dem begehrten Objekt zu Füßen zu werfen, er erleide gewissermaßen diesen Exzess am eigenen Leib, weil das begehrte Objekt sei, wie es sei, und ihn so zur Unterwerfung zwinge, er könne, obwohl ein Dutzend Abzweigungen vor

Augen, nur eine Abzweigung erspähen, die zweite von links beispielsweise, die Abzweigung zu seinem begehrten Objekt. Der angeblich Hingerissene sagt: ich kann nicht anders, also erhöre mich, bitte – das ist seine Lüge.

Wer den Code beherrscht, beherrscht die Herzen, sagte ich. Er kann damit seine Gefühle verschlüsseln und sie verschlüsselt in ein fremdes Leben bohren. Er kann damit seine wahren Empfindungen ausdrücken, und er kann damit Empfindungen vorspiegeln, also falsche Empfindungen als wahre veräußern. Ob wahr, ob falsch, er muss sich auf den Code verstehen, es ist, wie auch immer, ein und derselbe Code.

Die Techniker des Exzesses aber müssen sich vorsehen, sagte Lorenzo, sie laufen bei aller Virtuosität Gefahr, sich zu verraten, und sie verraten sich immer dann, wenn ihr Handeln Verdacht erregt, allein auf den Effekt ausgerichtet zu sein. Sie dürfen sich nichts scheren um die Folgen ihres Tuns, schon gar nicht im Beisein des begehrten Objekts, sie dürfen nicht Kosten aufrechnen gegen den zu erwartenden Nutzen, das nämlich wäre unter Liebenden verpönt, die Techniker des Exzesses können nicht umhin, den Moment zu preisen, ausgefüllt durch das Du allein, um das sich, wie sie wissen, alles zu drehen hat.

Ich sagte: der angeblich Hingerissene muss Einsatz und Ertrag überschlagen und dann für sich abwägen, er muss herausfinden, wie lange es sich lohnt, den Hingerissenen zu spielen, denn das Leidenschaftliche ergibt sich, wenn der natürliche Antrieb fehlt, nicht einfach von selbst, es erfordert den Einsatz aller Kräfte, es muss regelrecht beschworen werden.

Darin besteht, zum Beispiel, die Herausforderung einer Ehe, sagte Lorenzo. Nach der Entzauberung der Liebe werden nur noch kalkulierte Leidenschaften aufgeboten.

Die Ehe ist eine Erfindung für Menschen, die der Liebe nicht trauen, sagte ich. Die Ehe ist eine Bescheinigung, mehr nicht, sie bescheinigt das Misstrauen der Liebenden ihrer Liebe gegenüber, und diese Bescheinigung hält in der Regel, was sie verspricht, sie überdauert nämlich die Liebe, und zwar in jedem Fall, das ist alles, aber wozu.

Lorenzo sagte: ihr Wesen liegt nicht im Leidenschaftlichen, nicht im Exzess und genau genommen auch nicht in der Liebe, das Wesen der Ehe liegt im Sichverstehen, in der Dauer und im verlässlichen Arrangement, eher der Freundschaft verwandt als dem unruhigen Tagtraum vom absoluten Gefühl.

Es war ein schöner Tag, zu warm für diese Jahreszeit, wie es hieß, denn es war gerade erst Mai geworden, und trotzdem ächzte die Stadt vor Hitze. Die großen Fenster des kurdischen Lokals waren weit aufgestoßen, und man konnte sich strecken und einen Fuß durch den tiefen Rahmen nach draußen stellen, auf den Gitterrost eines schmalen Vorsprungs, oder man schwang sich hinaus, auf eine der Holzbänke an den drei oder vier langen Holztischen vor dem Lokal, so wie Lorenzo und ich, erst ich, dann Lorenzo, Lorenzo unsicher über den Rost staksend, nach meiner Schulter greifend und zum Sprung ansetzend, dann mit klappernden Sandalen aufschlagend, kühn für seine Verhältnisse, sagte ich mir, er ist mir kühn gefolgt, statt den Weg durch die Tür zu nehmen, und jetzt sitzen wir bei der Kurdin an diesem schönen, tatsächlich viel zu warmen Tag, diesmal draußen auf Holzbänken, die das Trottoir verstellen, immerhin im Schatten und so leicht davon zu überzeugen, eine Zeit lang zu bleiben, mindestens so lange, bis der Tag sich etwas abkühlen würde. Eine Zeit lang verweilen, sagte ich mir, trotz der Kreuzung in der Nähe und des monotonen Autolärms, sogar die Straßenbahn quietschte in Schienen stadteinwärts oder stadtauswärts, je nachdem und jedenfalls nicht im Takt, der Platz vor dem Lokal war kein Platz, höchstens eine Ecke, unwirtlich und gleichsam überzählig, begrenzt durch eine schmale Insel aus Beton, mit Gestrüpp und mit zwei von einer Stange aufgespießten Würfeln, der eine für Werbung, der andere für die Uhrzeit, jeweils nach vier Seiten hin, unten der Würfel für farbige Poster, oben der Würfel für Zifferblätter, ohne Mechanik, starr. Diese Ecke wäre groß genug, um eine einzelne Zapfsäule zu installieren, sagte ich mir, eine Zapfsäule, daneben ein Tankwart, daneben ein Kiosk, ich würde volltanken lassen und derweil Zigaretten kaufen gehen, diese Ecke ist übersehen worden, sagte ich mir, sie ist überzählig, ohne Nutzen und Funktion, ich kann zum Kaffee nicht einmal eine Brise Benzin inhalieren, ich komme auf keinen Gedanken, der mich fortträgt aus der Stadt, auf die Autobahn und dann in Richtung Süden.

Die Karte?, sagte die junge Kurdin.

Nicht nötig, sagte ich – Ja, bitte, sagte Lorenzo, ja, bitte, gern.

Die Kurdin legte die Karte auf unseren Tisch und ging zurück ins Lokal, kein Gruß, kein Lächeln, nicht halb so viel Aufmerksamkeit, wie ich sie in meinem Hotel erfuhr, absolut keine Aufmerksamkeit. Um genau zu sein, die Kurdin hatte keinen guten Tag, sie hatte einen schlechten und trug diesen schlechten Tag im Gesicht, tief gefurcht zwischen den Augenbrauen und angespannt in den Zügen, unsichtbar gequält und bestimmt nicht ohne weiteres anzusprechen. Sie ging zurück ins Lokal und rief dem Küchenjungen etwas zu, auf Kurdisch, sagte ich mir, jedenfalls unverständlich, jedenfalls hat Lorenzo noch nichts bestellt, und so gibt es nichts, was sie dem Küchenjungen hätte zurufen können, außer der Ankündigung, die Bestellung würde in Kürze erfolgen, dann, wenn sich der Gast mit der großen Hornbrille für ein Gericht entschieden haben würde. Die Kurdin trug einen schwarzen BH unter einer durchsichtigen Bluse, sexy wie immer, aber das rettete sie nicht über ihre miese Laune hinweg, ich sah, dass sie hinter der Bar telefonierte, sie redete eindringlich auf ihren Gesprächspartner ein, sie gestikulierte entsprechend, ich möchte sagen: eindringlich, so als würde sie gefilmt, sie redete pausenlos, ohne zuzuhören, auf Kurdisch, sagte ich mir, jedenfalls unverständlich, jedenfalls zu schnell für meine Begriffe.

Sie schnappte sich die Karte vom Tisch, sie drückte sich die Karte an die Brust und schwenkte zum Tisch eins weiter. Sie vergeudete keinen Blick.

Wer weiß, sagte ich, vielleicht muss sie einen Exzess austragen, sie sieht mir ganz danach aus, sie sieht verdammt exzessiv aus.

Lorenzo sagte: sie ist aufgewühlt, das ist meistens von Vorteil, man müsste jetzt nur die Ursache ihrer Erregung erfassen und dann diese Ursache antippen, ganz kurz, wie im Vorbeigehen, und dann müsste man sich einschleichen in ihr Vertrauen, man müsste zum Mitwisser werden und sie mit einem Lächeln auf seine Seite ziehen. Aber das kostet Zeit. Das läuft nicht nach der klassischen Methode.

Was wäre klassisch?, fragte ich.

Lorenzo sagte: ein unverhoffter Blick im entscheidenden Moment, vorzugsweise von unten, oder wenigstens von der Seite, in jedem Fall ein durchdringender Blick. Es ist wie beim Fechten, du täuscht Quart vor und fällst in Second aus.

Was sehen Sie mich so an?, fragte die Kurdin.

Er täuscht Quart vor, sagte ich.

Lorenzo sagte: ich möchte ein Omelett.

Er möchte ein klassisches Omelett, sagte ich.

Das soll er bekommen, sagte die Kurdin.

Es kann nichts passieren, solange Sie misstrauisch sind, sagte Lorenzo. Die Kurdin schürzte ihre Lippen und drehte ab.

War das ein Ausfall mit Second?

Nein, das war eine Verlegenheit, sagte Lorenzo.

Lorenzo sagte: so, wie die Dinge laufen, laufen sie gut, alles läuft bestens, reibungslos geradezu, die ganze Gesellschaft läuft wie geschmiert, Anklicken und Abschicken, Anbieten und Nachfragen, Kennenlernen und Vergessen, für jedes Bedürfnis einen Schalter, für jedes Begehren eine Telefonnummer, für jedes Interesse eine Adresse im Internet. Gleichzeitig wächst der Wunsch nach Intimität und folglich nach einem Code, der eine intime Beziehung ermöglicht, du triffst ständig auf Menschen, die ganz direkt und damit peinlich privat angesprochen werden wollen, weil sie der gut geschmierten unpersönlichen Begegnungen überdrüssig sind, die das moderne Zusammenleben regeln, Verwaltung, Wirtschaft, Recht, Medien, Medizin, die Gesellschaft besteht aus Nummern, Beträgen, Paragraphen, Informationen, Blutwerten, dabei wartet der einzelne Vereinzelte nur darauf, dass er einmal und dann immer wieder inmitten des um ihn herum gesponnenen Funktionskokons entdeckt wird, um sich dann entpuppen zu können. Das sind gute Zeiten für die Liebe, sag ich dir, die verpuppte Gesellschaft spielt der Liebe in die Hände, sagte Lorenzo, und zwar, weil die verpuppte Gesellschaft noch nicht verzichten kann auf entpuppte Nähe und Vertrautheit, auf Tagtraum und Exzess. Und weil das Wesen der Liebe nicht dem Wesen der Ehe entspricht, weil es unbeständig ist und schweifend, von da nach dort, von einer Person zur anderen, weil das Wesen der Liebe zwar grenzenlos ist, aber zugleich äußerst begrenzt in der jeweiligen Angelegenheit, deshalb triffst du ständig auf Menschen, die ganz direkt und damit peinlich privat angesprochen werden wollen, denn sie erleiden, eben noch verwöhnt von großen Gefühlen, einen Mangel, der sie irrewerden lässt an der Tüchtigkeit der Welt, je reibungsloser nämlich diese Welt funktioniert, desto tiefer stürzen sie in ihre Verzweiflung, da sie sich einreden, die tüchtige Welt sei nicht die ihre, ihre Welt sei die verzweifelte Welt, die Welt der Liebe, von allen großen Gefühlen verlassen. Du triffst ständig auf diese Menschen und musst sie nur richtig ansprechen, um sie zu ködern, wenn du denn darauf aus bist, es ist immer die Liebe, die sich diese letztlich verzweifelte Welt schafft, und trotzdem wird alles Erdenkliche unternommen, um diese kleine private Welt, diesen minimalistischen Staat, am Leben zu erhalten, besonders verbissen dann, wenn die Liebe längst weitergezogen ist, um die Ecke, ein paar Straßen hoch nach Norden, in eine andere Stadt, dann, wenn von Liebe nicht mehr wirklich die Rede sein kann, sondern nur noch von der Erinnerung daran oder von der Sehnsucht danach, Erinnerung und Sehnsucht wetteifern darin, einzufallen in die Gegenwart, leider ohne Chance. Besser ist es, du hoffst auf etwas, als dass du dich an etwas erinnerst, das unwiederbringlich verloren ist, das Hoffen nämlich ist eine Täuschung von der etwas froheren Art. Die Liebe selbst ist nichts als Gegenwart, ein Persönlichkeitssystem öffnet sich dem anderen –

Zwischenmenschliche Interpenetration, sagte ich.

– und so entsteht für eine bestimmte Zeit eine gemeinsame Welt, sagte Lorenzo, eine Welt der gemeinsamen Geschichte, der gemeinsamen Einschätzungen, des gemeinsamen Geschmacks, der Zuneigungen und Abneigungen gegenüber allem, was jenseits der selbst gezogenen Grenzen geschieht. Doch diese kleine Welt ist nicht halb so stabil, wie man zunächst glauben möchte. Denn sie setzt sich ja bei aller Interpenetration weiterhin aus zwei Persönlichkeitssystemen zusammen, und so wie das eine System eine Umwelt hat, so hat auch das andere eine, mit der Folge, dass nun die eine Person ständig prüft, wie die andere mit ihrer Umwelt umgeht, und umgekehrt, die eine handelt, die andere beobachtet und umgekehrt. Die handelnde Person ist eingespannt in komplexe Beziehungen zu ihrer Umwelt, die beobachtende beobachtet und forscht nach Zeichen der Liebe, die beobachtende Person sieht die handelnde als geliebte Person, und sie neigt dazu, die Situation, in der die geliebte Person steht, auszublenden. Es sind also von Anfang an zwei spaltende Kräfte in der gemeinsamen Welt angelegt, einerseits die Differenz zwischen der einen Person, die mit ihrer Umwelt zu Rande kommen muss, und der anderen Person, die sie dabei beobachtet, andererseits die Differenz zwischen einem Verhalten aus eigenem Interesse oder aus eigener Gewohnheit und einem Verhalten, das mit Rücksicht auf die andere Person und die Welt, die man mit ihr teilt, erfolgt. Man muss davon ausgehen, dass die spaltenden Kräfte zunehmen, sagte Lorenzo, und zwar dann, wenn die eine Person müde wird, sich mit der Umwelt der anderen zu befassen, dann also, wenn Vorfälle, die sich dort zutragen, für unerheblich gehalten werden bei der Gestaltung der gemeinsamen Welt. Die gemeinsame Welt zerbricht an ihren Differenzen, dann, wenn sich die eine Person der Beobachtung durch die andere zu entziehen beginnt und dadurch versäumt, ihr Handeln darzustellen als eines, das egoistische Beweggründe übersteigt, sie zerbricht dann, wenn die Umwelten der Personen mangels Anteilnahme auseinander driften. Auf Differenzen lässt sich nichts gründen, jedenfalls nicht auf Dauer. Es gibt, so betrachtet, keinen Grund für Liebe.

Das Omelett wurde serviert, die deprimierte Kurdin stellte es ungelenk, beide Hände an den Tellerrand geklammert, auf den Tisch, ich hatte die Bestellung längst vergessen, und auch Lorenzo schien nicht mehr damit gerechnet zu haben, denn er schaute erstaunt und voller Skepsis auf seinen Teller hinunter, er setzte sich sogar die große Brille wieder auf, um sich von der Art der Speise zu überzeugen, er hatte die Brille mehrmals, während er sprach, abgenommen und wieder aufgesetzt, er hatte sich mit Daumen und Zeigefinger seine Nasenwurzel gerieben, er hatte sich mit einem Taschentuch über die Stirn gewischt, dann war er fortgefahren. Ohne Brille bot Lorenzo einen hilflosen Anblick, ich war ständig versucht, ihm die Richtung zu weisen, aber seine Gedanken litten nicht an Unschärfe, sie waren klar und wie gestochen, sie schenkten Orientierung, mehr war nicht nötig. Ich kann nicht genau sagen, wann das Omelett aufgetischt worden ist, jedenfalls erst dann, als es keiner mehr erwartete, es hätte natürlich gut gepasst, wäre es in dem Moment gekommen, da Lorenzo seinen gewichtigen Satz herausmeißelte, es gäbe keinen Grund für Liebe, es wäre zu schön, ein Innehalten, eine Verschnaufpause, ein Augenblick gespannter Ruhe auf dem Höhepunkt der Dramaturgie, aber ich würde eher sagen, das Omelett ist schon ein paar Sätze zuvor gekommen, ebenso überraschend natürlich wie zu einem späteren Zeitpunkt, aber eben ein paar Sätze zuvor, und das heißt mitten im Lauf einer Rede, die ihren Höhepunkt noch nicht erreicht hatte und sozusagen weiter auf ihn zueilte. Das Omelett ist zu früh und damit völlig unpassend gekommen, sage ich mir heute und frage mich, ob diese Aussage der Wahrheit entspricht, denn kaum schießt sie mir durch den Kopf, schon befällt mich der Zweifel, es könnte nämlich sein, dass das Omelett nicht zu früh, sondern zu spät gekommen ist, also auch in diesem Fall völlig unpassend, nämlich erst, nachdem Lorenzo gesagt hatte, es gäbe keinen Grund für Liebe, gewichtig, unanfechtbar, auf dem Gipfel seiner Ausführungen angelangt, das Omelett ist zu spät und damit völlig unpassend gekommen, sage ich mir heute, bestimmt erst, nachdem Lorenzo seinen Gipfel überschritten hatte und innehielt und verschnaufte und mir Gelegenheit gab zu antworten, es ist bestimmt erst gekommen, als ich diese Gelegenheit ergriffen habe, das Omelett ist in seiner dramaturgischen Bedeutung belanglos, sage ich mir heute, es ist, das muss ich wohl so sehen, sogar gegen jede dramaturgische Regel serviert worden, ganz bestimmt, jetzt bin ich mir sicher, entweder zu früh oder zu spät, entweder das eine oder das andere, das Omelett ist völlig unpassend gekommen.

Darf es noch etwas zu trinken sein?
    Nicht nötig, sagte Lorenzo – Ja, bitte, sagte ich, ja, bitte, gern.
    Dasselbe nochmal?
    Ein Bier.
    Die Kurdin pendelte in das Lokal hinein und ohne Verzögerung aus dem Lokal heraus, sie hielt ein Glas Bier in der Hand, frisch eingeschenkt mit einer Krone aus Schaum, sie ging weder zu unserem Tisch noch zu einem anderen Tisch, sie ging geradeaus über die freie, überzählige Ecke, auf der sich keine Zapfsäule, kein Tankwart und kein Kiosk befanden, ich roch kein Benzin und kein Gas aus dem Auspuff, ich entwickelte keine Phantasie für den Süden, sie ging gerade-

aus zu auf die schmale Insel aus Beton, aus der das Gestrüpp
wucherte, und sie stellte das Glas ab auf dem Rand, ein Glas
Bier, kein Bier aus der Flasche, wie üblich bei Handwerkern,
sagte ich mir: ich habe den Handwerker gar nicht bemerkt,
weder ihn noch eine Bestellung von seiner Seite, und ich bemerkte auch jetzt keine Reaktion, so sehr ich mich auch an-
strengte, eine zu bemerken, kein Münzenhervorkramen,
kein Nicken, kein Danke-recht-schön, geradeso, als sei das
Bedientwerden ein Bedientwerden aus Gewohnheit, gut ein-
gespielt, die Kurdin bringt, der Handwerker trinkt das Bier,
der Handwerker, der noch lange kein Handwerker sein musste, bloß weil er eine Leiter aus silbernem Leichtmetall aufstellte, zwei gespreizte silberne Schenkel vor einer Stange
mit aufgespießten Würfeln, der Handwerker also vermittelte den Eindruck, als würde er hier jeden Tag aufkreuzen, um
die Reklame zu wechseln und nebenbei ein Glas Bier zu trinken, er zog die alten Poster aus allen vier Seiten des unteren
Würfels heraus und zog neue Poster auf allen vier Seiten ein,
ich hätte nicht sagen können, was sich dadurch veränderte,
ob der Cowboy nun statt nach links nach rechts blickte, über
die weite Prärie, und ob die glühende Zigarette nun statt
nach links nach rechts wies, nein, keine Ahnung, vielleicht
zog der Handwerker auch nur dieselben Poster ein weiteres
Mal ein, weil die ursprünglichen ausgebleicht und daher un-
ansehnlich wirkten. Jedenfalls machte er sich nur an einem
Würfel zu schaffen, an dem Reklamewürfel sozusagen, dem
unteren, während er den oberen, den Zeitwürfel, vollkommen außer Acht ließ, er fühlte sich dafür nicht zuständig und
schon gar nicht verantwortlich, sonst hätte er erkannt, dass
der Zeitwürfel, ich möchte sagen: nicht mehr richtig tickte,
dass die Zeit einfach stehen geblieben war um Viertel nach
neun an welchem Tag auch immer, auf allen vier Seiten des

oberen Würfels und folglich total, und er hätte dafür gesorgt, dass die Zeiger des Zeitwürfels wieder in Gang gekommen wären, hier auf dieser überzähligen Ecke, und zwar entsprechend der Sommerzeit. Der Handwerker aber stieg von seiner Leiter, langsam und merklich ausgezehrt von der Sonne, da er jenseits der schattigen Kante, ich möchte sagen: zu Werke ging, er klappte die Schenkel zusammen und verstaute die Leiter im Fond seines Kombis, er schlurfte mit langsamen, fast behäbigen Schritten durchs Gestrüpp bis an den Rand der betonierten Insel, er ging in die Hocke und griff nach dem Glas, in dem der Bierschaum zusammengesackt war, und führte es an seine Lippen, er nahm einen tiefen Zug und dann noch einen genauso tief, und am Ende entfuhr ihm ein wollüstiger Laut, ich würde sagen: aaah, ja, das war es, ich schwöre, ich habe es so und nicht anders gehört, der Handwerker spielte Reklame für uns, jeder, der ihn gesehen hatte, seine Erschöpfung, sein Schwitzen, sein Schlurfen, sein Trinken und am Ende, ich möchte sagen: seine Erquickung, jeder, der ihn so gesehen hatte, musste Lust verspüren auf dieses Bier, und ich gestehe, ich verspürte diese Lust, ich hatte ein Verlangen nach Erquickung, und ich war erfreut, dass ich nichts anderes als dieses erquickende Bier bei der Kurdin bestellt hatte.

Lorenzo sagte: auf Differenzen lässt sich nichts gründen, jedenfalls nicht auf Dauer. Es gibt, so betrachtet, keinen Grund für Liebe.

Nein, sagte ich, nein, so betrachtet nicht. Es gibt die Liebe, aber es gibt keinen Grund für sie, es ist, egal, was man anstellt, keine andere Liebe zu haben als die grundlose Liebe, so betrachtet, das heißt, genau betrachtet, ist die Liebe eine hoffnungslose Angelegenheit, sie ist, kaum dass man sie empfängt, ein ständiges Zittern um ihr Bleiben, die Liebe aber bleibt nicht, das wäre gegen ihre Natur gerichtet, und natürlich weiß das auch jeder, aber jeder zittert um das Bleiben der Liebe, jeder tut so, als bringe ausgerechnet er die Kraft dazu auf, gegen dieses ernüchternde Gesetz der grundlosen Liebe zu verstoßen. Am Ende aber verstößt die Liebe gegen die Einfalt des Glaubens, sie verstößt gegen jede Hoffnung auf eine Ausnahme, denn es gibt keine Ausnahme, das ist die Regel, das Erlebnis der Liebe ist paradox und nur in Paradoxien zu beschreiben, jede einzelne Liebe ist eine absolute Liebe, und sie muss als solche bekundet werden, als absolut und ewig, bis ans Ende der Tage. Jede absolute Liebe dauert so lange, bis die nächste absolute Liebe an die Tür klopft, dahinter könnte tatsächlich eine andere Logik stecken, eine Logik, die sich weigert, das Absolute als einzigartig anzuerkennen, eine Logik, die das Absolute an das Absolute anschließt, denn die Liebe ist ein Serienprodukt, sie lässt sich nicht an einen Pflock binden, und wenn man sie an einen Pflock zu binden sucht, entzieht sie sich trotzdem, immer weg von Regeln und moralischen Zumutungen, von Garantien und Gewalt, immer weg und nichts wie weiter, sie ist dazu bestimmt umherzuschweifen, weshalb einer sich zwar einreden mag, die Liebe zu besitzen, aber es nützt ihm nichts, sie wird ihm bei der kleinsten Unaufmerksamkeit entwischen, weshalb einer sich zwar verzehren mag vor Eifersucht, aber es nützt ihm nichts, denn die Eifersucht streicht allenfalls um einen nackten Pflock herum, die Liebe schweift, sie ist ein Geisterschiff.

Und sie führt eine riskante Fracht mit sich, sagte Lorenzo: den Exzess. Die Fracht ist deshalb so riskant, weil sie die Substanz des Liebens enthält und weil sich in dieser Substanz gleichzeitig die Quelle der Vernichtung verbirgt.

Ich sagte: man könnte den Exzess zügeln, man könnte ihn strecken entlang der Zeitachse, indem man Widerstände einbaut, ich kann heute nicht kommen, ich muss auf Geschäftsreisen gehen, ich kann dich nur am Wochenende sehen, ich bin verrückt nach dir, aber eben auch zu weit weg von dir, ich liebe dich später.

Lorenzo sagte: so ließen sich Fristen für die Liebe herausschlagen, je größer der Widerstand, desto länger die Liebesgeschichte. Denn erst dadurch, dass sie Zeit beansprucht, vernichtet die Liebe sich selbst. Ein dauerhafter Exzess ist unvorstellbar, es gibt kein schärferes Mittel als den Exzess, um den Exzess zu vernichten.

Ich sagte: am Ende wird der Exzess nur noch gespielt, weil jeder weiß, wie sehr die Liebesgeschichte von ihm zehrt.

Lorenzo sagte: das ist schon das Ende, denn schon der Hauch einer Künstelei, eines gut gemeinten, aber falschen Zungenschlags ist unerträglich für jede aufrichtige Liebe.

Ich sagte: auch eine aufrichtige Liebe ist machtlos, sobald die Leidenschaft versiegt. Sie kann dann den Exzess bestenfalls einklagen und zur Pflicht erklären.

Kann sie nicht, sagte Lorenzo, denn das widerspräche ihrem Code. Die Pflicht oder ganz allgemein die Moral liegen jenseits des Spielfelds. Daran sieht man, was die Liebe von der Ehe unterscheidet, der Code wird gewechselt.

Ich sagte: aber der neue Code wird doch nicht mit dem Trauschein eingewechselt.

Natürlich nicht, sagte Lorenzo, er wird eingewechselt mit der Zeit. Die Liebenden neigen dazu, ihre Liebe übermäßig zu bewerten, wohl aus Gewohnheit, denn schon das Aufkeimen einer Beziehung wird mit starken Erwartungen befrachtet, diese starken Erwartungen aber reiben sich auf, später, unter dem Druck der zurückschnellenden Normalität, sie halten nicht stand, wenn sie sich messen lassen müssen an der Realität, und die Liebenden sind darin geübt, das Erwartete am Realisierten zu messen, also müssen die starken Erwartungen zerschellen an der kleinen, schäbigen Alltäglichkeit.

Ich sagte: es ist das Schweifen, das der Liebe Dauer verleiht, nicht der Trott, nicht die Alltäglichkeit. Nur an Bord des Geisterschiffs hat die beanspruchte Exklusivität eine Chance und damit die Verästelung des dazugehörenden Codes, die Forderung nach dem Exzess, die Beteuerung, dich und immer nur dich zu lieben, die betörende Erregung durch die Schönheit, alles das also, was alles andere ist als exklusiv, das nämlich, was man an einer Frau bewundert, kann man auch an einer anderen Frau bewundern, die Logik der Liebe ist eine gebrochene Logik, aber egal, das stört nicht, denn diese Logik kommt gerade recht, sie führt zum Ziel, sie ist funktional, sie folgt den Vorschriften des Codes.

Lorenzo sagte: die Liebe spielt den Liebenden eine andere Logik zu, sie macht sie zu Verrückten, die die Gesellschaft mit einem Achselzucken tolerieren muss, so wie sie eine unheilbare Krankheit tolerieren muss. Angesichts der Liebe versagt jede soziale Kontrolle, die Leute sagen sich, die sind verliebt, die dürfen sich das erlauben.

Die Liebe ist keine unheilbare Krankheit, sagte ich, sie wird geheilt durch die Zeit, und das, was anderswo eingedämmt wird durch soziale Kontrolle, das wird hier eingedämmt durch die Vergänglichkeit, durch den Deich der Jahre, die Leute sagen sich: die werden schneller, als ihnen lieb ist, wieder zur Vernunft kommen.

Lorenzo sagte: ja, das werden sie, wahrscheinlich sogar schneller, als sie die Lust am Koitus verlieren. Sex ist der Basismechanismus der Liebe, der sexuelle Kontakt kann, selbst wenn sonst bereits alles in Schutt und Asche liegt, Erfüllung verschaffen, er bietet das Bild für die Exklusivität des Beisammenseins.

Ein verlogenes Bild, sagte ich.

Lorenzo sagte: Sex ist Basis und Balance, der sexuelle Kontakt kann ungleiche Beziehungen mechanisch ausgleichen, sodass sich sie und er in derselben Weise begünstigt sehen, sie durch ihn und er durch sie, je stärker sein Begehren, desto schöner für sie und umgekehrt, selbst dann noch, wenn die übrige Verständigung gestört und gekippt ist. Sex machen wird als sinnvolles Tun angesehen, genauso wie der Sport, der Körper geht, das muss selbst eine Instanz wie die der sozialen Kontrolle einräumen, einer sinnvollen Tätigkeit nach, sein Körper genauso wie ihr Körper, die Körper verschaffen sich ein Vergnügen, sie spüren, dass sie einem kurzfristig ersehnten Ziel näher kommen, sie bäumen sich auf und fallen rittlings in die Entspannung, sie sind weit davon entfernt zu bezweifeln, was sie tun, sie streichen eine angenehme Empfindung ein, sein Körper genauso wie ihr Körper, er und sie, die Liebenden, lassen sich täuschen und vergessen für eine Reihe von hastigen Atemzügen, dass die Gegenwart längst von Unsicherheit angefressen ist, da und dort und eigentlich an jeder Stelle – außer im Bett.

Ich sagte: der Sie-Körper lässt sich Bestätigung einflößen durch den Er-Körper, der Er-Körper bestätigt sich, indem er dem Sie-Körper Bestätigung einflößt.

Lorenzo sagte: in der mechanischen Symbiose des Sex liegt das ganze Geheimnis der Liebe, das Ringen um Selbstbestätigung, und zwar nicht nur der Er- und der Sie-Körper, sondern auch der Er- und der Sie-Menschen, das Ringen ganzer Persönlichkeitssysteme miteinander und so auch das Ringen ganzer Umwelten miteinander, jener Umwelten nämlich, in denen er und sie, jeder für sich, stehen, er erwartet, dass sie bestätigt, wie er sich in einer bestimmten Situation gegenüber seiner Umwelt verhält, wie er sich den Anforderungen stellt oder wie er sich aus der Affäre zieht, und andersherum erwartet sie, dass er sie bestätigt, nicht nur als Sie-Körper, nicht nur als Sie-Mensch, sondern auch als eine, die in der Sie-Umwelt und so in ganz bestimmten Lebenslagen steht. Es ringen also nicht nur Persönlichkeiten miteinander, sondern auch deren Umwelten, immer in der Hoffnung, dass einer den anderen in seiner Umwelt bestätigen kann, die Weltsichten allerdings sind einzigartig und daher niemals deckungsgleich, und es wird auch der Liebe nicht gelingen, die Differenzen zu verschmelzen, höchstens am Anfang, durch die reiche Ausschüttung von Hormonen, durch den Rausch der Körper.

Ich sah auf, und ich sah den Handwerker nicht mehr, ich sah, dass sich die Zeiger auf dem Zeitwürfel nicht bewegten, Viertel nach neun, kein vor, kein zurück, nicht im, nicht gegen den Uhrzeigersinn, bald würde sich auch dieser Tag, dieser für diese Jahreszeit viel zu warme Tag der toten Zeit auf dem Zeitwürfel nähern, um diese tote Zeit zu schneiden und eine Minute lang identisch zu sein mit ihr, die lebende Zeit träfe die tote Zeit, exakt um Viertel nach neun, und das wäre dann zum zweiten Mal der Moment am Tag, an dem man seine Uhr nach der Uhr auf dem Zeitwürfel stellen könnte, ich sah auf, und ich sah den Handwerker nicht mehr, nicht den Handwerker, nicht die Leiter, nicht den Kombi, nichts, bis auf das Glas auf dem Rand der Betoninsel, ich sah dort ein leeres Glas stehen, und ich sah, dass die schöne und schön deprimierte Kurdin über die überzählige Ecke ging, und zwar mit einem leeren runden Tablett, das sie wie ein Tamburin gegen ihre Hüfte schlug, vielleicht ist sie schon nicht mehr ganz so deprimiert wie zuvor, sagte ich mir, vielleicht hat sie für sich beschlossen, sich in die Deprimiertheit zu fügen, das entspannt die Deprimierten, sagte ich mir, das entspannt sie so sehr, dass sie plötzlich unbeschwert und wie gelöst wirken, Tamburin oder Schellenring, was weiß ich, die Kurdin griff nach dem Glas am Rand der Betoninsel, doch anstatt es aufs Tablett zu stellen, behielt sie es in der einen Hand, während sie mit der anderen das Tablett gegen ihre Hüfte schlug, jetzt auf dem Weg zurück ins Lokal, ich könnte nicht sagen, in welchem Augenblick die Kurdin aus dem Lokal trat und das Glas holen ging, ich weiß es nicht mehr, es könnte gut sein, dass sie gerade heraustrat, nachdem Lorenzo angekommen war beim Wort von den Hormonen und beim Wort vom Rausch, den diese Hormone in den Körpern verursachen würden, ich möchte sagen, das wäre Timing, Lorenzo kommt an bei den Hormonen, und die Kurdin tritt aus dem Lokal, um das Glas von der Insel holen zu gehen, ich sah auf, und ich sah, dass die Kurdin mit dem Tablett gegen ihre Hüfte schlug.

Sie hat eine teuflische Ähnlichkeit, in der Bewegung, in der Art, wie sie geht, sagte ich, sie hat eine teuflische Ähnlichkeit mit meinem Zimmermädchen.

Mit deinem Zimmermädchen?, fragte Lorenzo.

In der Art, wie sie ihre Sorgen im Gesicht trägt, und wie sie dazu mit dem Tablett gegen ihre Hüfte schlägt, als gäbe es diese Sorgen nicht. Mein Zimmermädchen zeigt dasselbe Gesicht und summt vor sich hin.

Dein Zimmermädchen?, fragte Lorenzo.

Sie sieht fast genauso aus.

Lorenzo sagte: du versinkst in deinem Hotel.

Die würde ich dir gerne mal vorstellen, am besten vormittags, nach dem Frühstück, sie wäscht sich die Hände, dann schüttelt sie dir die Hand, sie ist jung und, ich möchte sagen: sie ist knusprig, sagte ich, sie hat langes dunkles lockiges Haar.

Also ganz anders als unsere Kurdin, sagte Lorenzo: kurzes Haar, keine Locken.

Ich sagte: so ist es immer. Das Ähnliche zieht einen an, nur um sich dann als beträchtlich unähnlich zu erweisen. Das Vertraute wirkt wie ein Köder. Du lernst eine Frau kennen, die dich stark an eine Frau von früher erinnert, und dann ist es doch eine ganz andere Frau, und diese ganz andere Frau wiederum wird dir einfallen, wenn du einer weiteren Frau begegnest, dieselben Wesenszüge, dieselbe Art, sich zu bewegen, es ist erstaunlich, sagst du dir, sie bewegt sich wie Nicole, die unvergleichliche, bis sich diese Frau dann plötzlich umdreht.

Nicole, die unvergleichliche?, fragte Lorenzo.

Ja, sagte ich, nein, sagte ich: kurzes Haar, keine Locken.

Die Kurdin ließ, wie man sagt, ihren Blick schweifen über die Gäste und reagierte auf Handzeichen, sie notierte eine Bestellung, sie kassierte ab. Sie zog Lorenzo den Teller weg: hats geschmeckt?

Natürlich.

Darf es noch etwas zu trinken sein?

Ja, bitte, sagte Lorenzo, ja, bitte, gern. Ein Bier.

Die Kurdin fixierte mich: und Sie? Haben Sie noch Reserven für die Nacht? Darf ich Ihnen ein paar Fläschchen in die Minibar stellen?

Ich sagte: bücken Sie sich und, bitte, sehen Sie nach, was fehlt. Mein kleines Türchen freut sich darauf, von Ihren geschmeidigen Händen bedient zu werden.

Lorenzo sah mich an: was ist in dich gefahren, bist du noch bei Verstand? – Wieso, was ist passiert? – Du hast unsere Kurdin grundlos verstört, sie war nicht darauf gefasst, sie ist ins Lokal geflüchtet, und zwar ohne sich zu bücken und ohne nachzusehen, was dir fehlt, dein kleines Türchen hat sie nicht interessiert. – Welches Türchen? – Ihre geschmeidigen Hände sollten es öffnen und dich dann flott bedienen. – Ach ja, sie hat sich nach der Minibar erkundigt, sie wollte sie aufstocken – Welche Minibar?, fragte Lorenzo. – Und da ich nicht auswendig sagen konnte, welche Getränke ich entnommen hatte, bat ich sie, den Bestand zu überprüfen. – Du versackst in deinem Hotel, sagte Lorenzo, du siehst die Realität nicht mehr, wir sitzen hier bei der Kurdin, wir schreiben den 8. Mai und dieser Tag ist für diese Jahreszeit zu warm, und es ist, auch ohne dein Zutun, ein deprimierender Tag für die Kellnerin. Keiner hat dich nach deiner Minibar gefragt. – Doch, da bin ich mir ganz sicher, sagte ich, sie fragte: haben Sie noch Reserven für die Nacht? Und ich habe gesehen, dass ihr, wie so oft, eine lockige Strähne ins Gesicht fiel und dass sie zweimal kurz dagegen pustete.

Ja, sagte Lorenzo.

Ich sah ein, dass etwas falsch gelaufen war, vielleicht ein Missverständnis, ich war mir nicht sicher, ich lenkte ab: hast du je mit Anne über das Geisterschiff gesprochen?

Ich konnte sie mir ganz gut vorstellen an Bord, Lorenzos magische Frau, das Horn tutet, sie lacht und winkt noch ein letztes Mal, sie zeigt ihre betörenden Schlitzaugen, und dann verschwindet das Schiff im Nebel. Hast du je mit ihr darüber gesprochen?

Auf diese Frage habe ich gewartet, sagte Lorenzo.

Und?

Ich muss dir gestehen: nein, sagte Lorenzo. Das mit Anne

ist anders, sie stammt aus der Schatzkammer des Geisterschiffs, und mir ist dieses Schmuckstück aus irgendeinem Grund in die Hände gefallen. Ich kann mir kein Leben ohne sie vorstellen.

Du redest wie einer, der sich den richtigen Code hat eintrichtern lassen, sagte ich, du redest wie ein Meisterschüler nach der hundertsten Lektion. Und das gegen alle Einsicht. Denn du weißt ja, dass die Liebe nur durch die Liebe überlebt, du weißt, dass das Geisterschiff umherschweift, du weißt, dass du Anne verlieren wirst, selbst wenn du noch so sehr auf sie Acht gibst oder gerade deshalb, das Schiff wird auslaufen, sie wird dir zuwinken.

Lorenzo sagte: ich stimme dir zu, und ich halte meine Jahre mit Anne dagegen.

Theoretisch müsste der Alltag auch deine Hoffnungen zermalmen.

Lorenzo sagte: ja, ja, schon möglich, aber unvorstellbar.

Es gibt für Liebe keinen Grund.

Lorenzo sagte: nein, nein, es gibt keinen.

Also?

Lorenzo schwieg. Es kam sonst nicht vor, dass ihm logische Fehler unterliefen, und so hätte es ihm peinlich sein müssen, sich völlig ungeschützt in einem Widerspruch zu verfangen. Es war ihm aber nicht peinlich, jedenfalls sah er nicht danach aus, und sein Schweigen war auch kein Schweigen aus Verlegenheit, er schweigt, um Zeit zu gewinnen, sagte ich mir, er wird so lange schweigen, bis er einen logischen Fehler vor sich anerkennen kann.

Lorenzo sagte: Anne möchte wissen, was ich den ganzen Tag über gemacht habe, dabei habe ich nur gelesen, ich habe den ganzen Tag über gelesen, sonst nichts, was sollte ich ihr also erzählen, was war neu und aufregend an diesem Tag?

Erzähl mir, was du gelesen hast, sagt sie, und dann erzähle ich es ihr. Frag mich, was ich heute gemacht habe, sagt sie, und dann frage ich sie danach, und sie erzählt mir, was sie heute gemacht hat. Natürlich hätte ich unaufgefordert von meinem Tag erzählen und sie nach ihrem Tag fragen sollen. Aber sie hat mich zum Glück daran erinnert.

So fängt es an, sagte ich.

Schon geweckt durch den Wecker, aber die Augen fest geschlossen, beinahe krampfhaft geschlossen, muss ich sagen, so sehr widerte mich das Tageslicht an, da läutete das Telefon, einmal, zweimal und so weiter, ich stellte mich taub, die Ohren fest geschlossen, beinahe krampfhaft geschlossen, muss ich sagen, bis sich das Telefon wieder beruhigte, ein Telefon beruhigt sich immer, sagte ich mir, und ich behielt recht, jedenfalls so lange, bis es aufs Neue anschlug, einmal, zweimal und so weiter, ich war schon im Bad, gebeugt übers Waschbecken und den Mund voll Zahnpasta, ich spuckte aus und ging, ohne auszuspülen, zum Telefon, viermal, fünfmal und so weiter, ich hob den Hörer ab und hörte, dass eine wichtige Nachricht für mich vorliege, dringend sozusagen, sagte die Dame vom Empfang, sie habe versucht, das Gespräch durchzustellen, aber leider ohne Erfolg, sie habe die Nachricht auf einem Zettel notiert und den Zettel in mein Fach gesteckt, sie habe den Zettel eben herausgezogen und abermals versucht, mich zu erreichen, nun, es sei ihr gelungen, ob sie mir die Nachricht vorlesen solle? Ich wehrte ab: nein, bitte nicht, nicht jetzt, ich bin gleich so weit, ich werde die Nachricht persönlich abholen kommen, an der Rezeption, natürlich, wo sonst. Ich sagte nicht, dass ich keine schlechten Nachrichten auf nüchternen Magen vertragen würde, ich vermied es zu gestehen, dass ich zunächst ein kleines Frühstück zu mir nehmen würde, Kaffee, Brötchen mit Marmelade, ein Frühstücksei, und dass ich erst dann, gewissermaßen gestärkt, an die Rezeption treten würde, um die Nachricht zu hören, eine schlechte Nachricht, sagte ich mir, dringende Nachrichten sind schlechte Nachrichten, und sei es nur deshalb, weil sie den Tag durcheinander bringen, weil sie ein Tempo aufzwingen und Stress auslösen. Die Empfangsdame sagte: wie Sie wollen.

Ich fahre immer wieder nach Jena, sagte ich mir, auch jetzt wieder, aus einem, wie soll ich sagen, traurigen Anlass, ich bin nicht traurig, sagte ich mir, doch ich fahre hin aus einem traurigen Anlass, ich fahre nach Jena, weil ich darum gebeten worden bin, bitte komm, deine Nicole, was soll man machen, man kann nicht aus, bitte komm, deine Nicole, ich habe zunächst zu Mittag gegessen, ich habe mich durch das Mittagessen gestärkt, dann bin ich zum Bahnhof gegangen und habe mir eine Fahrkarte gekauft, ich bin in den Zug gestiegen, in den nächsten Zug nach Jena, und jetzt, kurz nach Leipzig, bin ich fast schon am Ziel. Genauso gut hätte ich mit dem Auto fahren können, sogar schneller und ohne Rücksicht auf den Fahrplan, ich hätte in meinen Volvo steigen können, so wie immer, wenn ich nach Jena aufgebrochen bin, und ich bin immer wieder dorthin aufgebrochen, doch ich muss sagen, ich beherzigte den Ratschlag von Freunden, ich beherzigte das, was mir andere rieten, nämlich, ich solle bei längeren Strecken auf mein Auto verzichten und lieber umsteigen auf die Eisenbahn, schon die Strecke nach Jena galt als eine längere Strecke, ich verzichtete auf meinen Volvo und stieg in einen Zug, ich könne nicht länger so tun, als sei alles in bester Ordnung, mahnten die Freunde, ich könne nicht länger übersehen, welches Risiko ich einginge, für mich und für andere, würde ich weiterhin darauf bestehen, den eigenen Wagen zu lenken, auf kurzen und auf längeren Strecken, besonders auf längeren Strecken, sagten sie, sei das Risiko nicht länger zu verantworten. Ja, sagte ich, ich weiß, ich muss jederzeit damit rechnen, das Bewusstsein zu verlieren, jederzeit damit, dass ich mich selbst und selbst andere in eine Gefahr bringe, die sich, würde ich den Zug nehmen, vermeiden ließe, im Zug nämlich würde ich einnicken, ganz sanft einnicken können. So ist es, sagten die Freunde, schön, dass du es einsiehst, schön, dass wir dich nicht dazu zwingen müssen, auf die Eisenbahn umzusteigen, den Volvo lässt du mal lieber in der Garage stehen, der parkt da ganz gut, nur zur Vorsicht, so lange, bis du dich wieder im Besitz deiner Kräfte fühlst, das gibt sich wieder, sagten sie: du wirst sehen.

Ich fahre immer wieder nach Jena, und nun also zum ersten Mal mit dem Zug, sagte ich mir, ich werde eintreffen am Bahnhof Jena Paradies und von dort aus nur ein paar Schritte gehen bis zu Nicoles Wohnung, hallo, werde ich sagen, hallo, wie gehts, und Nicole wird sagen, schön, dass du da bist, so wird das nicht laufen, sagte ich mir, diesmal nicht, diesmal wird sie dir ein Trauergesicht abringen oder wenigstens ein angemessenes Beileid, ich habe sie nicht einmal angerufen, sagte ich mir, ich habe ihr nicht gesagt, dass ich komme und wann ich kommen würde, ich komme, sowieso, das versteht sich von selbst, sagte ich in Gedanken zu ihr, ich lass dich damit nicht allein. Ich dachte: es ist nicht zu fassen, nein, ich fasse es nicht, es ist sinnlos, es ist lächerlich. Und ich zerknüllte den Zettel, den mir die Empfangsdame freundlicherweise zugesteckt hatte, ich war mir sicher, dass ich ihn später wieder auseinanderziehen und glätten würde, um die Nachricht erneut zu lesen, diese Nachricht muss ein Witz sein.

Ein Bimmeln und Scheppern auf dem Gang des Waggons

kündigte die Minibar an, ein Wägelchen mit Snacks und Ge-
tränken, mit einem Pott für heiße Bockwürste und Thermos-
kannen für heißen Tee und heißen Kaffee, diese Minibar auf
Rädern ist von ganz anderem Format als die Minibar in meinem Hotel, sagte ich mir, obwohl ich das eine oder andere
Fläschchen im Angebot wiedererkenne, zöge ich zwei oder
drei davon heraus, so würde mein Zimmermädchen, dessen
bin ich mir sicher, für Nachschub sorgen, hundertprozentig,
ich kann mich auf mein Zimmermädchen hundertprozentig
verlassen, diese Minibar auf Rädern ist im Vergleich zur Minibar in meinem Hotel eine Maxibar, sagte ich mir, sie reicht
dem Barkeeper ja bis unters Kinn, mit Strohhalmen und auf-
einander getürmten Pappbechern, ich sagte mir: mir fehlt das
Verständnis dafür, dass diese fast mannshohe Erscheinung
auf Rädern, gespickt mit Imbisswaren aller Art, eine Minibar
genannt wird, und zwar von jedermann, angefangen vom
Zugchef bis zum minderjährigen Fahrgast, der ein paar
Münzen aus der Hosentasche kramt, diese überwältigende,
bimmelnde und scheppernde Erscheinung ist allenfalls das
Monster einer Minibar oder eben tatsächlich eine Maxibar,
es sei denn, man stellt sich das Wägelchen, umringt von
Fahrgästen eines ganzen Waggons, vor, dann würde es gewissermaßen zusammenschrumpfen, es würde schlank und wie
auf das Nötigste zurechtgestutzt wirken inmitten der Bar-
gäste, es böte kaum Kanten, um sich anzulehnen, kaum Flächen, um etwas abzusetzen, es wäre dann tatsächlich eine
Minibar und würde mit Sicherheit von allen als solche angesehen werden, sagte ich mir. Der Minibarkeeper zog die Tür
zu meinem Abteil auf und fragte: gibt es einen Wunsch, den
ich Ihnen erfüllen könnte?

Ich sagte: halten Sie mich für zurechnungsfähig?

Kaffee oder Tee?, fragte der Minibarkeeper.

Ich sagte: es ist nämlich so, dass ich nur deshalb mit der Bahn fahre, weil jederzeit der Fall eintreten kann, dass es mir schwarz vor Augen wird, nicht sofort, aber doch so schnell, dass keine Zeit bleibt, um mich von einem Stadium der Zurechnungsfähigkeit zu verabschieden, im ersten Moment noch zurechnungsfähig, im zweiten Moment schon nicht mehr, ich möchte Sie nicht beunruhigen, es ist nur –

Oder ein Sandwich?, fragte der Minibarkeeper. Mit Käse oder mit Schinken belegt? Mit Käse und Schinken belegt?

Es ist nur so, dass ich von einem Stadium der Zurechnungsfähigkeit ziemlich unvermittelt in ein Stadium der Unzurechnungsfähigkeit falle, sagte ich. Es ist so, dass ich das Fallen von einem Stadium ins andere nicht bemerke, nicht wirklich jedenfalls, ich bemerke allenfalls ein sich selbst verzehrendes Zwischenstadium, das schon, aber da bin ich genau genommen schon verloren, es kann also gut sein, dass ich mein Gegenüber plötzlich nicht mehr erkenne, dass ich nicht mehr sagen kann, wer mir da gegenübersitzt in diesem Abteil und gegen die Fahrtrichtung aus dem Fenster schaut, glücklicherweise sitzt da jetzt keiner, aber es wäre natürlich gut möglich, dass ausgerechnet Sie in ausgerechnet diesem Moment in der Tür stehen würden und dass ich dann weder Ihre Person noch Ihr Angebot identifizieren könnte, dass ich Sie anstarren würde, außerstande, mir einen Reim auf Ihre Erscheinung zu machen.

Die Bockwurst wäre ein Hinweis, sagte der Minibarkeeper. Mit oder ohne Senf? Oder mit Ketchup? Oder ohne?

Um ein Haar hätte ich Sie für mein Zimmermädchen gehalten, sagte ich. Mein Zimmermädchen nämlich ist, müssen Sie wissen, für meine Minibar zuständig, daheim in meinem Hotel. Aber da liegt keine Bockwurst im Fach. Danke für den Hinweis.

Ein kleines Fläschchen Wein gefällig am Nachmittag?, fragte der Minibarkeeper. Rotwein oder Weißwein?

Wenn Sie nur so freundlich sein würden, mir zu sagen, welchen Eindruck ich auf Sie mache, sagte ich. Halten Sie mich für zurechnungsfähig? Wenn nein, halten Sie mich für ein Risiko? Für wen halten Sie mich eigentlich?

Schon gut, sagte der Minibarkeeper.

Wenn Sie mich für zurechnungsfähig halten, dann muss ich mich doch fragen, warum ich nicht, wie es meine Gewohnheit ist, mit dem Auto nach Jena fahre. Ist das Autofahren wirklich schon zu gefährlich für mich? Bringe ich mich und andere in Gefahr? Muss ich mich als entmündigt betrachten, wenn ich den Zug nehme, ja, gezwungen bin, den Zug zu nehmen? Ist die Gefahr, sobald ich mich für den Zug entschieden habe, gebannt? Ich habe so viele Fragen, ich weiß, dass Entscheidungen wohl überlegt sein müssen, gerade in meinem Fall. Kaffee oder Tee, Schinken oder Käse, Senf oder Ketchup, Rotwein oder Weißwein? Haben Sie eine Meinung dazu? Das würde mir helfen.

Der Minibarkeeper schob die Tür zu meinem Abteil zu und stieß das Wägelchen weiter, um vor dem Abteil nebenan die Tür aufzuziehen, ich sprang auf und beobachtete ihn durch die Scheiben, ich sah, dass er Kaffee aus der Kanne in einen Pappbecher fließen ließ, dass er ein Sandwich mit Käse und zwei oder drei Schokoriegel austeilte, alles ging sehr schnell, er stellte den Fahrgästen im Abteil nebenan keine kniffligen Fragen, der Minibarkeeper schob die Tür zu und stieß das Wägelchen weiter, ich setzte mich wieder hin, diesmal mit Blick gegen die Fahrtrichtung, ich setzte mich sozusagen mir gegenüber hin, das Gepäckstück auf der Ablage erinnerte mich an mich und meinen früheren Platz, ich kann jederzeit an diesen Platz zurückkehren, sagte ich mir, das steht mir vollkommen frei, ich werde die Plätze rechtzeitig tauschen, spätestens zehn Minuten vor dem Ziel, ehe die Stadt Jena in Sicht kommt, damit ich die Stadt Jena in Sicht kommen sehe, dazu aber muss ich mich wieder umsetzen und in die Fahrtrichtung schauen, ich möchte die Skyline schon von weitem erblicken, von weitem den hohen runden Turm, der Chicago in den Himmel stößt.

Ich las die Nachricht auf dem zerknitterten Zettel und stellte mir vor, wie die Empfangsdame, den frisch beschriebenen Zettel vor sich, darauf wartete, dass ich den Hörer abnahm: vielleicht ist sie erregt, begierig darauf, eine Neuigkeit, wie sie nicht alle Tage auf ihrem Ohr zerschellt, weiterzugeben, und zwar an die Person, für die sie bestimmt ist, nämlich an mich, vielleicht also zittern ihr vor Erregung die Finger, vielleicht rutscht ihr der Zettel aus der Hand, als ich mich melde, ja, hallo, vielleicht schlägt sie mit der Hand auf den Zettel, damit er nicht zu Boden flattert, sie hält sich den Zettel mit der von ihr gekritzelten Nachricht vor die Augen und fragt, seltsam angespannt, ob sie mir die Nachricht vorlesen solle, und als ich ablehne, ist sie enttäuscht, sie würde nicht erfahren, wie ich auf diese Nachricht reagieren würde, jedenfalls nicht sofort, sie faltet also den Zettel, denselben Zettel, den ich bereits zusammengeknüllt und dann wieder auseinandergezogen habe, denselben Zettel mit der von ihr gekritzelten Nachricht, der vor mir liegt und den ich vergeblich auf ein Zeichen abtaste, das seine Nachricht erklären würde, eine Nachricht, die mir sinnlos und lächerlich vorkommt, eine Nachricht, die mich eigentlich gar nichts angeht, diesen Zettel also faltet sie und sagt: wie Sie wollen.

Die Nachricht hieß: Schulz hat sich erhängt. Ruf mich an. Und dann: bitte komm, deine Nicole.

Nicole trug eine Brille mit dunklen Gläsern, sie wirkte geschwächt, das hatte ich nicht erwartet, nicht so, du täuscht dich immer noch in ihr, sagte ich mir. Als ich die kleine Gemeinde am offenen Grab betrachtete, wunderte ich mich, wie leicht sie zu überschauen war, ein Häuflein Trauernder, es schien nicht unmöglich, sich die einzelnen Gesichter einzuprägen, ich wunderte mich deshalb, weil Schulz als Professor nicht ganz unbekannt gewesen sein dürfte, schon gar nicht in einer Stadt wie Jena, in der, wie es heißt, jeder jeden kennt, in einer Stadt, für die Schulz gekämpft haben soll, zumindest nach den Worten seiner Frau, du hast für diese Stadt gekämpft, habe seine Frau gesagt, hat Schulz gesagt, kürzlich auf dem Geburtstagsfest von Nicole, und vielleicht hat er wirklich für diese Stadt gekämpft, vielleicht hat er etwas Außergewöhnliches vollbracht, hier auf seinem Lehrstuhl an der Universität, wer weiß, das aber ändert nichts daran, dass diese Stadt heute nicht an seinem Grab steht, sagte ich mir, an seinem Grab steht nur ein Häuflein Trauernder, die Witwe Schulz natürlich, gestützt von zwei älteren Frauen, sie schluchzt ein paar Mal auf, laut und hemmungslos, und jedes Mal fälle ich blickweise ein Lot auf die Kieselsteine zwischen meinen Schuhen, daneben ein paar Herren mittleren Alters, vielleicht Kollegen, vielleicht Verwandte, ein Bruder, was weiß ich. Ich danke Nicole, dass sie nicht laut aufschluchzt, nicht hemmungslos, nein, überhaupt nicht, ich danke Nicole, dass ich sie nicht stützen muss, ich danke ihr aufrichtig und von ganzem Herzen, ich danke Gott, dass ich bei Kräften und bei Sinnen bin, ich würde jetzt dem trauernden Häuflein keine Ohnmacht zumuten wollen und schon gar nicht meiner geschwächten, fahlen Nicole, ich habe mich schon zu sehr daran gewöhnt, dass ich es bin, der einer Schwäche nachgeben darf, einem Schwächeanfall sogar, sagte ich mir, ich bin es gewöhnt, dass sich andere um mich kümmern, aber ich würde im Nu überfordert sein, müsste ich mich um andere kümmern, um einen Bedürftigen in meiner Umgebung beispielsweise, ich bin froh, dass Nicole nicht so geschwächt ist, dass sie bei der geringsten Berührung einknicken würde, nein, sie nicht, sagte ich mir. Der Pastor findet die richtigen Worte, vielleicht etwas monoton gesetzt, aber gut, er versucht gar nicht erst, irgendjemanden zu trösten, sein Programm ist kurz in einem Fall wie diesem, da ein von Gott geschenktes Leben sich selbst eine Schlinge zog, in einem Fall des Selbstmordens also, des Selbsttötens aus freiem Willen. Schulz jedenfalls bekam, ungeachtet seines Vorgehens gegen sich selbst, eine Grabstelle mitten auf dem Friedhof zugewiesen, ununterscheidbar, ob eines natürlichen oder eines gewaltsamen Todes gestorben, er hat ganz natürlich Hand an sich gelegt, sagte ich mir, er ist einer natürlichen Intention gefolgt und freiwillig aus dem Leben geschieden, es verbietet sich also, ihn in einer speziellen Ecke zu verscharren, womöglich noch vor den Toren des Friedhofs, ausgeschlossen, sagte ich mir, Schulz möge in Frieden ruhen auf einem Friedhof in Jena, so wie ausdrücklich von ihm gewünscht: versenkt mich in der Erde dieser Stadt. Ich kenne seinen Abschiedsbrief nicht, ich will ihn auch gar nicht kennen, ich habe nichts übrig für letzte Worte, die genau betrachtet keinen Adressaten mehr haben, es sei denn, der Verfasser legt es darauf an, den einen oder anderen Leser mit einem schlechten Gewissen zu belasten, indem er behauptet: du hast mir keine andere Wahl gelassen. Das aber ist, wiederum genau betrachtet, Romantik, weil die Verzweiflung über sich selbst keine äußere Ursache nötig hat, sie ist gewissermaßen gottgegeben. So ist der Abschiedsbrief bestenfalls ein sentimentales Selbstgespräch, dazu geeignet, sich unter Druck zu setzen, das heißt, sich zu beeilen und sich tatsächlich zu verabschieden, und zwar vor allem von sich selbst, es kann ein Vorteil sein, den Brief zu frankieren und abzuschicken, egal an wen, das würde den Druck beträchtlich erhöhen, denn wer will sich schon dadurch beschämt sehen, dass er zwar lang und breit seinen Abschied erklären, aber dann seinen Abschied nicht nehmen kann, das heißt, dass er sich scheut, seinen Abschied in die eigenen Hände zu nehmen. Ich kann nicht sagen, was Schulz im Einzelnen noch niedergeschrieben hat, alles, was ich weiß, weiß ich von Nicole, die Gelegenheit hatte, diesen letzten Brief zu lesen, er lag auf dem Küchentisch, versehen mit der Warnung: bitte nicht erschrecken – falls die Leserin vorhaben sollte, die Stufen zum Dachboden hinaufzusteigen. Schulz hat seinen Brief an seine Frau adressiert, jedenfalls der Form nach, in Wahrheit aber sprach er sich Mut zu, er versuchte seiner Vorstellung den Schrecken zu rauben, dass er in wenigen Augenblicken die Stufen zum Dachboden hinaufsteigen würde, dass er auf einen Stuhl steigen, sich eine Schlinge um den Hals legen und dann den Stuhl mit den eigenen Füßen umstoßen würde: dass er baumeln würde. Er bettelte für sich: dieses selbst gewählte Schicksal möge mich in der Konsequenz – bitte nicht erschrecken.

Ich sagte mir: ich kann dieser Geschichte nichts abgewinnen, sie wirkt, kaum geschehen, schon wie abgestanden seit Jahrhunderten, der Abschiedsbrief, das Hinaufsteigen auf den Dachboden, der Tod durch die Schlinge, wer, fragte ich mich, wer, bitte, erhängt sich denn heute noch, Schulz hat sich erhängt, hieß die Nachricht, ruf mich an, und dann bitte komm, deine Nicole, was, fragte ich mich, was, bitte, hat Nicole veranlasst, diese Nachricht einer beliebigen Empfangsdame aufs Ohr zu drücken, Schulz hat sich erhängt, so und nicht anders, warum hat sie sich nicht mit der Mitteilung begnügt, ich solle sie anrufen, und zwar auf der Stelle? Ich verfolgte, wie der Sarg an Seilen in die Grube gelassen wurde, ich hörte die Witwe schluchzen, laut und hemmungslos, und ich spürte, dass Nicole nach meinem Ellbogen griff, bitte, sagte ich mir, bitte verlang jetzt nicht, dass ich dich stütze, ich würde dir aufrichtig dafür danken und von ganzem Herzen, Nicole hakte sich unter und drückte auf meinen Unterarm, ich hatte den Eindruck, ihre Glieder würden erfasst von der Bewegung in die Tiefe, so als zöge sie ein Gewicht hinunter, ich wollte diesen Eindruck loswerden, und so spannte ich meinen Körper, da richtete sich auch Nicole wieder auf, der Pastor blätterte in seinem Gebetbuch, die Witwe wimmerte, die Herren mittleren Alters zogen die Mundwinkel nach unten, all das, während Schulz in der Erde dieser Stadt versenkt wurde, ganz nach Wunsch, versenkt mich in Jena, offenbar geäußert in der Gewissheit, hier in der Grube, tief unten, niemanden zu stören, tief unten im Grab stört der Wessi Schulz keinen einzigen Ossi, sagte ich mir, nicht einmal dann, wenn er auf einem ostdeutschen Friedhof begraben liegt, ich möchte behaupten: so dachte Schulz, als er beschloss zu sterben, ich muss hoch hinauf, dachte Schulz, um ganz unten anzukommen und so endlich akzeptiert zu werden, ich muss auf den Dachboden steigen und dann hinauf auf einen Stuhl, um am Ende so tief zu fallen, dass meine Herkunft keinen Anstoß mehr erregt. Schulz, sagte ich mir, hat sich aus dem Weg geschafft, er hat das Gefühl nicht ertragen, seine Karriere der Gunst der Stunde zu verdanken, das Gefühl, Eingeborene von ihren Plätzen zu verdrängen, das Gefühl, umzingelt zu sein von Hass und Missgunst. Ich kenne zwar seinen Abschiedsbrief nicht, doch Nicole hat verraten, dass er Fußnoten enthielt, entsprechend einer akademischen Marotte, auf die der Professor selbst im Angesicht des Todes nicht verzichten mochte, eine der Fußnoten bezog sich auf Wurtzig, Herrn Professor Wurtzig, genauer gesagt, Schulz erklärte, er sehe Wurtzig als seinen geeigneten Nachfolger an, jenen Wurtzig, dem er selbst, Schulz, in der Zeit der Wende nachgefolgt sei, Schulz nämlich war der Auffassung, er habe Wurtzig von dessen Lehrstuhl gestoßen, gar nicht absichtlich, nur nach einer Laune der Geschichte, ich habe den Wurtzig verdrängt, schrieb Schulz in seinem Abschiedsbrief, und zwar in einer Fußnote zu Wurtzig, und ich schäme mich dafür, ich ließ mich auf einen Lehrstuhl berufen, ohne die Hintergründe zu kennen, erst aber musste Wurtzig weichen, dann erhielt ich meine Chance, heute ist Wurtzig gezwungen, ein Taxi durch die Stadt zu lenken, früher leuchtete er als Koryphäe am Institut. Ich bin mir im Klaren darüber, dass mein Schritt nichts ändern wird an dem Unrecht, das Wurtzig widerfahren ist, doch dieser Schritt soll gesehen werden als das Eingeständnis meiner Scham. Also doch, sagte ich mir, also hat die Witwe damals, als sie noch keine Witwe gewesen ist, doch Recht gehabt mit ihren Bedenken: du wirst über den Wurtzig nicht hinwegkommen, du nicht.

Der Kies knirschte unter den Schritten – nein, lassen wir das, immer knirscht irgendwo der Kies unter den Schritten, vorzugsweise auf Friedhöfen, dabei könnte ich nicht sagen, ob es ein Kiesweg war, der uns hinausführte, oder ein gepflasterter Weg oder ein geteerter, egal, es tut nichts zur Sache, die Zeremonie war zu Ende und die Leute sprengten auseinander, da keine Einladung an sie erging, beisammen zu bleiben zum Leichenschmaus, wie man sagt. Nicole wirkte gefasst, und ich fand, sie wirkte gut erholt, so als habe sie eine schwere Stunde erfolgreich hinter sich gebracht, sie ging aufrecht und machte schnelle, kurze Schritte auf dem Kies, es kann sein, dass es tatsächlich Kies war, ich bin mir fast sicher, das aber würde heißen, es war mühsam für Nicole, mit schnellen und kurzen Schritten zu gehen, kann auch sein, dass sie langsam ging, das Gedächtnis kann trügen, aber dass Nicole gut erholt wirkte, das habe ich in Erinnerung behalten, vielleicht war sie erleichtert, die Gräber fliehen zu können, ich blieb ein paar Schritte zurück, dann ein paar Schritte mehr, bis sie sich umdrehte: wo bleibst du?

Ich sagte: wenig Trauergäste für einen Professor.

Ja, erstaunlich wenig, sagte Nicole, geradeso, als sei der Zeitpunkt nicht bekannt gewesen. Ein kleiner Kreis, ganz ohne Öffentlichkeit.

Kennst du die Leute?

Nicole sagte: teils Verwandte, teils Kollegen, ja, die Gesichter aus dem Institut, die kenne ich natürlich.

Kannst du mir verraten, wer dieser in sich gekehrte Herr in der Runde war, er stand nicht direkt vor dem Loch, eher in der zweiten Reihe, er hatte weißes Haar, und er war, ja, sehr alltäglich gekleidet.

Ich weiß, wen du meinst.

Wer war er?

Nicole sagte: er ist mir auch aufgefallen, aber nein, leider, ich kenne ihn nicht.

Er war gekleidet, als habe er nur mal schnell seinen Arbeitsplatz verlassen, sagte ich, und zwar, um Schulz – sagt man das noch so? – die letzte Ehre zu erweisen. Als sei er nur mal schnell aus seinem Taxi gesprungen.

Genau. So sah er aus, sagte Nicole, wie einer, der sich spontan dazu entschlossen hat, auf ein Begräbnis zu gehen.

Ich wette, es war Wurtzig, sagte ich, Herr Professor Wurtzig von der Universität Jena.

Nicole blieb stehen und starrte mich an, fassungslos, muss ich sagen.

Nicole sagte: sag das nicht nochmal, ja! Ich verkrafte das nicht, ich verliere die Nerven, ich kann nicht mehr. Hör jetzt gut zu, ja! Sieh mich an. Sieh mich an! Es gibt keinen Professor Wurtzig, nicht in Jena und auch nicht anderswo, es hat nie einen Professor Wurtzig gegeben. Es gibt keinen Professor Wurtzig, der je einen Lehrstuhl an der Universität gehabt hätte, ich muss es wissen, glaub mir, denn ich habe hier, in dieser Stadt, an diesem Institut studiert, ich bin nie aus dieser Stadt herausgekommen, sieh mich an, sieh mich an! Es gibt auch keinen Professor Wurtzig, der nach der Wende gefeuert worden wäre, weil er dem Regime zu sehr ergeben, zu links, zu kommunistisch, zu was weiß ich gewesen wäre, es gab natürlich solche Professoren, aber es gab keinen Professor Wurtzig, es gibt keinen, der heute im Taxi durch die Stadt kurven würde, es gab keinen Wurtzig-Lehrstuhl, der durch Schulz hätte besetzt werden können.

Wer war dann der weißhaarige Taxifahrer am Grab?

Ich weiß es nicht, sagte Nicole, jedenfalls nicht Professor Wurtzig. Diese Geschichte ist ein Wahnsinn. Alle plappern sie nach. Die Schulz hat mit Schulz über Wurtzig geredet, als wäre Wurtzig das größte Problem für das Ehepaar Schulz. Dabei gab es dieses Problem nicht.

Schulz würde über den Wurtzig nicht hinwegkommen, er nicht, soll seine Frau immer gesagt haben, sagte ich.

Es reicht, sagte Nicole.

Sie sperrte die Haustür auf, und das hässliche Mädchen sprang ihr entgegen. Es hat zu Hause bleiben müssen, sagte ich mir, und zwar allein, denn der hässliche Junge ist bei seinem Vater untergekommen. Der Vater des hässlichen Jungen hat sich geweigert, auch das hässliche Mädchen mit zu sich zu nehmen, er habe dieses Mädchen nicht gezeugt, er habe mit diesem Mädchen nichts zu tun, er hat seinen hässlichen Jungen genommen und dem hässlichen Mädchen die Tür vor der Nase zugeschlagen. Ich habe kein Mitleid, sagte ich mir, ich kann diesen Vater verstehen, er ist mit diesem einen Kind genug gestraft.

Nicoles Tochter hatte gegen ihre Einsamkeit gekämpft, ein aussichtsloser Kampf, sagte ich mir, als ich das Schlachtfeld betrachtete, Küche und Flur, übersät mit Papierschnipseln, Haferflocken, Würfelzucker, sie hatte mit dem Finger Gesichter auf den Kühlschrank gemalt, Mundwinkel nach oben, Mundwinkel nach unten, ein lachendes und ein weinendes Gesicht, das eine mit Honig, das andere mit Mayonnaise, sie hatte alle verfügbaren Schuhe der Reihe nach aufgestellt, von der Garderobe bis in die Küche, an der Spitze stand einer meiner Turnschuhe, in dem eine blonde Barbiepuppe steckte wie in einem Sportwagen, Nicole stolperte ungehalten darüber hinweg, ich stolperte hinter ihr her, diesmal drehte sie sich nicht um, sie sagte nicht: wo bleibst du, sie sagte nichts, sie war entsetzt, ich bückte mich nach einem Foto auf dem Haufen verstreuter Fotos, keine Ahnung, wo Nicole sie für gewöhnlich aufbewahrte, ich nahm das Foto und pfiff durch die Zähne.

Das hässliche Mädchen sagte: siehst du, auch Mama duscht im Nachthemd.

Nicole sagte: leg das weg.

Ich legte das Foto nicht weg, und ich bemerkte, dass die fahle Nicole rote Wangen bekam, diese Wut steht ihr gut, sagte ich mir, sie schubste ihre Tochter durch den Flur in ein Zimmer, nicht ohne dieses Zimmer von außen abzuschließen, sie kam zurück und sah, dass ich unverändert auf das Foto starrte, sie sagte: leg das weg, und sie sagte: bitte, sie ging in die Hocke und ließ sich dann einfach fallen, sie lehnte sich gegen die Tür des Kühlschranks, ihr Gesicht neben dem lachenden Gesicht aus Honig. Ich legte das Foto weg, ich bückte mich, um ein zweites und ein drittes aufzuheben, Nicole in ähnlichen Posen, offenbar aus derselben Reihe, spitze Brustwarzen unter feuchtem Stoff, ich vermied es, anerkennend zu pfeifen.

Bitte, sagte Nicole.

Aber die sehen gut aus, sagte ich, echt gute Bilder, du siehst gut aus.

Leg sie weg, bitte.

Ich weiß nicht, sagte ich.

Nicole sagte: da liegen noch andere Bilder. Sie fuhr mit ihrem Fuß über den Haufen.

Ja, aber die hier sind echt gut.

Nicole sagte nichts.

Ich ließ ihr Zeit, dann sagte ich: Schulz hat behauptet, er habe diese Fotos von dir gemacht.

Nicole sagte nichts.

Ich sagte: eine kleine Session für ein paar sexy Fotos, so, glaube ich, hat er sich ausgedrückt auf deiner Party neulich.

So habe ich mich ausgedrückt, sagte Nicole.

Hast du nicht gesagt, Schulz habe ein paar sexy Fotos von dir geschossen?, fragte ich.

Nein, das habe ich nicht gesagt.

Hat er also nicht?

Nicole sagte nichts.

Sie fuhr mit ihrem Fuß über die Fotos, sie zog ein Foto zu sich heran, schob es wieder von sich weg, dann zog sie die Beine an und umfasste ihre Knie, sie schloss die Augen, öffnete sie wieder, sie sah mich nicht an.

Wie kommt Schulz dazu?, fragte ich. Wie oft hast du mit ihm geschlafen?

Er ist tot, sagte Nicole.

Sie weinte, sie drehte sich weg, wobei ein paar Haare kleben blieben am Honiggesicht auf dem Kühlschrank. Ich warf die Fotos auf den Tisch, und obwohl ich spürte, dass Nicole darauf wartete, dass ich mich niederknien und sie trösten würde, dass ich meinen Arm um sie legen und sie an mich ziehen würde, das alles am besten, ohne ein Wort zu sagen, packte ich rasch meine Sachen zusammen und ging.

Es läuft wie von selbst: ich küsse sie, und dann küsst sie mich, ich drücke sie an mich, meine Hand schiebt sich unter ihren Rock, die Finger tasten sich hoch bis zum Rand ihres Slips, ich ziehe ein bisschen daran, sie entwindet sich, drückt eine Hand gegen meine Brust und stößt sich ab, sie streift langsam ihre Schuhe ab, erst den einen, dann den anderen, sie bückt sich, steht auf einem Bein, sie blickt mich an, scharf von unten, das kenne ich alles schon, aber gut, sie zieht ihr Kleid über die Schultern und lässt es fallen, sie steigt aus dem Stoffwall, ich weiß, dass sie sich umdrehen und das lange Haar mit den Händen bündeln und nach oben drehen wird, ich weiß, dass ich ihren Nacken küssen werde, ich weiß, dass sie dabei die Augen schließen wird, sie wartet darauf, dass ich die Häkchen ihres BHs aus der Verankerung löse, sie lässt das Haar fallen, sie lässt den BH fallen, sie lächelt viel sagend, nein, ihr Lächeln sagt nichts, sie weiß, dass sie schöne junge Brüste hat, und sie glaubt, dass sie in diesem Moment alles von mir verlangen kann, aber sie täuscht sich, ich denke an Nicoles Körper unter dem nassen Nachthemd, auch Mama duscht im Nachthemd, und ich fange an, mich auszuziehen, das Hemd, dann das T-Shirt, ich lege die Armbanduhr weg, da ich nicht in die Versuchung kommen möchte, die Zeit abzulesen, dann kratzt sie mit ihren Fingernägeln ein wenig auf meiner Haut, vielleicht auch nicht, kleine Variationen sind vorstellbar, ich möchte, dass sie mir die Hose aufknöpft, ich muss sie nicht darum bitten, ich möchte, dass sie sich vor mich hinkniet, ich möchte sie nicht darum bitten, ich lege meine Hände auf ihre Schultern und drücke sie sanft zu Boden, sie streift mir den Slip ab und leckt vorsichtig an meiner Eichel, sie kommt auf den Geschmack, und so schiebe ich meinen Penis in ihren Mund, es ist immer dasselbe, ich kann es nicht ändern, ich koste es aus, so viel Zeit muss sein, der Penis ist feucht von ihrem Speichel, sie hat Talent für ihr Alter, dann steigt sie aufs Bett, als Stute, wie ich es gerne sehe, sie will noch rasch ihr Höschen loswerden, aber ich hindere sie daran, kleine Variationen sind vorstellbar, ich schiebe mich am Höschen vorbei in sie rein, der Stoff scheuert ein wenig, keinen Stutensex beim ersten Mal, sage ich mir, aber ich höre es nicht, ich höre sie stöhnen, ganz wie erwartet, ich höre sie Laute ausstoßen und kurzzeitig stammeln, ein bisschen wie gespielt, aber sehr überzeugend, die Hauptsache ist schnell erledigt, dann kommt die Entspannung, mich ausstrecken und mich streicheln lassen von einer Frau, die ich gerade noch gesiezt habe, ich muss mich jetzt anschauen lassen von dieser Frau, und ich muss ihren zärtlichen Blick ertragen, ich kenne diesen Blick so gut, dass ich ihn nicht mehr ertrage, ich habe ihn schon zu oft gesehen, ich bin schon zu oft unter diesem Blick gelegen, ich kann ein Paar Augen nicht mehr von einem anderen Paar Augen unterscheiden, sobald ein Paar Augen anfängt, seinen zärtlichen Blick zu verschenken, es ist der Blick nach dem Akt, sofern dieser Akt eine Befriedigung erwirkt hat, es ist ein Blick, der, würde man ihn vertonen, schnurren müsste, dieser Blick erzeugt ein schnurrendes Geräusch in meiner Vorstellung, die Körper entspannen sich, es ist still im Zimmer, nur der Blick schnurrt, dass einem die Ohren dröhnen. Ich denke, ich muss mich korrigieren, es kann kein Stutensex gewesen sein, denn Stutensex und schnurrender Blick schließen sich aus, Stutensex muss es auch geben, sowieso, aber Stutensex ist Sex und hat nichts mit Schnurren zu tun, der schnurrende Blick nämlich verlangt nach dem klassischen Repertoire, nach dem unvergleichlichen, wenn auch immer gleichen Code der Liebe. Es hat sich also alles ganz anders zugetragen, damals, in meinem Hotel, Gesicht an Gesicht, sich küssen und sich küssen, ich möchte sagen: sich die Körper mit Küssen bedecken, ich ziehe ihr das Höschen runter, und meine Zunge schmust ein bisschen mit ihrem verschämten Feuchtbiotop, ich muss sagen: ein Bakterienbiotop tief zwischen strammen Schenkeln, dann dringe ich in sie ein, zart und langsam, sie soll sich mir anpassen, sie soll sich auf mich einspielen, sie soll schieben, sie soll ziehen, und sie soll sich aufbäumen, wenn ihr das Feuer in die Zehen jagt, ich weiß, dann wird sie von Liebe reden, ich weiß, dann wird sie mich mit zärtlichen Blicken überschwemmen. Aber so will ich nicht angesehen werden, nicht von meinem Zimmermädchen.

Ich bin erschöpft, sagte ich mir, ich werde so bald nicht wieder nach Jena fahren, ich will mir das so bald nicht wieder antun, es ist ja gar nicht wegen Nicole, Nicole ist Nicole, und ich werde sie wohl nie völlig durchschauen, du täuscht dich immer noch in ihr, sagte ich mir, nein, es ist wegen der Strapazen, die mich so ein Ausflug kostet, ich bin solche Strapazen nicht mehr gewohnt, ich staune, wenn ich an die unzähligen Reisen denke, die ich früher in einem fort unternommen habe, nicht gerade wenig, staune ich, und die haben dir auch noch Spaß gemacht, aber gut, es war eine andere Zeit, ich nehme mir vor, Ausflüge wie den Ausflug nach Jena in Zukunft gewissenhaft zu bedenken, ja, gewissenhaft, sagte ich mir: was bringt dir das noch, und was kostet es dich? Am besten, ich würde Ausflüge dieser Art in Zukunft unterlassen, ich würde mich entschuldigen, danke schön, vielleicht beim nächsten Mal, ich muss auf mein Wohlbefinden achten, das würde jeder Arzt bestätigen, würde ich einen Arzt zu Rate ziehen: vermeiden Sie alles, was Ihr Wohlbefinden beeinträchtigen könnte, mein Wohlbefinden jedenfalls wird immer dann beeinträchtigt, wenn ich das vertraute Umfeld meines Hotels verlasse, wenn mich die Drehtür nach draußen auf den Vorplatz befördert, und umgekehrt wird mein Wohlbefinden immer dann gestärkt, wenn mich die Drehtür nach innen ins Foyer befördert, dann kommt es vor, dass ich zum Scherzen aufgelegt bin, wie neulich, als dieselbe Dame am Empfang saß, die mir den unerfreulichen Ausflug nach Jena eingebrockt hatte, sie hätte ja die Nachricht genauso gut vernichten können, sie hätte erkennen können, dass mir so eine Nachricht nicht bekommt, sie hätte Einfühlungsvermögen beweisen können, eine weibliche Tugend, wie es heißt, sie hätte mir kraft dieser Tugend einiges ersparen können, aber nein, sie musste mich in diese Geschichte hineinziehen, die Versuchung, mich mit der Nachricht vom erhängten Schulz zu konfrontieren, war einfach zu groß, ich will sagen, es kommt vor, dass ich scherze, sobald ich das Foyer betrete und den Springbrunnen plätschern höre, wie neulich also, da ich meinen Arm ausstreckte und so tat, als hielte ich eine Schlinge in der Hand, ich neigte den Kopf, verdrehte die Augen und bleckte verkrampft mit der Zunge, die Empfangsdame aber lächelte nicht, im Gegenteil, sie stellte sich bestürzt, jetzt hat sie es begriffen, sagte ich mir, jetzt weiß sie, was sie mir eingebrockt hat. Kein Arzt würde sagen: gehen Sie hinaus zum Luftschnappen, damit sich Ihr Wohlbefinden verliert, einen solchen Arzt muss man mir erst mal zeigen, das Wohlbefinden wird beeinträchtigt nicht nur durch die Strapazen eines Ausflugs nach Jena, eines Ausflugs vor die Hoteltür und also eines Ausflugs überhaupt, sondern auch durch die Angst, durch diese verfluchte Angst, muss ich sagen, plötzlich die Gewalt über sich zu verlieren, jetzt bin ich so weit, es zuzugeben: ich ängstige mich davor, dass mir die Dinge entgleiten, dass sie mir aus den Händen rutschen, ich rechne zwar ständig damit, aber sobald dann die Dämmerung aufzieht, schlottern mir die Knie, ich sehe keine Chance, dem Tageslicht entgegenzulaufen, ich spüre den Zwang, mich der Dämmerung auszuliefern und der Nacht, die Nacht wird über dich herfallen, sagte ich mir, magst du dich auch noch so sehr dagegen sträuben, sie wird dich überwältigen, sowieso, ich habe Angst, sagte ich mir, ich habe Angst, dass mich die Nacht nicht wieder herausgibt, dass sie mich nicht wieder entlässt in den Tag, dass mein Körper bis zu seinem biologischen Ende ohne mich auskommen muss, es ist lächerlich, natürlich, ich habe Angst, dass mein Bewusstsein von der Nacht verschluckt wird, ich bin erschöpft.

Es ist auch wegen Nicole, sagte ich mir, Nicole ist Nicole, sie ist mir keine Rechenschaft schuldig, natürlich nicht, ebenso wenig wie ich ihr eine Rechenschaft schuldig bin, in welcher Angelegenheit auch immer, das Verhältnis ist ganz unverbindlich und deshalb von unverbindlicher Annehmlichkeit, ganz ohne die speckigen Formeln des Liebescodes. Und jetzt das! Ich muss sagen: das hätte ich nicht erwartet, nicht von ihr, sie hat für einen De-Mark-Professor im Nachthemd geduscht, sie ist aus der Dusche gestiegen und hat sich nass und mit spitzen Brüsten unterm Nachthemd in den Garten gestellt, um für eine Hand voll sexy Fotos zu posieren, nicht etwa für mich und meinen Fotoapparat, auch nicht für einen der Väter von einem ihrer Kinder und dessen Fotoapparat, nein, es musste gleich ein De-Mark-Professor sein, es musste Schulz sein, ausgerechnet Schulz, sagte ich mir, Schulz und seine lästige Pocketkamera, Schulz und sein sperriges Grinsen im Gesicht, er hat bestimmt sperrig gegrinst, sagte ich mir, als er sie durch den Sucher anstarrte und sie anwies, sich so oder so zu drehen, schau mich mal scharf von unten her an, ja! Er hat bestimmt sperrig gegrinst, als er auf den Auslöser drückte, er hat bestimmt einen ganzen Film belichtet, wenn nicht noch einen weiteren, er hat Nicole dazu aufgefordert, sich noch einmal unter die Dusche zu stellen, tropfnass bist du am schönsten, sie duscht gern noch ein zweites Mal, Herr Professor. Warum, fragte ich mich, warum haben mir die hässlichen Kinder nichts verraten, warum haben sie sich niemals verplappert – oder ist mir da etwas entgangen? Warum habe ich nicht erfahren, dass Schulz, Herr Professor Schulz, bei ihrer Mutter ein und aus gegangen ist, warum nichts davon, dass er, Herr Professor Schulz, sich an der Krawatte ins Schlafzimmer ziehen ließ? Warum ist mir die Vertrautheit nicht aufgefallen, mit der sich jede Affäre verrät?, fragte ich mich. Wer nichts wittert, sieht nichts. Was ist passiert, nachdem die Fotosession zu Ende war? Ich würde es zu gerne wissen, ich würde gerne wissen, ob das Model seinen Pocketfotografen noch verführt hat, es ist nicht wirklich wichtig und genau genommen interessiert es mich gar nicht, ich würde es eben nur gerne wissen, es ist eine Neugier, die ich für meine Freundin Nicole empfinde, ich will ja nur wissen, ob sie nass zu ihm ins Bett gestiegen ist. Mama hat im Nachthemd geduscht. Das hässliche Mädchen muss dabei gewesen sein, es hat die Session mitbekommen, sagte ich mir, und als es dann später selbst im Nachthemd aus der Dusche steigt, da gerät es in Bedrängnis, es muss sich wehren, also verpetzt es die Mama: die hat auch schon im Nachthemd geduscht – mehr nicht, ich habe also doch einen wertvollen Hinweis erhalten, aus dem Mund des hässlichen Mädchens, wer hätte das gedacht, und außerdem verdanke ich ihm, dass ich einen Blick auf die Fotos habe werfen können, es hat sie aus irgendwelchen Winkeln hervorgezerrt und dann auf dem Küchenboden verstreut. Ohne das hässliche Mädchen, sagte ich mir, wäre die Geschichte nicht aufgeflogen.

Ich muss davon ausgehen, dass mich Nicole hintergangen hat, nicht betrogen, aber hintergangen, das ist bei einem Verhältnis, das so beschaffen ist wie das unsere, völlig in Ordnung, möchte ich sagen, es stört mich auch nicht, es stört mich höchstens, dass sie mich mit einem Professor hintergangen, ja, ich möchte doch sagen: betrogen hat, obwohl ihr bekannt gewesen sein musste, wie sehr sie mich damit treffen würde: meine Freundin Nicole steigt für einen De-Mark-Professor im Nachthemd unter die Dusche! Von Geschäfts wegen sind mir Professoren verleidet, Dollar, Euro, De-Mark, egal, ich habe zu viele ihres Schlages kennen lernen müssen, zu viele, die vor Einbildung zu platzen drohten, zu viele, die beim Aushandeln ihrer Honorare sperrig grinsten, es sind Geldscheffler, sagt Lorenzo, sagte ich mir, sie schlagen Honorare heraus, dass ein Verleger in die Knie geht, dabei sollten sie dankbar sein, seid dankbar, sagte ich mir, dass es wenigstens eine Zeitschrift gibt, die eure aufgeblähte Eitelkeit und folglich eure Blähungen derart großzügig honoriert, denn meine Zeitschrift lebt von solchen Blähungen, sagte ich mir, sie wäre nicht denkbar ohne die Blähungen der wissenschaftlichen Intelligenz, sie hat sich vieles, wenn nicht alles vom Fernsehen abgeschaut, das Fernsehen nämlich ist das unumstrittene Medium der aufgeblähten Selbstdarstellung, ich stelle mir vor: Schulz sitzt in einer Talkshow und bläht sich sperrig grinsend auf.

Nicole sagte: Schulz hat immer wieder Einladungen vom Fernsehen erhalten, und er hat sie immer wieder ausgeschlagen.

Ich sagte: aber warum denn. Er ist doch der Mann der Zeit gewesen, zumindest in den Jahren nach der Wende. Alle waren begierig darauf zu erfahren, wie sich der Osten entwickelt.

Nicole sagte: er ist nicht der Typ, der seine Forschung in ein Statement von zehn Sekunden pressen kann.

Ach, Schulz, dachte ich, die Leute haben keine Zeit, fünfhundert gescheite Seiten zu lesen, deshalb habe ich ja die Regel aufgestellt: alles, was man wissen muss, kommt in die Überschrift, teils in die Hauptzeile, teils in die Unterzeile, das muss doch zu machen sein, wenn nicht, dann ist der Text nicht geeignet für mein Publikum.

Ich bin zufrieden, sagte ich mir, dass ich nichts mehr zu schaffen habe mit der aufgeblähten Gescheitheit dieser Welt, die mich ein Vermögen gekostet hat, ich angele keine Professoren mehr, ich führe keine Verhandlungen, ich blättere das Heft kaum noch durch, wenn es aus der Druckerei kommt, und die Bücher schicke ich in ungeöffneten Päckchen weiter an Lorenzo, das Ganze interessiert mich nicht mehr, ich habe mich zurückgezogen, alle wissen das, und sie richten sich danach, sie stören mich nicht, sie lassen mich in Ruhe, sie tun so, als sei mit meiner Rückkehr so schnell nicht zu rechnen, ich habe sogar den Eindruck, sie tun so, als würde ich überhaupt nicht mehr zurückkehren, wer kann es ihnen verdenken, alles läuft ohne mich weiter, und es läuft bestens, alles läuft bestens, sagte ich mir, ich könnte also gut und gerne eine Abschiedsparty geben, alle noch einmal um mich versammeln und trinken mit ihnen, viel trinken und am Ende die Schlüssel übergeben, ich könnte noch in derselben Nacht in die Nacht meines Bewusstseins fliehen, das wäre vielleicht sogar ein Segen, keine Schmerzen, sagte ich mir, kein Wehklagen, einmal muss jeder gehen, es wäre schön, von der Nacht meiner Party in die Nacht meines Bewusstseins zu fliehen, wüsste ich nur die Richtung, nein, sagte ich mir, nein, ich will sie gar nicht wissen, es ist eine schreckliche Vorstellung, zuerst aus dem Leben der anderen, dann aus dem eigenen Leben zu fliehen, diese Vorstellung, muss ich zugeben, sagte ich mir, macht mir Angst, es ist diese verfluchte Angst, dass plötzlich der Rückweg abgeschnitten ist, ich werde in meinen Verlag zurückkehren, sagte ich mir, ich werde allen die Hände schütteln und wie zum Einstand eine Party geben, ich werde alle wieder um mich versammeln und trinken mit ihnen, viel trinken, ich habe auch nichts dagegen, wenn dann ein paar De-Mark-Professoren zugegen sein werden, oder besser: ein paar Dollar-Professoren, denn das Geschäft muss weitergehen, es muss laufen, und zwar bestens, ich muss zusehen, dass ich nicht völlig den Anschluss verliere, sagte ich mir, ich benutze ab und an mein Telefon, ich schalte mich in die telefonischen Konferenzen ein, jedenfalls wenn ich daran denke, ich muss wieder an die telefonischen Konferenzen denken, sagte ich mir, ich verschicke ein paar E-Mails an die Kollegen, aber auch an die wissenschaftliche Intelligenz, wenn ich das mal so sagen darf, ich beantworte jede Antwort, die ich erhalte, ich sehe mich stundenlang im Internet um, ich muss sagen, ich bin auf dem Laufenden, ich surfe und surfe im Netz, wie es heißt, ich bin, muss ich sagen, total global, und zwar ohne mich zu bewegen, ich sitze in meinem Hotelzimmer und spiele den weltläufigen Verlagschef. Ich sollte mal wieder den Verlagschef spielen, sagte ich mir, ich sollte nicht ständig Pornos anglotzen, ich kann von den Pornos nicht lassen, ich habe mir ganze Softwarepakete besorgt, ich weiß nicht, welches ich öffnen soll, manchmal spritze ich mir einfach in die hohle Hand, und dann versäume ich es, die Verbindung zum Anbieter zu trennen, ehe ich mich auf dem Bett ausstrecke, um eine Zigarette zu rauchen oder zwei oder drei Zigaretten, jede Minute kostet Geld, und wenn mir dann einfällt, dass ich noch auf Empfang bin, habe ich schon wieder so viel Lust, dass ich mir noch einen neuen Film anklicke: sie knöpft seine Hose auf, er muss sie nicht darum bitten, auch nicht darum, dass sie sich vor ihm hinkniet, er legt seine Hände auf ihre Schultern und drückt sie sanft zu Boden, sie streift seinen Slip ab und leckt vorsichtig an seiner Eichel, sie kommt auf den Geschmack, er schiebt ihr seinen Penis in den Mund, es ist immer dasselbe, ich sehe zu, ich bin im Bilde, der Penis ist feucht von ihrem Speichel, sie ist jung, sage ich mir, sie hat Talent für ihr Alter, dann steigt sie aufs Bett, sie will noch rasch ihr Höschen loswerden, aber er hindert sie daran, er klatscht ihr mit der Hand auf die Pobacke und schiebt sich am Höschen vorbei in sie rein, der Stoff scheuert an seinem Penis, sie stöhnt wie erwartet, sie stößt ein paar dunkle Laute aus, sie stammelt, ein bisschen wie gespielt, aber sehr überzeugend, diesmal hole ich mir im Stehen einen runter und spritze aus Versehen auf den Bildschirm, ich greife nach einem Taschentuch und wische damit kurz über die Szene, ich verstehe nicht mehr, was mich daran erregt hat, ich blicke auf die Uhr: zu früh, um zu schlafen, ich werde noch einen Drink an der Bar nehmen.

Wie soll ich es sagen? Das Zimmermädchen ist mir verfallen, sie hört nicht auf, mir ihre Liebe anzudienen, das macht die Angelegenheit bequem für mich, sagte ich mir, so kann ich über das Mädchen frei verfügen, natürlich immer nach ihrem Dienstplan, ich werde mich danach richten, sagte ich mir, es bleibt mir gar nichts anderes übrig, dabei hätte ich ihr nach dem ersten Mal beinahe Geld gegeben, um unsere Beziehung auf eine solide Basis zu stellen, ich habe es dann aber doch nicht getan, ich habe so viel Feingefühl gezeigt, ihren zärtlichen Blick nicht mit einer schnöden Geste zu brüskieren, ich erkannte den Nutzen ihrer Verliebtheit, man soll schöne junge Frauen nie vor den Kopf stoßen, das rächt sich immer, wer mit seinem Zimmermädchen ins Bett geht, hört auf, seinem Zimmermädchen die Hand zu schütteln, egal, ob auf dem Korridor, ob im eigenen Zimmer, es schickt sich nicht mehr, sobald man sein Zimmermädchen näher kennt, man würde sein Zimmermädchen verstören, würde man fortfahren, ihr die Hand zu schütteln, und verstören wollte ich mein Zimmermädchen nicht, ich küsste sie also kurz auf den Mund, im Vorbeigehen, muss ich sagen, denn weitere Zärtlichkeiten verboten sich, nicht auf dem Korridor, sagte ich mir.

Das Zimmermädchen sagte: wenn der Chef uns sieht, dann bin ich meinen Job los.

Kann ich mir nicht vorstellen, sagte ich und fasste sie um die Taille, es gibt keine, die sich so gut auf ihren Job versteht wie du.

Sie küsste mich, sie blickte den Korridor hinunter, sie küsste mich.

Sie sagte: wenn eine Kollegin uns ertappt, dann wird sie es dem Chef sagen, und der schmeißt mich dann raus, weißt du, was das heißt?

Ich sagte: es kommt vor, dass ich nachts aufwache und denke, ich sei nicht allein, mein Kissen riecht nach dir, meine Zudecke riecht nach dir, mein ganzes Bett riecht nach dir.

Ich sagte mir, ich sollte sagen: ich brenne vor Sehnsucht. Und so sagte ich es, denn sie war jung, sehr jung sogar.

Sie blickte den Korridor hinunter, sie küsste mich.

Sie sagte: ich hätte Lust, dich in der Stadt zu treffen, egal wo, wo immer du magst, essen, tanzen, ich weiß nicht, Hauptsache woanders, jedenfalls nicht im Hotel.

Das geht nicht, sagte ich und ließ sie los, es ist doch schön hier, ich kann mir nichts Schöneres vorstellen, die Musik, das Bett, die Minibar, eine Welt ganz für sich, ganz für uns allein.

Sie sagte nichts, dann sagte sie: ich möchte mit dir ins Kino gehen.

Nichts für mich, sagte ich. Sehen wir uns?

Ich küsste sie. Sie sagte nichts.

Das Zimmermädchen kommt zu dir ins Zimmer und tröstet dich, du hast das Zimmermädchen nötig, sagte ich mir: warum ruft Nicole nicht an? Ich habe nichts mehr von ihr gehört seit der Beerdigung von Schulz, nichts mehr, seitdem sie auf dem Küchenboden kauerte und weinte, seitdem ich meine Sachen zusammenpackte und sie verließ, Nicole hat mich nicht angerufen, und sie hat mir nicht geschrieben, ich hätte sie anrufen können, sagte ich mir, ich hätte ihr schreiben können, aber ich redete mir ein: sie ist am Zug, ich gebe zu, ich wartete auf ihren Anruf, seitdem ich in mein Hotel zurückgekehrt war, ich erkundigte mich bei der Rezeption nach einer Nachricht, und es gab meistens eine Nachricht für mich, aber keine Nachricht von Nicole. Wenn ich unruhig wurde, ging ich hinaus auf den Korridor und suchte nach meinem Zimmermädchen, manchmal fand ich sie, meistens nicht, ich dachte in den Wochen, in denen ich mit dem Zimmermädchen verkehrte, fortwährend an Nicole, ich konnte die Unruhe nicht verdrängen, ich wusste, dass ich nicht eifersüchtig sein wollte, ich wusste, dass ich eifersüchtig war auf einen Toten, noch dazu auf einen toten Professor, noch dazu auf einen Westmark-Professor, der sich aus sentimentalen Gründen in der ostdeutschen Erde verscharren ließ, eine völlig sinnlose Eifersucht, sagte ich mir, ich habe Nicole verlassen, und seitdem fürchte ich, von ihr verlassen zu werden, ich fürchte, dass sich ihr Wunsch, mich zu sehen, verflüchtigt, ich habe Angst, aus ihren Gedanken zu verschwinden, ich habe Angst, sagte ich mir. Und ich ärgerte mich, als ich erkannte, dass es eine romantische Angst war, die mich befallen hatte, eine Angst um etwas, das sich nicht halten lässt, eine völlig sinnlose Angst, genauso sinnlos wie eine Eifersucht, du verlierst sowieso das, was zu verlieren du dich ängstigst, sagte ich mir, und deshalb ergibt das ganze Sichängstigen keinen Sinn, genauso wenig wie die aus der Angst geborene Unruhe, du kannst deine Angst und deine Eifersucht und deine Unruhe ruhig fahren lassen, sagte ich mir, aber leider ohne Erfolg, es gelang mir nicht, die Angst fahren zu lassen, diese uralte Angst, die so alt ist wie der Augenblick der ersten Enttäuschung, der Uraugenblick, sagte ich mir, und weil diese Angst zu nichts führt und außerdem alle Erfahrung gegen sich hat, wünschte ich mir, es würde sich jemand melden bei der Rezeption des Hotels, jemand mit einer Nachricht für mich, er würde warten auf mich im Foyer, in der Nähe des Springbrunnens mit seinen Nymphen und Froschkönigen, er würde mich kurz begrüßen und sich dabei nicht einmal vorstellen, er würde mir nicht die Hand geben, schon gar nicht die Hand auf die Schulter legen, er würde mich nur ansehen, mit einem traurigen, aber gleichzeitig mit einem Blick ohne Mitleid: Sie können ganz beruhigt sein. Sie haben sie bereits verloren.

Natürlich hätte ich Nicole anrufen können, und zwar jederzeit, aber zum einen war ich überzeugt davon, dass sie in meiner Schuld stand, jedenfalls in der Schuld einer Erklärung, und zum anderen scheute ich mich mittlerweile, dass Telefon zu benutzen, ganz generell, muss ich sagen, so wie ich mich scheute, das Hotel zu verlassen, ich musste mich auf den Kontakt mit der Außenwelt einstellen, ich musste mir vornehmen, diesen Kontakt zu suchen, ich musste mir sagen: heute führst du ein Telefongespräch, oder: heute gehst du auf den Alexanderplatz, denn ich fühlte mich nicht mehr in der Lage, spontan zu telefonieren oder spontan auf den Alexanderplatz zu gehen, ich nahm gewissermaßen Anlauf, ich ging im Zimmer auf und ab, ich ließ mich in den Ledersessel fallen und starrte auf das Telefon, ich sagte mir: nein, heute lieber nicht, ich verschob die Angelegenheit auf morgen, und ich atmete tief durch, ich atmete auf, ich muss nicht jeden Tag einen Vorstoß wagen, sagte ich mir: das alles läuft dir doch nicht davon. Ich war nicht mehr imstande, spontan eine E-Mail zu schreiben, ich spürte, dass ich den Ton nicht treffen würde, nicht jetzt und sozusagen spontan, ich bin aus der Übung gekommen, sagte ich mir, ich bin mir des Umgangs nicht mehr sicher, ich pflege nur mehr Umgang mit mir selbst und mit der kleinen Welt in meinem Hotel, das genügt vollkommen an manchen Tagen, an manchen Tagen nicht.

Ich habe Angst. Ich habe Angst vor dem Kollaps angesichts eines Bewusstseins, das sich selbst vernichtet, ich habe Angst, dass ich einschlafe und nicht mehr aufwache, ich habe Angst vor dem Nichts. Mag sein, dass Nicole mich verlässt, mag sein, dass sie mich nicht verlässt, auf lange Sicht ist das völlig gleichgültig, ich werde Nicole verlieren, sagte ich mir, ich habe Angst vor dem Nichts. Es ist schön, dass mich das Zimmermädchen tröstet, es ist schön, dass sie an die Liebe glaubt, ich weiß, dass sie diesen Glauben verlieren wird, ich habe Angst vor dem Nichts. Ich bin ein erfolgreicher Verleger, ich habe es zu etwas gebracht, aber wenn ich nicht Tag für Tag erfolgreich sein kann, dann wird sich alles zerschlagen, ich habe Angst vor dem Nichts. Es ist ein gutes Gefühl, Geld zu haben, es ist gut, in einem guten Hotel zu wohnen, aber wenn ich das gute Gefühl nicht mehr bezahlen kann, dann muss ich mich auf eine Verzweiflung gefasst machen, ich habe Angst vor dem Nichts. Ich habe Angst, aus der Welt zu stürzen, das ist die Wahrheit, und die Wahrheit klingt immer obszön, ich weiß nicht, was passiert, wenn ich mich weigere, etwas zu tun, wenn ich davon absehe, Nicole anzurufen, das Zimmermädchen vor den Kopf zu stoßen, die Kollegen ins Bild zu setzen, einen Arzt aufzusuchen, dann, sagte ich mir, dann wird alles so weitergehen, so lange, bis sich alles erledigen wird, es wird sich von selbst erledigen, sagte ich mir: ich habe Angst vor dem Nichts. Die Angst vor dem Nichts ist die Angst vor der Freiheit, etwas zu tun. Denn diese Freiheit, sagte ich mir, diese Freiheit schafft eine Realität, die andere Realitäten verstellt, diese Freiheit ist eine Freiheit, sich zu entscheiden, aber ich habe nicht vor, mich zu entscheiden und mich so in die Not einer Gewissheit zu bringen, sagte ich mir, mir fehlt die Kraft, eine Entscheidung zu treffen, ich habe Angst, und ich staune vor dem Nichts, aber ich will mich noch nicht ganz verlieren.

Ich suchte nach einem Kitzel. Ich suchte nach einem Trick, um mich für mich zu gewinnen und damit für mein Dasein, wie man sagt, ich fing an, meinen Revolver aus der Schublade zu holen und ihn zu laden, nicht die ganze Trommel mit sechs Patronen, sondern nur eine Kammer mit einer Patrone, für zwei Kammern mit zwei Patronen fehlte mir bereits der Mut, ein solcherart erhöhtes Risiko wagte ich nicht einzugehen, eine Patrone in einer Kammer ist riskant genug, sagte ich mir, was habe ich davon, wenn das Risiko so hoch ist, dass ich sofort Gefahr laufe, mich totzuschießen? Ich habe natürlich nichts davon, denn die ganze Übung dient ja allein dazu, mich wieder stärker an das Dasein zu binden, und zwar dadurch, dass sie mich mit dem Tod bedroht. Sobald ich nämlich damit rechnen muss, dass gleich der Tod aus dem Lauf des Revolvers fährt, aus der Mündung, die angenehm kühl auf meine rechte Schläfe drückt, erfasst mich ein erregendes Schaudern, und ich habe keine Begriffe mehr für das Nichts, jetzt zählt nur der erregende Moment, das Unwägbare, ich auf dem Ledersessel sitzend mit dem Revolver an der Schläfe, ein unverwechselbarer Moment, möchte ich sagen: das Leben ist schön. Ich hatte mir also angewöhnt, russisches Roulett zu spielen, etwa ein- bis zweimal die Woche, öfter nicht, denn ich wollte die Provokation nicht übertreiben, ich hatte nicht vor, das Schicksal öfter als unbedingt nötig herauszufordern, und ich machte mir Sorgen, dass sich das Spiel abnutzen würde und ich dann doch noch nach einer zweiten oder sogar dritten Patrone greifen und sie in eine zweite oder sogar dritte Kammer stecken würde, eine Patrone muss genügen, sagte ich mir, ich nahm also eine Patrone aus der Schatulle im Schrank, ich schwenkte die Trommel meines sechsschüssigen Revolvers aus und steckte die Patrone hinein, ich schwenkte die Trommel zurück und kratzte sie, damit sie sich drehte, ich kratzte sie heftig, und sie drehte sich schnell um die eigene Achse, so lange, bis ich sie stoppte, ganz abrupt, entweder es steckte nun eine Patrone im Lauf oder nicht, ich schob die Sperre in die Trommel, damit, sagte ich mir, damit hast du dein Schicksal besiegelt, und ich gönnte mir eine kurze feierliche Empfindung, ich streckte den Arm und zielte auf meine Zimmernymphe, ich zielte auf ihren Kopf und fragte mich, wie dieser Kopf nach dem Schuss aussehen würde, vorausgesetzt, das Roulett hatte der Nymphe einen Schuss zugedacht, ich sah durchs Visier auf das Korn am Ende des Laufs, die Zieleinrichtung muss aufs Ziel zeigen, sagte ich mir: ich würde ihren Kopf treffen, kein Problem bei dieser Entfernung, noch weniger würde es ein Problem sein, den eigenen Kopf zu treffen, mit der Pistole an der Schläfe, diese Art des Schießens braucht man nicht zu erlernen, man braucht keine umständlichen Übungen auszuführen, man braucht das Schießen nicht zu trainieren, ebenso wenig wie das Zielen, natürlich ist es prickelnd, vorher tief einzuatmen, so wie man tief einatmet, um besser zielen zu können, der Abzug wird mit dem Zeigefinger durchgezogen, langsam und von vorn, man muss sich vorsehen, dass man beim Abziehen nicht die ganze Hand zurückzieht, das nämlich würde den Schuss verreißen, man würde womöglich in die Decke schießen oder auf ein Möbelstück, auf etwas, das einem nicht gehört, das Verreißen hat schon manche Selbsttötung vereitelt, denn nur selten bringt man den Mut zum Schießen zweimal auf. Das Wild soll schnell und schmerzlos zur Strecke kommen, sagt der Jäger: Knall und Fall sollen eins sein. Es wird knallen, und ich werde zu Boden fallen, sagte ich mir.

Jedes Mal, wenn ich mit der Trommel meines Revolvers gespielt hatte, fühlte ich mich sehr lebendig, ich könnte auch sagen: ich fühlte mich, als sei mir das Leben geschenkt worden, ja, ich fühlte mich gerettet und daher übermütig, so sehr, dass ich in diesen Augenblicken gerne eine E-Mail schrieb oder gerne ein Telefongespräch führte oder sogar gerne ausging, das heißt aus dem Hotel hinaus in die Stadt ging, kurz, die Augenblicke nach einem glücklich gewonnenen Roulett bestärkten mich darin, den Kontakt zu meiner Außenwelt zu suchen, ich fand den Ton, in dem man mit seiner Außenwelt spricht, ich wusste auf jede Frage eine Antwort, ich war nicht zu erschüttern. Das Spiel wirkte wie ein Rausch, und ich war drauf und dran, danach süchtig zu werden. Als ich erkannte, wie sehr ich dem Spiel verfallen war, versuchte ich mich dadurch zu zügeln, dass ich mir das Gesetz der Wahrscheinlichkeit vorrechnete: eine Kugel ist für dich bestimmt, spätestens am sechsten Tag müsste sich die sechste Kammer in den Lauf drehen, diejenige Kammer, in der eine Patrone für dich steckt. Ich war überrascht, wie gnädig das Schicksal mit mir umging, du hast mehr Glück, als dir zusteht, sagte ich mir, und ich gab es auf, dem jeweils sechsten Tag mit besonderem Respekt zu begegnen, jeder Tag kann der sechste Tag für dich sein, ich spannte den Hahn, ich legte den Zeigefinger auf den Abzug, und ich drückte mir den Revolver an die Schläfe, es klickte kurz, ich atmete aus.

Bin ich so weit, dass ich am Ende bin?, fragte ich mich und lachte über die Frage, nein, bin ich nicht, natürlich nicht, ich möchte sagen: noch nicht. Ich sollte mich nicht einfach so aufgeben, sagte ich mir, es ist doch bestens für mich gesorgt, dank meiner Umsicht, sagte ich mir: ich habe ein Hotel gefunden, in dem ich zu Hause bin, ich habe ein Zimmermädchen gefunden, das mich liebt, und ich habe ein Spiel gefunden, das die Nerven kitzelt. Das Roulett war nicht wirklich dazu geeignet, meine Angst vor dem Nichts zu zerstreuen, das Roulett nämlich eröffnete allenfalls Möglichkeiten, es könnte so oder so kommen, es beließ mich, wie man sagt, im Stand der Unschuld, ich hätte meine Angst vor dem Nichts nur dann zerstreuen können, hätte ich ein Roulett angedreht mit sechs Patronen in den sechs Kammern der Trommel, das wäre dann aber, genau genommen, gar kein Roulett mehr, das wäre eine Entscheidung gewesen.

Einmal sagte Lorenzo: du richtest dich zugrunde.

Vielleicht, sagte ich: ich richte mich selbst.

Du verlierst den Verstand.

Nein, sagte ich, ja, sagte ich: ja, ich verliere mich und meinen Verstand.

Das Glücksspiel mit der Revolvertrommel half mir wenigstens zeitweise auf die Beine, aber das änderte nichts daran, dass ich lieber sitzen blieb in meinem Ledersessel und meine Hände schlaff über die Lehnen hängen ließ – oder mich in mein Bett zurückzog und nach dem Service klingelte, nach dem Frühstück oder, am späteren Nachmittag, nach einer kleinen Gefälligkeit durch das Zimmermädchen. Ich hatte den Eindruck, als wäre es an manchen Tagen gar nicht richtig hell geworden, aber ich kann bis heute nicht sagen, ob das wirklich so war oder bloß eine Folge meiner nachlassenden Wahrnehmung. Ich suchte nach einem Kitzel, ich suchte nach einem Trick, um mich für mich zu gewinnen und damit für mein Dasein, wie man sagt, das Beste wäre eine Erregung, die eine Zeit lang vorhält, sagte ich mir, und ich fing an, mir bewegende Ereignisse vorzustellen, Ereignisse also, die mich, wie man sagt, ergreifen und mich so von meinem Dasein überzeugen würden, aber ich erkannte schnell, dass der ganze Fundus bereits geplündert war, und zwar von mir selbst. Ich habe den ganzen Fundus vor mir entzaubert, sagte ich mir, die ganze tönende Rede von den großen Gefühlen, ich kann sie allenfalls zynisch gebrauchen oder als Mittel zum Zweck, ich kann mich nicht an die Liebe halten, um Gottes willen: nein, an die Liebe am wenigsten, es gibt keinen Grund für Liebe, sie bewegt mich nicht, sagte ich mir, heute nicht mehr. Und dann dieser Einfall: Lorenzo, Ausrufezeichen, sagte ich mir, das ist es: die Freundschaft, ich muss die Freundschaft aus dem Fundus ziehen und zusehen, wie sie zerfleddert, ich sagte mir: ich muss Lorenzo vernichten.

Ich spürte, wie der Gedanke durch meinen Körper jagte und mich aufspringen ließ aus dem Ledersessel, ich spürte, dass das der Gedanke war, auf den ich insgeheim gehofft hatte, die letzte Chance, um in die Welt zurückzufinden, ich ging im Zimmer auf und ab, ich telefonierte, erst mit diesem, dann mit jenem, ich schrieb endlich eine E-Mail nach New York, ich verabredete mich mit meinem Zimmermädchen für den Abend ins Kino, das ist es: ich muss Lorenzo vernichten, nicht mit den eigenen Händen, um Himmels willen: nein, ich eigne mich nicht für die unmittelbare Existenzvernichtung, sagte ich mir, nein: ich muss so vorgehen, dass ich ihm die Ursache liefere, sich selbst zu zerstören, ich muss ihn in die Vernichtung treiben, ich muss ihn seines existentiellen Vertrauens berauben, bis er sich krümmt und nicht mehr wiederzuerkennen ist, ich werde Mittel und Wege finden, sagte ich mir, es kann nicht so schwer sein, denn Mittel und Wege finden sich immer, ich bin mit Schwächen und Sehnsüchten vertraut, sagte ich mir, auch dank Lorenzo: ich danke dir, Lorenzo, ich muss nur die Stelle zum Einhaken finden, und ich werde sie finden. Ich muss Lorenzo opfern, und ich werde ihn opfern, sagte ich mir und klatschte in die Hände, es wird schrecklich sein, natürlich, ich kann mir nichts Schrecklicheres vorstellen. Ich werde erschüttert sein.

Wettrich trug einen Trenchcoat, er trug an einem Tag wie diesem immer einen Trenchcoat, seit dem Morgen sah es nach Regen aus, aber es regnete nicht, der Himmel war bewölkt, die Luft war kühl, und die Passanten schwenkten abgespannte Schirme beim Gehen, ich konnte Wettrich schon von weitem erkennen, wie er da stand in seinem hellen Trenchcoat, weit hinten im Bogen, aber noch im Bereich der Fußgänger, ich möchte sagen: am äußersten Rand des Platzes, dort, von wo der Blick auf die vielspurigen Asphaltpisten fiel, auf die ausgewalzte Pistenkreuzung, möchte ich sagen, dort, wo der Verkehr unmittelbar an den Ohren vorbeirauschte. Treffen wir uns auf dem Alex, hatte Wettrich vorgeschlagen, ganz im Ernst: an der Ecke, wo es am stärksten zieht, dort verstehst du das eigene Wort nicht mehr, hatte Wettrich gesagt, die Ampel schaltet auf Grün, und das eigene Wort stürzt sich in den Verkehrsstrom, und weg ist es. Ich hatte gesagt: ja, gut, warum nicht, ich zog den Treffpunkt nicht in Zweifel.

Ich sah Wettrich an der verabredeten Stelle stehen, er wandte mir den Rücken zu, seinen hellen Trenchcoat-Rücken, sagte ich mir, und er beobachtete, die Hände in den Manteltaschen, den Verkehr, ich ging auf ihn zu, Schritt für Schritt in seine Richtung, als mich ein Punker unterm Regenschirm ansprang, warum unterm Regenschirm, fragte ich mich, es regnet doch gar nicht, es gibt keinen Grund, den Regenschirm aufzuspannen, hey, sagte der Punker, vielleicht sagte er auch: hey, Alter.

Hey, sagte ich und sah mir den Punker genauer an, schwarze Klamotten am Körper, Piercing im Gesicht und eine lodernde Frisur, ein Spuk zu Mittag, sagte ich mir, es spukte unter einem Schirm, der sich großzügig über die Erscheinung wölbte, ich dachte sofort: dieser Schirm ist geklaut, ich sagte: es regnet doch gar nicht.

Eey, danke, echt korrekt, Alter, sagte der Punker und zog den Schirm zusammen: nee, et pisst echt wirklich nich, dat kann ik bestätijen, echt jeiles Wedda heute. Der Punker fragte: haste mal fünf Mark?

Seh ich so aus?, sagte ich.

Nee, eijentlich nich, sagte der Punker, schon jut, ik wollte bloß mal jefragt haben.

Der hatse, der hatse!

Eine Punkerin stapfte in schweren Stiefeln heran: der hatse alle fünfe, jede Wedde, dat sieht doch een Blinder, komm, rückse raus, deene fünfe, na, komm schon.

Die Punkerin hielt ebenfalls einen Schirm in der Hand, klein und bunt, sie drehte ihn auf der Schulter, sie wirkte auf mich wie eine Zirkusartistin, ich habe keine Ahnung von Punk. Ein Schäferhund war der Punkerin gefolgt und lief nun unruhig hin und her. Die Punkerin drohte kurz mit der Faust und zog ein unduldsames Gesicht: fünf Mark für uns beede, die wirste wohl iibrig haben, dat sind doch nur zwo fuffzig für eenen.

Eey, sagte der Punker.

Der Hund schnüffelte an meinen Beinen, dann lief er weiter hin und her, ich sah, wie der Hund einen Kreis um uns zog, als gehörten wir zu einer Familie, ich sah, dass der Punker seinen Schirm aufspannte und wieder zusammenzog, ich sah in das unduldsame Gesicht der Punkerin unter dem bunten Regenschirm, und ich sah, wie die Punkerin ihre Faust schüttelte. Wettrich stand weit entfernt am Rand des Platzes, er drehte sich nicht um, er wies allem, was auf dem Platz geschah, den Rücken, er bekommt nichts davon mit, was auf diesem Platz geschieht, sagte ich mir, er weiß nicht einmal, dass ich mich längst auf dem Platz eingefunden habe, er steht wie auf dem Posten, nur falsch herum, er starrt auf den Verkehr, und er wartet darauf, dass ich ihn anspreche. Ich sagte: ich habe nichts als einen Hundertmarkschein. Und ich sagte: das ist die Wahrheit.

Der Punker sagte: eeyeeyeey.

Die Punkerin schlug sich eine Hand auf die Stirn: Ik gloob dat nich. Hat n Hunni, und will keene fünfe abjeben. Wat nu?

Der Punker sagte: eeyeeyeey.

Ich sagte: es regnet doch gar nicht.

Die Punkerin klappte ihren Schirm zum Stock und schlug mir damit in die Kniekehle. Der Punker sagte: eey, lass den Alten in Frieden.

Schnauze!, sagte die Punkerin.

Sie trug bloß ein paar dunkle Stoppeln auf dem sonst rasierten Schädel, Naturstoppeln sozusagen, daran kann ich mich gut erinnern, und sie prunkte, nicht anders als der Punker, mit Metallpiercing, eine Klammer an der Augenbraue, eine andere am Nasenflügel, eine dritte an der Oberlippe, alles auf der linken Gesichtshälfte, sie hat einen schönen Mund, sagte ich mir: vielleicht ist der Typ ihr ganz spezieller Punker. Ich glaube, sie holte dann abermals aus und schlug mir mit dem Schirm in die Kniekehle, eey, sagte der Punker, Schnauze!, sagte die Punkerin.

Ich muss jetzt weiter, sagte ich, ich bin verabredet.

Schnauze!, sagte die Punkerin.

Ich wandte mich zum Gehen, und die Punkerin drehte sich, um mit dem Stiefel nach mir zu treten, ich taumelte ein paar Schritte vorwärts, stürzte aber nicht zu Boden, ich sah mich um und erblickte das unduldsame Gesicht der Punkerin, der Punker sagte: lass den Alten in Frieden, eey, die Punkerin wartete ab. Ich muss sagen, ich mag es nicht, wenn mit dem Stiefel nach mir getreten wird, ich bin zwar ein friedfertiger Mensch und lasse mich nicht unnötig provozieren, ich kann es ertragen, wenn meine Kniekehle einen Klaps mit dem Schirm bekommt, natürlich, warum nicht, das muss man sportlich sehen, gerade in der Gesellschaft von jungen Leuten, aber ich mag es nicht, wenn mit dem Stiefel nach mir getreten wird, ich taumelte ein paar Schritte vorwärts, und es hätte gut sein können, dass ich aus dem Schritt heraus geflohen wäre, das jedenfalls wäre für alle das Beste gewesen, aber etwas hielt mich zurück, der Tritt mit dem Stiefel, sagte ich mir, so einen Tritt kann ich schwer verkraften, ich sah über die Schulter zurück und blickte in das unduldsame Gesicht der Punkerin, ich zog meinen Revolver und schoss auf sie, einmal, zweimal, ich muss sagen, ich knallte sie ab, und dann schoss ich auf den Punker, eeyeeyeey, bitte nich, sagte er noch, und er spannte seinen Schirm wie zu einem Schutzschild auf, aber das half ihm nicht viel, denn ich schoss einfach durch seinen Schirm hindurch, ich knallte ihn ab, muss ich sagen, er fiel um und streute seine lodernde Frisur über das Pflaster. Den Hund ließ ich am Leben, er hat mir nichts getan, ein gutes Tier, sagte ich mir, der Hund lief unruhig hin und her, vom stöhnenden Punker zur stöhnenden Punkerin, er winselte, während sie stöhnten, er hätte knurren und mit den Zähnen fletschen, er hätte mich angreifen können, aber er lief lediglich hin und her und winselte, ich dachte: du sollst deinen Punkern die Wunden lecken. Ich floh bis zum äußersten Rand des Platzes, bis zu der Stelle, wo sich Wettrich mit dem Rücken zum Geschehen aufhielt, noch im Gehen klopfte ich mir den Hosenboden ab, aus Sorge, der Stiefel könnte eine Schmutzspur gezogen haben, ich war an Wettrichs Seite angelangt, als ich sagte: Tag, Jens, und weil er nicht reagierte und wie hypnotisiert auf die Kreuzung starrte, schrie ich: hey, Jens! Heyey!

Schau dir den Strom an, sagte Wettrich, wie er sich über

den Asphalt ergießt und sich in die Spandauer Vorstadt stürzt.

Was?, sagte ich.

Schau dir den Strom an, sagte Wettrich. Wenn du die Strecke mit dem Auto fährst, auf der Frankfurter Allee hinein in die Stadt, dann spürst du, wie dieser Strom anschwillt, wie er breiter und breiter wird, du denkst, jetzt muss was passieren, du denkst an ein Delta oder an irgendwas in der Art, du denkst an ein Autobahnkreuz oder so, aber der Strom schießt in die Spandauer Vorstadt, am Alex entlang in die Spandauer Vorstadt hinein, das raubt dir den Atem.

Was?, sagte ich.

Der Strom, sagte Wettrich und deutete mit der Hand eine Richtung an, der Strom schießt in die Spandauer Vorstadt hinein.

Ich suchte mir einen roten Kleinwagen in der Kolonne und verfolgte seine Fahrt entlang des Alexanderplatzes, ja, sagte ich mir, dieser Kleinwagen stürzt in die Spandauer Vorstadt hinein. Wettrich starrte auf die Kreuzung, ich folgte seinem Blick und starrte gleichfalls auf die Kreuzung, keiner sagte ein Wort, das ohnehin nur vom Strom erfasst und in die Spandauer Vorstadt hineingerissen worden wäre, Wettrich stand da in seinem Trenchcoat und staunte über seine Stadt, ich mag das Bild vom staunenden Wettrich, sagte ich mir, es hat nichts mehr an sich vom amtlichen Wettrich, nur noch ein Mann im Trenchcoat, der sich in den Anblick einer Straßenkreuzung verliert, ich suchte nach seiner Faszination, vergeblich, muss ich sagen, ich fand sie nicht, ich betrachtete Wettrich von der Seite, ich konnte mir keinen anderen vorstellen, der sich an dieser Stelle verabredet hätte, du verstehst dein eigenes Wort nicht mehr. Wir schwiegen.

Der Asphalt war trocken, der Himmel hing tief, es sah seit dem Morgen nach Regen aus, ich stellte mir vor, wie es klingt, wenn Reifen über nasse Straßen klatschen, Wettrich würde mich zurückziehen, um Spritzern auszuweichen oder einem ganzen Schwall, die Ampel schaltete auf Rot und Wettrich fasste mich am Ärmel, er zog mich zurück und mit sich weiter, zurück auf den Platz, Fußgänger und Fußgänger, eine Gruppe von Touristen auf den Fersen einer Führerin, die einen Regenschirm in den tiefen Himmel stieß, zwei Trinker mit Bierdosen an den Lippen, wir schwiegen, als seien wir daran gewohnt zu schweigen, Wettrich sprach mit den Händen, er hob bald die eine, bald die andere Hand, und er drehte sich leicht dabei, er wirkte wie ein Jongleur, als er mir die Zukunft des Alex ausmalte, mit jeder Handbewegung wuchs ein Hochhaus empor, Wettrich zeichnete Sockel, Aufbauten und Kronen in die Luft, er schob zwei Fäuste wie einen Bulldozer gegen das Warenhaus, das der Zukunft würde weichen müssen, plötzlich hatte ich den Eindruck, als würde Wettrich seine Lippen bewegen und die Dinge erläutern, ich dachte: er erläutert dir die Zukunft, und du bekommst nichts davon mit, ich beobachtete eine Darstellung ohne Ton, ich sagte mir: du könntest genauso gut einem Jongleur zusehen, der dir ein Spiel mit Bällen vorgaukelt, ich fand Gefallen daran, Wettrichs stummen Erläuterungen zu folgen, ich sagte: ja, und ich nickte, das spornte ihn an, ich sagte nochmals: ja, und da knallte es in meinen Ohren, Wettrich sagte: die Kraft muss aus dem Boden kommen.

Er schlug einen Imbiss im Stehen vor, ich esse mittags allenfalls eine Kleinigkeit, sagte er, der Alex geizt mit Restaurants, sagte er, und er geizt mit Cafés, aber das wird sich ändern, sagte er, der ganze Platz wird einmal sehr geschäftig tun, auf und unter der Oberfläche, du wirst über eine durch-

sichtige Linse gehen und nach unten blicken, in die Unterge-
schosse, wo sich die Wege der Menschen kreuzen, beim Aussteigen und beim Umsteigen, und sie werden nach oben blicken zu dir und beobachten, wie du über die Linse gehst, vor
der Kulisse von Wolkenkratzern, sagte Wettrich und verfiel
abermals in die Rolle eines Jongleurs, der das Wachsen von
Hochhäusern andeutete.

Du könntest über den Alex schreiben, sagte ich, über die
Stadt der Zukunft.

Für dein Sonderheft?, fragte Wettrich, und ich freute
mich, dass er dieses Projekt noch ganz in meinen Händen liegen sah. Wettrich sagte: aber du willst doch den Senator für
ein Geleitwort rekrutieren.

Ja, sagte ich, und du könntest über den Alex schreiben.

Auch anekdotisch?, fragte Wettrich.

Ich sagte: ein Mann im Trenchcoat steht am äußersten
Rand des Platzes, völlig versunken in den Anblick einer Ver-
kehrskreuzung, es sieht nach Regen aus, und da ein leichter
Wind weht, schlägt er den Mantelkragen hoch, so harrt er
aus, die Kreuzung im Blick, den Platz im Rücken, er bemerkt
nicht, was auf dem Platz geschieht, er bemerkt nichts, und
als er Schüsse knallen hört, hat er nicht die geringste Vorstellung davon, wer da tödlich getroffen zu Boden sinkt.

So ähnlich, sagte Wettrich.

Ich hätte die Punker erschießen können, sagte ich.

Wettrich sagte: man müsste über die Ignoranz schreiben,
man müsste darüber schreiben, dass die Zukunft der Stadt in
dieser Stadt niemanden interessiert, ebenso wenig wie die
Vergangenheit, alles, was vor 1945 gebaut worden ist, wird
dem Mittelalter zugerechnet, so spreizt sich die Berliner
Großzügigkeit. Ich stehe vor irgendwelchen Schautafeln und

deute auf dieses und jenes, es ist wie in der Vorschule, ich muss mit dem Grundsätzlichen beginnen, übrigens auch dann, wenn Investoren die Türen zu meinem Büro einrennen, vor allem in den Jahren nach der Wende, da waren die Investoren gar nicht mehr zu halten und rannten los, oft von weit außerhalb der Stadt los gegen meine Türen, die Sekretärin kreischte, die Praktikantin kratzte, und der Referent stellte jedem Eindringling ein Bein, es hat alles nichts genützt, sie stürmten hinein in mein Büro und scheuten sich nicht, ihre Ahnungslosigkeit zu verschachern, klar, sie wussten, was sie bauen wollten, sie wussten, wo, und sie wussten für welchen Preis, aber sie wussten nichts von dieser Stadt, weil diese Stadt ihre Geschichte versteckt, und so war ich gezwungen, den Stadtplan aufzufalten und die Zusammenhänge zu erklären, ich sagte, also, wir befinden uns hier, und dort in der Ecke wollen Sie ein Gebäude hochziehen, nach Plänen des Architekten Soundso, na schön, wie viele Geschosse wird es haben, wie hoch ist der Anteil an Wohnungen, immer dasselbe und daher sehr ermüdend, ich kam mir vor wie ein Schauspieler, der seinen Text, einmal gelernt, immer wieder aufsagte, ein Entertainer, ja, ich spielte den Entertainer für jeden Investor von neuem, diese Stadt hat Investoren nötig, sagte ich mir, und so muss man vor Investoren den Entertainer spielen, ein bisschen Heimatkunde inbegriffen, vom Stadtplan schwenkte ich auf die Schautafeln, immer dasselbe, erst der Stadtplan, dann die Schautafeln, sehen Sie, sagte ich, so hat sich der städtische Grundriss verschoben, sehen Sie, so sah es hier ursprünglich aus.

Ohne Investoren tut sich nichts.

Nein, nicht viel, sagte Wettrich: zugegeben.

Das Krakensystem der Wirtschaft steuert die Politik.

Wettrich sagte: dann hast du wohl keine große Meinung

von uns. Es gibt aber Leute, jene nämlich, die uns gewählt haben, die uns durchaus zutrauen, die Interessen der Stadt zu vertreten.

Solange sich diese Interessen mit den Interessen der Wirtschaft decken.

Nein, auch gegen die Interessen der Wirtschaft, sagte Wettrich.

Viel Spaß, sagte ich.

Ich möchte mir nicht nachsagen lassen, dass in der Periode Wettrich, sagte Wettrich, dass in meiner Periode das Bild der Stadt grandios verschandelt worden wäre.

Und wenn dir für ein bisschen Verschandeln ein bisschen was unter dem Tisch zugeschoben würde?

Ich bin nicht bestechlich.

Das sagen alle.

Ich bin es nicht.

Auch nicht zum Wohl der Stadt?, fragte ich.

Was soll das heißen?

Es könnte doch sein, dass es einmal einer List bedarf, um ein kühnes Projekt durchzusetzen, und zwar gegen den Widerstand der üblichen Bedenkenträger. Du hast doch eine Vision für diese Stadt.

Wettrich sagte: aber diese Vision lässt sich nicht kaufen. Nein, bisher ist mir nichts zugesteckt worden, und ich würde mich auch strikt dagegen verwahren. Wenn ich je bestochen worden wäre, dann mit den Namen berühmter Architekten, Stararchitekten, wenn du so willst.

Und?

Was und?

Wieso hätte ich an ihm zweifeln sollen, ausgerechnet an Jens Wettrich, dem Erzeuger der von mir verehrten Nicole? Ich zweifelte natürlich nicht an ihm, wenn, dann bezweifelte ich seine Einschätzung der Politik, zumal im Verhältnis zur Wirtschaft, das Krakensystem der Wirtschaft, sagte ich mir, penetriert jedes erdenkliche System, sofern es nur dazu prostituiert ist, und dazu prostituiert, sagte ich mir, ist jedes System, auch die Politik, die Politik sogar besonders, aber lassen wir das, ich hatte keinen Grund, Jens Wettrich zu misstrauen, er stand völlig unbescholten an diesem einbeinigen hohen runden Tisch, zur Mittagszeit am Alexanderplatz, der Himmel hing tief, und es sah aus, als würde es regnen. Wettrich würde mich doch nicht belügen, sagte ich mir, nicht mich, den er gern an der Seite seiner Tochter sähe, ich mag die Seite seiner Tochter, sagte ich mir, ich mag sogar beide Seiten, ich mag sie von vorn, und ich mag sie von hinten, Wettrich stellt den Saubermann heraus, dachte ich: es könnte einen Saubermann geben, der auf den Namen Wettrich hört.

Wettrich sagte: wenn du dir einmal eine Ausnahme erlaubst, dann bist du erledigt.

Aber jeder, der dir die Türen einrennt, sagte ich, vorbei an der Sekretärin, die kreischt, vorbei an der Praktikantin, die kratzt, und vorbei an dem Referenten, der jedem Eindringling ein Bein stellt, jeder, der es bis zu dir an den Schreibtisch schafft, möchte eine kleine Ausnahme für sich herausschlagen. Jeder beteuert: es bleibt unter uns.

Wettrich sagte: so läuft das nicht. Es bleibt niemals unter vier Augen. Einmal eine Ausnahme gemacht, und du bist erledigt. Die Bauwirtschaft ist viel zu sehr verfilzt, als dass du dir geheime Absprachen erlauben könntest. Du musst dich vorsehen.

Wettrich hatte sein Sandwich verzehrt und wischte sich mit der Serviette über den Mund, er nippte am Kaffee, seine

Tasse war fast leer, er zog einen Zettel aus dem Sakko und strich ihn glatt, ich erkannte eine Art Stundenplan, aber ich interessierte mich nicht dafür, Wettrich sagte: damit sehe ich auf einen Blick, was mich an einem Tag erwartet. Und Ulrike sieht es auch, sie sieht es auch auf einen Blick.

Wieso Ulrike?

Wettrich sagte: ich lege ihr meinen Tagesplan auf den Küchentisch, sozusagen neben den Tagesplan, den sie mir auf den Küchentisch legt. Sie lehrt Fremdsprachen, wie du weißt, und eine Fremdsprachenlehrerin muss jede Stunde in eine andere Klasse, also notiert sie ihre Klassen. Jeden Morgen, wenn die Kaffeemaschine röchelt und der Kaffeeduft die Küche erfüllt, nehme ich mir Ulrikes Tagesplan vor und sehe nach, was heute für sie ansteht, dasselbe wie in der vergangenen Woche, sage ich mir, aber ich erinnere mich nicht mehr daran, was es gewesen ist, es gibt Tage, da finden wir kaum Zeit zu einem Gespräch, aber wir sind selbst an diesen Tagen darüber unterrichtet, womit sich der andere befasst, und zwar durch die Tagespläne, die wir uns gegenseitig auf dem Küchentisch ausbreiten. Sie zieht Woche für Woche denselben Tagesplan hervor, wenn auch ab und an versehen mit dem Zusatz Konferenz oder Exkursion oder Kaffeeklatsch, ich lege jeden Morgen einen anderen Tagesplan vor, manchmal sogar schon am Vorabend, ganz aktuell aus dem Drucker, die Sekretärin druckt meinen Tagesplan am Vortag aus und klemmt ihn mir an die Lampe auf dem Schreibtisch, manchmal fahre ich mit dem Leuchtstift über den einen oder anderen Termin, wenn er mir wichtig genug vorkommt, das soll Ulrike natürlich sofort erkennen, manchmal schreibe ich mit der Hand etwas an den Rand, das zieht sie immer besonders an, ich schreibe zum Beispiel: verschont mich! oder: vergeblich! oder einfach: Staatszirkus! an den Rand, und ich kann dann darauf gefasst sein, dass Ulrike über genau diese Termine, die in ganz ähnliche Kästchen gepfercht sind wie ihre eigenen, etwas Genaueres herausbekommen möchte. Sie stürzt sich zum Beispiel auf eine flüchtige Notiz mit dem Bleistift, ich habe zum Beispiel mit dem Bleistift notiert, dass ich dich auf dem Alex treffe, heute Mittag, Punkt zwölf Uhr zwanzig, Ulrike sieht das sofort, und manchmal erwischt sie mich noch, bevor ich die Haustür zuschlage, Ulrike zieht mich herum und sagt: du musst mit ihm über Nicole reden.

Über Nicole?

Wettrich sagte: Ulrike ist ihre Tante.

Wieso musst du mit mir über sie reden?

Wettrich sagte: nein, Ulrike übertreibt natürlich, wie immer. Ich muss gar nichts. Aber es ist natürlich durchaus so, dass sich Nicole – die fahle Nicole, sagte ich mir –, dass sich meine Tochter, sagte Wettrich, dass sie sich nach dir erkundigt, dass sie fragt, wie es dir geht. So.

Und was sagst du darauf?

Was soll ich schon darauf sagen, sagte Wettrich: ich weiß es nicht, sage ich dann, ich kann dir nicht sagen, wie es ihm geht, er hat sich seit längerem nicht mehr bei mir gemeldet, ich muss dich enttäuschen.

Erzählst du ihr von unserem Treffen?

Was soll ich ihr schon davon erzählen?, sagte Wettrich.

Lässt sie etwas ausrichten für mich?

Wettrich sagte: nein.

Ich blickte in Wettrichs leere Tasse und verfolgte, welche Spur der Kaffee gezogen hatte, als sich eine Frau an unseren einbeinigen hohen runden Tisch schob und ein Glas Orangensaft abstellte, sie trug ein Halstuch und einen offenen grauen Anorak mit Reißverschluss, an einem ihrer Handgelenke baumelte ein kleiner Schirm, zusammengeknipst auf eine minimale Größe, sie legte diesen Schirm nicht ab, nicht auf dem Tisch, nicht auf der Fensterbank, und es gab keinen Schirmständer, in den sie den Schirm hätte stecken können. Wenn sie aus ihrem Glas trank, dann immer mit jener Hand, an der das Gewicht des Schirms zog, sie trank vorsichtig, und der Schirm klappte gegen ihre Brust, sie schob sich an unseren Tisch, und wir wichen aus, etwas zur Seite, ich weiß noch, dass ich mich in die Betrachtung ihrer Armbanduhr vertiefte, ein unauffälliges Modell mit Strichen auf dem Zifferblatt, geklammert an ein goldenes Armband, das so falsch war, wie es glänzte, ich weiß noch, dass ich auf diese Uhr starrte.

Kurz nach eins, sagte die Frau und zog den Ärmel des Anoraks über die Uhr.

Sie hat dir die Uhrzeit genannt, sagte Wettrich: es ist kurz nach eins. Wettrich nickte der Frau am Tisch zu: sehr freundlich.

Die Frau sah mich an.

Ich habe Sie nicht nach der Uhrzeit gefragt, sagte ich.

Die Frau sah mich an. Sie zog den Ärmel wieder zurück.

Wettrich sagte: entschuldigen Sie, ein Missverständnis.

Ich starrte auf die Uhr. Ich sagte: kurz nach eins.

Sehen Sie, sagte die Frau.

Ich weiß nicht, warum, aber ich weiß, dass Wettrich den Ärmel seines Trenchcoats ebenfalls zurückzog und auf seine Uhr blickte: ich muss los.

Ja, gut.

Wettrich sagte: ich werde Nicole von dir grüßen.

Nein, lass mal lieber.

Wie du meinst.

Ja.

Wettrich ging hinaus, die Frau legte ihren Schirm auf den

einbeinigen hohen runden Tisch und sah mich an, ich folgte Wettrich durch die offene Tür des Imbisslokals, ich sah seinen hellen Trenchcoat-Rücken in der Menge verschwinden.

Es hatte den Anschein, als würde sich der Himmel auf den Platz senken, das Mittagslicht war fast erloschen, und in den Stockwerken der Wolkenkratzer leuchteten die Fenster. Ein Zeitungsjunge gab seine Stellung auf und packte Bündel von Zeitungen auf eine Sackkarre, er zog sich eine Stirnlampe über den Kopf und schob seine Fracht auf Gummireifen vorbei, nicht weit von mir stand die Touristenführerin und sammelte ihre Gruppe um sich, sie hatte es aufgegeben, mit dem Schirm in den tiefen Himmel zu stoßen, dazu war es zu spät, es war dunkel geworden, und sie fischte eine Taschenlampe aus der Jacke und strahlte reihum die Gesichter an, sie strahlte auch in mein Gesicht, länger als nötig, so als würde sie sich fragen, ob dieses Gesicht zu ihrer Runde zählte, ich kniff die Augen zusammen, dann wandte ich mich ab, doch der Strahl folgte mir, hallo, Sie da, sagte die Touristenführerin, kehren Sie zurück zur Gruppe, Sie laufen in die falsche Richtung, Sie werden mir noch verloren gehen. Ach was, sagte ich mir, ich muss sehen, dass ich mir nicht selbst verloren gehe, ich kann ja schon nichts mehr erkennen, es ist mit einem Schlag Nacht geworden, gleich nach dem Imbiss, kaum dass sich Wettrich verabschiedet hat: Nacht. Und nun fürchtete ich, mich zu verlaufen, ich fürchtete zu stolpern und zu fallen, wie nach einem Tritt mit dem Stiefel, ich tastete nach meinem Revolver, und erst als ich die Waffe spürte, ihren Griff und ihren Lauf, beruhigte ich mich ein wenig, hallo, rief die Touristenführerin von fern, hallo, kehren Sie zurück, aber ich hörte nicht auf sie, ich drehte mich nicht nach ihr um, das heißt, ich lief weiter, geradewegs zu auf zwei Trinker, die mit zwei Bierdosen anstießen und, als sie mich kommen sahen, diese Bierdosen hochrissen zu einem spitzen Tor, durch das ich, ohne innezuhalten, fliehen konnte, ich muss sagen, die Luft tat mir gut, ich muss sagen, das Licht zog mich an, das Licht aus dem Untergrund, genauer gesagt, es flutete magisch aus einer Linse mitten auf dem Platz, wie aus einem riesigen, weit offenen Auge, du bringst dich um den Verstand, sagte ich mir und lief über das leuchtende Auge, du findest nicht mehr zurück, ich lief mehrmals rauf und runter, immer vom oberen Lid zum unteren Lid, ohne dass das Auge je geblinzelt hätte, nein, es leuchtete unverändert, es strahlte, ich fing an, zu schlendern und mich zu entspannen, und ich entdeckte Menschen auf der Netzhaut, einen ganzen Mikrokosmos, unruhig und pausenlos in Bewegung, ich stemmte meine Hände auf die Knie und blickte in das Innere des Auges, ich sah, dass dort Passanten stehen blieben und sich die Hälse verrenkten, um ihrerseits zu erkennen, was auf der Glaskuppel geschah, sie beobachteten mich, sie sahen, wie ich mich, grätschbeinig und mit den Händen auf die Knie gestemmt, über sie beugte, wie einem wissenschaftlichen Interesse folgend, ich weiß nicht, ob sie die Wolkenkratzer würdigten, die Lichtketten aus Fenstern hinter mir, es tut nichts zur Sache, egal, in diesem Augenblick bemerkte ich Wettrich, ich war mir ganz sicher: Wettrich im Inneren des leuchtenden Auges, ich sah ihn in seinem hellen Trenchcoat stehen und mit zwei Männern in Lederjacken verhandeln, ich ging in die Hocke, dann auf die Knie, schließlich presste ich meine Stirn auf die Kuppel, um besser erkennen zu können, was sich dort abspielte, Wettrich wurde, soweit ich sah, ein Bündel Banknoten aufgedrängt, und er schlug es immer wieder aus, sehr entschieden und am Ende so energisch, dass ein Handgemenge drohte. Als dann aus dem Hinterhalt ein weiterer Mann hervorpreschte, bewaffnet mit einem blitzenden Messer, so dass ein Blitzen quer durch das leuchtende Auge schoss, da stand ich auf und zog meinen Revolver, ich zielte auf das rasende Blitzen und feuerte ein paar Mal mitten in das Auge, und jedes Mal flogen einige Splitter durch die Luft und schlitterten über die Kuppel, genauso wie die Patronen, die von einer tieferen Schicht zurückprallten. Immerhin hatte ich so viel Erfolg, dass die Gestalten beim ersten Knall auseinander sprangen, weg in irgendwelche Winkel, das Innere des Auges glänzte still, ich stellte keine Regung mehr fest, jedenfalls so lange nicht, bis der Leuchtbrunnen unter meinen Füßen zu sprühen begann und das Wasser von allen Seiten in das Auge quoll, ich war erleichtert, nichts mehr zu sehen, eine dicke Träne verschleierte mir den Blick, ich steckte den Revolver ein, es gab nichts mehr zu tun, also legte ich mich hin und schlief ein über dem weinenden Auge.

Eeyeeyeey, sagte eine Stimme, und wenn ich mich nicht täusche, dann klang mir diese Stimme schon eine Zeit lang im Ohr, ehe ich erwachte: eeyeeyeey. Ich fand schnell heraus, wo ich war, ich hatte mich wieder, ich nickte in die Runde, fünf oder sechs erschöpfte Punker, ich hätte nicht sagen können, wie ich zu ihnen gelangt war. Ein Hund lag zu meinen Füßen, mit der Schnauze auf dem Pflaster, ein anderer streckte sich am Rand der Gruppe aus, es war taghell, wenn auch unter einem mit Wolken verhangenen Himmel, es sah nach Regen aus, aber niemand auf dem Platz schien seinen Schritt deshalb zu beschleunigen, es regnete nicht. Ich schaute in unbekannte Gesichter, und jedes dieser Gesichter schaute mich erwartungsvoll an, ich lächelte wie auf einem Empfang, ich lächelte, um ihnen zu zeigen, dass ich sie wahrnahm, und sie schauten mich an.

Eey, da isser wieda.

Ich sagte nichts.

Haste dir wieda eenjekriegt? Biste lange jenuch im Krees jelofen? Dat bringt doch nüscht, eey, dat muss mal reen in deenen kleenen Kopp.

Wo ist Wettrich?, sagte ich.

Null Treffa.

Wie spät ist es?, sagte ich.

Mann, eey, sach, wie de heeßt, wo de jeboren bist, sach, wo de hinjehörst. Nu fang wa eenmal janz von vorne an.

Ist das ein Verhör?, sagte ich.

Eey, cool, wa.

Ich tastete nach meinem Revolver. Ich sagte mir: sie haben dich nicht entwaffnet.

Ich geh dann, sagte ich.

N bisschen Kleenjeld?

Ich warf ein Fünfmarkstück ins Rudel.

Anne zeigte, wenn sie lachte, ich muss sagen: betörende Schlitzaugen, sie lachte viel, und manchmal fragte ich mich: warum jetzt? Es kam vor, dass sie aus unerfindlichen Gründen lachte, schlitzäugig schön und betörend, sie sah aus wie eine asiatische Kokotte, immer noch so wie beim ersten Mal, damals, auf der Geburtstagsparty von Nicole, wo sie die Hälfte eines stillen, in Liebe zugeneigten Paares spielte, die andere Hälfte spielte Lorenzo. Wenn ich an Anne denke, dann denke ich an ihr Lachen, das bisweilen vulgär gluckste, ich denke selbst dann noch daran, wenn dieses Lachen und die betörenden Schlitzaugen dazu von anderen Eindrücken überlagert werden, ich habe Anne in unterschiedlicher Verfassung kennen gelernt, sagte ich mir, ich habe sie leidenschaftlich, ernüchtert und verzweifelt gesehen, aber wenn ich an Anne denke, dann denke ich, dass sie lachen konnte wie eine asiatische Kokotte.

Ich weiß nicht, ob es eine Zeit gab, da ich Lorenzo um Anne beneidete, ich kann mir eine solche Zeit nicht vorstellen, noch weniger, dass ich Lorenzo um irgendetwas beneidet hätte, Lorenzo hat alles, und zwar zu jeder Zeit, verdient, muss ich sagen, wer sonst, wenn nicht Lorenzo, sagte ich mir, ich bin nicht darauf gekommen, dass mir etwas fehlen könnte, noch weniger darauf, dass das Entbehrte in Lorenzos Armen liegen würde, völlig ausgeschlossen, sagte ich mir, es fehlt mir nichts, ich kann nicht klagen, jede Annehmlichkeit ist im Überfluss vorhanden, alles läuft bestens. Ich sah kein Problem darin, von den kleinen Genüssen des Lebens zu kosten, nichts leichter als das, sagte ich mir: es findet sich immer eine, die dich ein bisschen verwöhnt, das war es nicht. Aber gut, ich muss gestehen, dass Lorenzo meine Neugier weckte, dass er sie vielleicht sogar anstachelte, dann, wenn er von Anne erzählte, und je mehr er von ihr erzählte, desto neugieriger wurde ich, geradeso, als würde durch die Erzählung eine Komplizenschaft entstehen: zwei Männer, eine Frau. Allerdings hielt sich Lorenzo zurück, er verriet nicht mehr, als unbedingt nötig, er wollte nicht als Geheimniskrämer gelten, also lüftete er ein paar Einzelheiten, mehr nicht, er weihte mich nicht wirklich in das Geheimnis seiner Liebe zu Anne ein, dafür war er nicht geschaffen, zu verschlossen und vielleicht auch: zu verzaubert. Er zog es vor, über neue Bücher zu reden, jede Woche über andere, er sagte: das musst du lesen, und wenn wir uns bei der Kurdin trafen, dann legte er meistens ein Buch auf den Tisch: das da zum Beispiel. Und doch hat er ab und zu von Anne gesprochen, immer wieder, wenn ich es genau bedenke, es war so, als verschaffe er mir kurzzeitig Einblick, indem er sich an eine Äußerung erinnerte, an eine komische Situation, an eine Anekdote, mehr nicht, schon wechselte er das Thema. Damals hatte ich die Vermutung, er scheue sich, über Anne zu sprechen, er sprach nur dann über sie, wenn ich ihm zuvor einige Intimitäten anvertraute, so als fühle er sich erst dadurch aufgerufen, etwas von sich preiszugeben, und sei es nur, um ein Gleichgewicht unter Freunden herzustellen. Lorenzo überlegte nicht lange: Anne.

Lorenzo sagte: Anne lässt sich gerne ausführen, am liebsten zum Essen, manchmal vorher ins Theater, aber dann zum Essen, sie sagt das auch so: führ mich aus, anders als früher, da war sie häuslicher, genauso häuslich wie ich. Wir pflegten eine ganz spezielle Küche zu Hause, mit reichlich Gewürzen, klar, im Würzen war Anne unschlagbar. Nach dem Essen lernte sie auf Prüfungen, es gab eigentlich immer eine Prüfung, auf die sie lernen musste, sie kritzelte unentwegt Formeln in ihr dickes Formelheft, und ich hatte das Gefühl, sie würde die Welt nicht mehr sehen, jene Welt, die sich nicht in Formeln fassen lässt, diese Sorge war natürlich unbegründet, denn Anne erkannte mich jeden Morgen wieder als den Mann, den sie liebte, und zwar ohne dass sie eine Gleichung hätte aufstellen müssen, guten Morgen, Lorenz, lass uns im Bett frühstücken, ja? Seit Anne aber in ihrem Labor beschäftigt ist, meistens sitzt sie dort allein, manchmal auch zusammen mit einer Kollegin, seither jedenfalls zieht es sie verstärkt unter die Leute, sie sagt, sie fürchte, in ihrer sterilen Kammer zu versauern, sie fürchte, dass ihr Leben verkümmert und am Ende in ein Reagenzglas passt, also, sagt sie: führ mich aus.

Und? Was tust du?

Ich führe sie aus, sagte Lorenzo: nicht ohne Stolz. Ich freue mich, wenn die Gäste aufschauen, sobald Anne ein

Restaurant betritt. Sie trägt jetzt erlesene Garderobe, so als wolle sie unter keinen Umständen mit der Frau im weißen Laborkittel verwechselt werden. Anne sieht umwerfend aus. Was soll ich sagen.

Wann stellst du sie mir vor?

Nicole hat uns zu ihrem Geburtstag eingeladen.

Bist du nie eifersüchtig?, fragte ich.

Das kostet nur Kraft, sagte Lorenzo. Und ich bin beim Aufwachen immer noch der Mann, den sie liebt. Warum also. Eifersüchtig bin ich höchstens auf ihre Liebe zum Fußball.

Zum Fußball?

Ja, sagte Lorenzo, Anne ist vernarrt in den Fußball, sie versäumt kein Länderspiel im Fernsehen, schon deshalb nicht, weil sie sich fesseln lassen will von den Gesichtern der Spieler, es ist für sie der große Moment, wenn die Gesichter beim Singen der Nationalhymne groß ins Bild kommen, da liegt dann ein so merkwürdiger Glanz in Annes Augen, dass ich tatsächlich argwöhnisch werden könnte. Sie verfolgt auch die Bundesliga, und wenn ihr geliebter Verein, der nach jeder Saison durch einen anderen ersetzt wird, verloren hat, dann ist sie nicht zu trösten, sie sagt: du brauchst mich heute nicht auszuführen, sagte Lorenzo: so ist sie.

Ein andermal sagte er: es ist mir nur einmal gelungen, sie während eines Länderspiels zu lieben, nach der Kamerafahrt entlang der Gesichter, also im Lauf der ersten Halbzeit. Der Fernseher wurde ins Schlafzimmer gestellt, und ich achtete darauf, dass sie das Bild im Blick hatte. Sie sollte kein Tor verpassen.

Lorenzo schwieg, dann wechselte er das Thema. Ich muss sagen, Fußball interessiert mich nicht. Aber natürlich hatte ich ein Interesse für die Frau, der Lorenzo seine Liebe schenkte, ich interessierte mich für sie ebenso wie für alles, was ihn in den Bann zog. Doch erst in dem Augenblick, da ich beschloss, Lorenzo zu opfern, um in mir eine spezielle, ich möchte sagen: eine vitale Betroffenheit zu erzeugen, erst da wurde mir klar, dass ich mich für Anne noch viel mehr interessieren sollte als bisher, dass ich sie gewinnen sollte – um Lorenzo erfolgreich zugrunde zu richten. Ich werde erschüttert sein, sagte ich mir: so ist das Leben. Und ich wollte nichts anderes, als zu spüren, dass ich immer noch am Leben war, das ist alles, man sollte mir also keine Vorwürfe machen.

Ich fing damit an, Briefe an Anne zu schreiben, gekritzelt mit einem Kugelschreiber und dann in einen Umschlag gesteckt, das ist für den Anfang das Beste, selbst bei Frauen, die eine E-Mail-Adresse vorweisen können und mit Reagenzgläsern experimentieren. Ein Brief, Handschrift auf Papier, entlastet die Empfängerin vom Druck persönlicher Anwesenheit und wird doch als persönliches Zeichen wahrgenommen, die Empfängerin liest, und sie weiß sich unbeobachtet, wenn auch durchaus gemeint. Die ersten beiden Briefe ignorierte Anne, darüber war ich erstaunt, denn ich hatte mir alle Mühe gegeben, sie einzuspinnen, ich schrieb über dies und das und doch immer nur über meinen Wunsch, sie zu sehen, darüber, dass ich nicht aufhören könnte, an sie zu denken, darüber, dass sie mir nicht aus dem Kopf ginge: Anne. Ich schrieb auch über meine Freundschaft zu Lorenzo und wie wichtig sie mir mit den Jahren geworden sei, ich schrieb, dass es keinen Menschen gäbe, den ich so sehr schätzen würde wie ihn, das sei auch der Grund, weshalb ich gezögert hätte, mich zu offenbaren, ich schrieb tatsächlich: mich zu offenbaren. Doch das Verlangen sei stärker gewesen, es habe mich geradezu überwältigt, ich hätte mich entschlossen, ihr zu schreiben, weil ich mir anders nicht zu helfen wüsste. Sicher, das klang dramatisch, aber was hätte ich tun sollen? Erst nach dem dritten Brief erhielt ich eine Antwort. Der dritte Brief nämlich war anders als die vorherigen, er war undramatisch und beschränkte sich auf engagiert vorgetragene, sehr gewagte Prognosen: wer wird Deutscher Meister? Was sagt die Bundesligatabelle? Anne sah sich herausgefordert, meine Annahmen zu widerlegen, sie schrieb einen Brief im Affekt, schnell und schlampig, aber es war ein Brief, der mir antwortete, was wollte ich mehr, diese Antwort war ein Signal, und ich hielt es für ausgemacht, dass dieses Signal nicht mehr zu widerrufen war, Anne hat sich hervorgewagt, sagte ich mir, sie hat sich auf mich eingelassen, sie hat mich gewissermaßen erhört, ich muss sagen: sie hat mich ermuntert.

Sie stellte sich gleichgültig, als Lorenzo mich einlud, auf ein Glas Wein mit nach oben zu gehen, in ihre und seine Wohnung im dritten Stock, sie blickte auf die andere Straßenseite, als würde dort noch ein vierter stehen, im Begriff, sich anzuschließen. Lorenzo hatte mich nie zu sich eingeladen, es war, glaube ich, das erste Mal, dass er auf diese Idee verfiel, kurz zuvor hatte ich Anne kennen gelernt, auf dem Geburtstag von Nicole, Lorenzo freute sich, dass mir seine Frau gefiel.

Kommst du mit ins Theater?, fragte er.

Und ich sagte: wann muss ich wo sein?

Anne ließ uns beim Treppensteigen den Vortritt, Lorenzo erzählte, die Stufen knarrten, ich konnte der Erzählung vor lauter Stufenknarren nicht folgen, Anne suchte in ihrer Tasche nach dem Wohnungsschlüssel.

Schön habt ihr es hier. Ich sagte: ihr werdet bald umziehen müssen. Schon im Flur stapelten sich die Bücher, nicht anders als in den Zimmern, ich sah auf den ersten Blick, dass dies Lorenzos Wohnung war, ich sah nicht, dass es auch Annes Wohnung war, mit Ausnahme des Winkels, in dem die Garderobe hing, aber ich habe, zugegeben, nicht alle Zimmer gesehen. Nachdem Lorenzo die Tür zugedrückt hatte, zog er, wie es offenbar seiner Gewohnheit entsprach, seine Schuhe aus und schlüpfte mit den Füßen in bequeme Pantoffeln, Anne dagegen behielt ihre Schuhe an, schöne, halbhohe Schuhe fürs Theater zum Beispiel. Während Lorenzo den Gastgeber in Pantoffeln spielte, klackten die Absätze von Annes Schuhen über die Dielen, dieses Klacken führt sie an deine Seite, redete ich mir ein, es sind die Schritte einer Frau in einer fremden Wohnung, sie gibt sich hier wie auf Besuch, natürlich behielt ich meine Schuhe ebenfalls an, ich blieb Anne dicht auf den Fersen, ich muss sagen, ich wich keinen Schritt von ihr, als Lorenzo sein und ihr Zuhause vorführte, ich hatte den Eindruck, als seien wir, Anne und ich, ein Paar, das der Gastfreundschaft Lorenzos gefolgt war, es sah so aus, als würden wir gleich wieder gehen und uns von dem freundlichen Gastgeber verabschieden, Anne sagte während des Rundgangs kein Wort, sie schützte ein Interesse vor, als sähe sie ihre Wohnung zum ersten Mal, Lorenzo sagte: in den Regalen hinter dem Sofa sind die Philosophen versammelt, Meter für Meter. Ich nickte, und Anne klackte mit den Absätzen dazu.

Lorenzo entkorkte eine Flasche Rotwein. Dann ging er Gläser holen, wobei er sich kurz abstützte auf einem Bücherstapel, dann auf einem anderen, ich wartete darauf, dass er einen der Stapel umstoßen würde, infolge der Tollpatschigkeit seines langen, schlaksigen Körpers, er hätte jederzeit das Gleichgewicht verlieren können, aber er meisterte die Strecke, ich muss sagen: mit Bravour. Lorenzo schenkte Wein aus, zuerst für Anne, dann für mich, dann für sich selbst, er war der Erste, der sein Glas hob, und ich glaube, er sagte feierlich: lasst uns auf uns trinken. Er wirkte vergnügt.

Anne sagte: am liebsten würde ich diesen Abend aus dem Gedächtnis streichen.

Wieso das denn?

Anne sagte: dieser Abend hat mir das Theater vergrault.

Lorenzo schwieg.

Ich sagte: na ja.

Lorenzo sagte: wir müssen ja nicht in jede Premiere gehen, vielleicht morgen noch einmal, und dann verschnaufen wir.

Was ist morgen?, sagte Anne.

Ich habe zwei Karten besorgt, sagte Lorenzo, du wolltest es so.

Nicht wieder Kreuzer, sagte Anne.

Lorenzo sagte: du wolltest alles von Kreuzer sehen.

Aber ich kann Kreuzer nicht ertragen, sagte Anne.

Ja, sagte Lorenzo.

Anne sagte: Kreuzer ist, ich finde, er ist ein Marktschreier. Kommt, Leute, schreit er, bei mir gibt es die besten Kirschen in der Stadt. Dabei strömt ein fauliger Geruch aus seinem Theater, alles wirkt abgegriffen und wie mit dem Daumen eingedrückt, die Wespen sind schon da.

Na ja, sagte ich.

Sag doch auch mal was.

Ich finde, Anne hat Recht, sagte ich.

Sag ich doch, sagte Lorenzo.

Das Theater muss hauptstadterotisch sein, sagte ich.

Was soll das heißen?

Anne bekam Schlitzaugen, sie nippte vom Wein, sie stellte das Glas auf den Tisch. Ich bot ihr eine Zigarette an, sie nestelte sich eine aus der Schachtel, ich gab ihr Feuer, sie zog an der Zigarette, sie blies langsam den Rauch aus, dann erst sah sie mich an: danke.

Jedenfalls eine Enttäuschung, sagte sie.

Lorenzo sagte: wir gehen morgen nicht hin.

Anne zog an der Zigarette: hast du dir das Rauchen abgewöhnt?

Nein, sagte ich, das da ist meine Schachtel.

Ich steckte mir eine Zigarette an, und als sich Lorenzo quer über den Tisch beugte, steckte ich auch seine Zigarette an, ehe das Streichholz ganz verkohlte, ich warf es in den Aschenbecher. Lorenzo stand auf, die Zigarette zwischen den Lippen, und nuschelte: Nachschub holen.

Der Wein ist gut, sagte ich. Lorenzo nickte und ging in die Küche.

Anne sagte: so ist er, mein Lorenz.

Ich sah sie an.

Er sagt, sagte Anne, dass wir morgen nicht hingehen, nicht ins Theater, und das, obwohl wir Karten haben für die Vorstellung.

Ich sagte: die Wespen sind schon da.

Darum geht es nicht, sagte Anne: Lorenz hat zu schnell eingelenkt, weil er froh ist, zu Hause bleiben zu können. Er will mich nicht ständig ausführen. Aber das gibt er nicht zu.

Ich sah sie an.

Anne sagte: wenn du den ganzen Tag im Labor sitzt, dann sehnst du dich nach etwas Abwechslung.

Ja, sagte ich.

Anne sagte: früher verbrachten wir die schönsten Abende zu Hause, er und seine Bücher, ich und meine Bücher, beim Umblättern schaust du auf und schaust, ob der andere auch aufschaut, kann sein, dass du lächelst, manchmal kauerten wir zusammen auf dem Sofa, hier, vor seinen Philosophen, aneinander gedrängt wie zwei Tiere mit Brillen, das war ein sehr körperliches Lesen.

Und dann?

Ja, dann.

Ich sagte: ich würde dich gern zum Essen einladen.

Ja?, sagte Anne.

Dein Freund würde mich gern ausführen in ein spanisches Lokal, sagte sie, als Lorenzo mit der Flasche zurückkam.

Ja?, sagte Lorenzo. Er wirkte vergnügt.

Einmal erzählte Anne: in der Stadt, in der ich aufgewachsen bin, da gab es einen Spanier, eine Kleinstadt mit einem spanischen Lokal, das war etwas Besonderes, und man sagte, der Spanier würde sogar Gäste aus der Kreisstadt anziehen, das sprach für eine gute spanische Küche. Zum Spanier ging meine Familie einmal, vielleicht zweimal, höchstens aber dreimal im Jahr, leider komme ich nicht aus einer Familie, die es sich leisten konnte, zum Essen zu gehen, sooft sie wollte, also, sagen wir, dreimal jährlich zum Spanier, denn meine Eltern hatten es sich angewöhnt, an den Geburtstagen ihrer Kinder ein Lokal aufzusuchen, zur Feier des Tages, wie sie sagten, und zwar immer jenes Lokal, das sich das jeweilige Geburtstagskind wünschte, drei Kinder wollten dreimal im Jahr zum Spanier, so einfach war das, meine Brüder und ich dachten nicht im Traum daran, ein anderes Lokal zu wählen, denn der Spanier war so gut, dass wir unsere Entscheidung nie bereuten, und er war unterhaltsam, der Wirt kam an unseren Tisch, sobald er erfuhr, dass an diesem Tisch ein Geburtstag gefeiert wurde, noch dazu ein Kindergeburtstag, er machte Witze und lachte wie ein Clown, er spendierte Säfte und Tapas, bis wir hoch und heilig versprachen, so bald wie möglich wiederzukommen, spätestens im kommenden Jahr zum selben Datum, da dann nämlich, sagte ich, da habe ich Geburtstag, und der Spanier küsste mich mit einem lauten Schmatzen. Papa zahlte immer schön die Rechnung, und er ließ sich nichts anmerken, wenn er über den Betrag erstaunt war, am wenigsten dann, wenn ich zum Spanier wollte. Ich bin immer ein Papa-Kind gewesen, ja, wirklich, ich suchte ständig seine Hand, und natürlich war ich auch Papas Liebling, völlig zu Recht, denn wie sonst hätte sich Papa entscheiden sollen bei zwei Söhnen und einer Tochter. Papa war es auch, der mich im Auto zur Mehrzweckhalle fuhr, überhaupt die Mehrzweckhalle, da spielte sich das Leben der Kleinstadt ab, wenn dieses Leben nicht beim Spanier einkehrte und sich dort verköstigen ließ. Viele kleine Städte und Dörfer erhielten in den sozialdemokratischen Jahren ihre Mehrzweckhalle, und so erging es auch unserem Städtchen, dorthin strömten dann die unterschiedlichen Generationen, je nachdem, für wen sich die Halle gerade öffnete, mal für die Eltern, mal für die ganze Familie, mal für Papa, mal für uns Kinder allein. Daran sieht man schon, dass die Mehrzweckhalle ihren Namen zu Recht trug, Tanzen und Diskutieren, Feiern und Trainieren, montags fuhr mich Papa im Auto zur Halle, denn montags probte das kleine Orchester der Kleinstadt, in dem ich Hackbrett spielte, das musst du dir vorstellen, ein Wahnsinn, ich spielte montags Hackbrett im kleinen Kleinstadtorchester. Sonntagabend war furchtbar, denn Sonntagabend musste ich üben, ich musste Hackbrett spielen, mit den Klöppeln über die Saiten gebeugt, entsetzlich, Montagabend schleppte Papa den schweren grauen Koffer, in dem ich das Hackbrett verstaut hatte, zum Kofferraum des Autos, aber in die Mehrzweckhalle hineingehen musste ich allein mit dem schweren grauen Koffer, dabei beide Hände am Griff und die

Last immer wieder absetzend, um zu verschnaufen, furchtbar, ich war völlig außer Atem, dann begannen die Proben. Auch die ersten Partys, mit Disco, mit Jungs und so, feierte ich in der Mehrzweckhalle, sie fingen zwar immer schon am späten Nachmittag an, aber sie waren aufregend, und zwar schon vor dem Dunkelwerden, die oberen Fenster der Halle waren sowieso mit buntem Papier verklebt, ich hätte mir damals gewünscht, dass mich Papa zur Mehrzweckhalle fahren würde, ich hätte ihm gerne erzählt, wer an diesem Nachmittag die Schallplatten auflegen würde, vielleicht sogar, welcher der Jungs mir zurzeit am besten gefallen würde. Nein, das hätte ich ihm nicht erzählt, natürlich nicht, das ging ihn ja nichts an, ich hätte mich nicht gescheut, mit meinem Vater als Chauffeur vor der Mehrzweckhalle vorzufahren und ihm vor dem Aussteigen einen Kuss auf die Wange zu schmatzen, so wie ein paar Jahre zuvor, ehe mir derselbe Chauffeur einen schweren grauen Hackbrettkoffer in die Hände drückte. Warum nicht, warum hätte ich ihn nicht küssen sollen, ich bin ein Papa-Kind gewesen. Aber in der Zeit der ersten Partys war mit Papa nicht mehr zu rechnen, er hatte uns schon verlassen, die ganze Familie und so natürlich auch sein ganz spezielles Papa-Kind, Papa hatte eine Frau mit langen blonden Haaren kennen gelernt, und er war ihr bis an die Küste gefolgt, bis an die Nordsee, was hätte er auch tun sollen, wenn ihm sein Herz befiehlt: zieh an die Nordsee.

Wann warst du zum ersten Mal verliebt?, fragte ich. Wie sah er aus?

Warum willst du das wissen?, sagte Anne. Ich habe dir gerade von meinem Vater erzählt.

Wann zum ersten Mal?

Was soll das?

Entschuldige, sagte ich.

Anne sagte: natürlich war ich in unseren Trainer verknallt, so wie alle anderen Mädchen auch, damals hieß es, dieser Trainer habe den begehrlichsten Job in der ganzen Stadt, unbezahlt zwar, aber konkurrenzlos, dieser junge Mann, der sich hauptberuflich eine Lederkrawatte umband und sich hinter einen Schalter der Sparkasse stellte, brachte einer Horde pubertierender Gören das Fußballspielen bei, damals hieß es, er habe den Mädchen, zumindest einigen von ihnen, noch einiges andere beigebracht, das aber hielt ich für Geschwätz, denn schon als ich ihn einmal, mit der Unschuld der Nummer vier auf dem Rücken, fragte, wie mir das neue orange Trikot stehen würde, errötete er, so sehr, dass ich mich nur noch mehr von ihm eingenommen fühlte. Nein, ich glaube nicht, dass es einer von uns gelungen ist, ihn zu vernaschen, jedenfalls habe ich nichts davon gehört, und ich hätte etwas davon hören müssen, denn es gab in dieser Zeit kein Geheimnis, das wir Mädchen nicht geteilt hätten, trotzdem hatte die Schwärmerei Folgen, sie führte dazu, dass wir den Fußball lieben lernten und so hingebungsvoll trainierten, dass wir sogar die Jungs aus der Nachbarstadt schlugen, das stand dann groß in der Zeitung, mit einem großen Foto, das Team in den neuen Trikots und der Trainer, ja, wir schwärmten für ihn und eröffneten Kontos bei der Sparkasse.

Und er wurde nie und bei keiner von euch schwach?

Nein, sagte Anne, nicht dass ich wüsste, ich weiß nichts davon.

Anne sagte: nach dem Abitur bin ich an die Nordsee gezogen, ja, als gutes Papa-Kind zu meinem Papa und, zwangsläufig, zu einer Frau mit langen blonden Haaren, ich habe sie ein halbes Jahr lang gesiezt, obwohl sie mir in einem fort das Du angeboten hat, du kannst du zu mir sagen, sagte sie, und ich sagte: ich danke Ihnen. Ich bin an die Nordsee gezogen, um dort ein soziales Jahr zu verbringen, in einer Einrichtung des Roten Kreuzes, ich hatte ja keine Ahnung, was ich mit mir anfangen sollte. Was willst du einmal werden, fragte mein Vater, als er mich mit dem Hackbrettkoffer im Kofferraum zu den Proben brachte, eine Musikerin? Ich zuckte mit den Schultern, ich bestand das Abitur und zuckte noch immer mit den Schultern, sollte ich studieren oder nicht, sollte ich Sprachen studieren oder Naturwissenschaften, ich konnte mich nicht entscheiden. Also nutzte ich die Bedenkzeit, die mir ein soziales Jahr schenkte, Papa freute sich auf sein Papa-Kind, die Frau mit den langen blonden Haaren bot mir das Du an, und ich ging jeden Morgen in ein Pflegeheim. Ich verliebte mich in einen Zivi.

Eine große Liebe?

Eine Liebe, sagte Anne.

Deine erste?, fragte ich.

Ich war doch schon achtzehn.

Und dann?

Ja, dann.

Anne sagte: dann verließ ich die Küste, ich küsste meinen Freund, ich küsste meinen Papa, und ich küsste sogar die Frau mit den langen blonden Haaren, und ich zog wieder in den Süden und schrieb mich an der Universität ein für Biologie, so fing das an, und heute bin ich Biochemikerin in einem Labor, in dem nicht mal ein Radio steht.

Es gibt Schlimmeres.

Ja.

Deine erste große Liebe?

Das Brillentier, sagte Anne.

Warum er?

Anne sagte: Lorenz hörte sich Vorlesungen an, in meinem Fach, du kennst ihn ja, er interessiert sich für alles. Er schrieb nie etwas mit, er hörte zu und machte sich seine Gedanken. Er fiel mir auf unter den Zuhörern, er schien aus einem höheren Semester zu stammen, er gab sich den Anschein, als sei er vertraut mit dem Stoff. Er wirkte wie einer, der nachsitzen musste. Damals war ich gerade nach Berlin umgezogen, hallo, sagte ich, ja, hallo, sagte Lorenz in der Cafeteria, oder vielleicht auch in der Mensa, ich weiß es nicht mehr, er hatte mich gar nicht bemerkt, er wirkte unsicher, fast tapsig. Er sagte, da er mich mit einem Schälchen Pudding neben sich stehen sah: sieht gut aus, ja, sagte ich, schöne Nachspeise, sagte Lorenz, ich glaube, er sagte, sagte Anne: so eine Nachspeise hätte ich auch gerne. Und dann habe ich ihm ein Schälchen Pudding geholt.

Sie lachte. Ich hörte ihr gerne zu, vor allem, wenn sie über Lorenzo redete, ich war aufmerksam und versuchte, Zwischentöne herauszufiltern, jene Töne, mit denen sie einen Hauch von Unzufriedenheit verriet, ein leichter Hauch genügt, sagte ich mir, ein Hauch von Unzufriedenheit öffnet dir die Tür, zumindest einen Spaltbreit, ein schmaler Spalt genügt, sagte ich mir, und ich hatte das Glück, Annes Unruhe zu spüren, oder vielmehr das Glück, in einer Phase leichter Unruhe bei ihr einzufallen, eine sanfte Aufgewühltheit ist seit jeher von Nutzen, sagte ich mir, Anne ist so weit, dass sie eine kleine Veränderung gebrauchen könnte, welcher Art, das ist schwer zu sagen, sie sehnt sich diese kleine Veränderung aber geradezu herbei, einen Hauch von Veränderung, sagte ich mir: Anne ist so weit. Noch verpackt sie ihr Unbehagen in eine harmlose Aufforderung: führ mich aus, Lorenz, sagt sie, und Lorenzo erklärt sich so schnell dazu bereit, dass er das verhaltene Beben nicht registriert. Mir soll es recht sein, sagte ich mir. Natürlich fragte ich mich, inwieweit

Lorenzo Annes Wünschen nachkommen würde, er verhält sich, soweit ich sehe, zögerlich, was mich nicht überrascht, da er ja Annes Unruhe nicht teilt. Er erkennt, dass Anne mehr und mehr von einem Gedanken beherrscht wird, der für ihn keine Rolle spielt, er erkennt die Gefahr, dass Anne einer Anfechtung ausgesetzt ist, der gegenüber er sich immun glaubt, er weiß, dass jede Persönlichkeit ein eigenes System hervorbringt und dass die Liebe zwischen den Systemen unsicher schwankt und allenfalls für begrenzte Zeit, durch den Erfolg der Interpenetration, überlebt. Er weiß, wenn er Anne ansieht, dass er Anlass hat, Acht zu geben, auch wenn er, theoretisch und empirisch gesehen, keine Chance hat, ich möchte ihm seine eigenen Worte zurufen: es gibt für Liebe keinen Grund, aber er wird diese Worte, wie man sagt, in den Wind schlagen. Mir soll es recht sein. Lorenzo wird mich durch die großen Brillengläser anschauen und beteuern, er könne sich ein Leben ohne Anne nicht vorstellen, das Problem ist: er müsste es sich vorstellen können, andernfalls würde ihn die Realität eines Besseren belehren, so ist es immer, unsere Vorstellungen werden durch die Realität eines Besseren belehrt, und zwar gründlich, und das heißt: gnadenlos, ich möchte sagen: unsere Vorstellungen von der Liebe kommen gegen die Liebe nicht an – muss ich es buchstabieren?

Ich führte Anne aus, wie gewünscht in ein spanisches Lokal, eine Woche nachdem wir eine Verabredung getroffen hatten, und zwar im Beisein von Lorenzo am späten Abend nach dem Theater. Ich sah sie an und sah ihre Augen im Kerzenschein glänzen, ich sagte mir: sie ist die Frau deines Freundes, nicht um mich zu zügeln, sondern um mich anzuspornen, ich überschüttete sie mit Aufmerksamkeit, ich hielt ihr die Tür auf, ich nahm ihr den Mantel ab, ich rückte ihr den Stuhl an den Tisch, ich las ihr jeden Wunsch von den Augen ab, nicht ohne dass ich mich vergewissert hätte: ein Glas Wein, etwas Wasser dazu, eine Nachspeise, Kaffee, Zigarette, Feuer? Ich kannte mich selbst nicht mehr, so viel Zuvorkommenheit strahlte ich aus, ich würde sogar behaupten, dass ich mich selbst vergaß, ich vergaß meine Gleichgültigkeit ebenso wie meine Sorge, das Bewusstsein zu verlieren, ich war wie erfüllt von meiner Mission, diese Frau zu verführen und dann die Folgen hereinbrechen zu sehen, ich wollte diese Mission zu einem Abschluss bringen, koste es, was es wolle. Ich sagte mir: du brauchst einen guten Start, du darfst das Rendezvous nicht vermasseln, also spielte ich den Kavalier, ich war überrascht, wie amüsant ich sein konnte, wie viel Witz ich an diesem Abend aufbrachte, und wie es mir mühelos gelang, vom Witzigen ins Ernsthafte zu wechseln, ich senkte die Stimme und stellte vorsichtig ein paar Fragen, um herauszufinden, woher Annes Unruhe rührte, ich suchte nach Vorlieben, Abneigungen, Ängsten, es war nicht schwer, sie zu identifizieren, Anne erstaunte mich in ihrem Drang, so viel wie möglich von sich zu erzählen, geradeso, als sei sie schon lange nicht mehr nach sich gefragt worden. Sie sollte das Gefühl haben, vor mir, Lorenzos Freund, alles preisgeben zu können, wenngleich ich mir im Klaren darüber war, dass sie sich dazu nicht würde hinreißen lassen, allenfalls in der einen oder anderen Angelegenheit, immerhin vertraute sie mir ein paar Klagen an, die, natürlich, für Lorenzo bestimmt gewesen wären, er sei viel zu sehr mit sich selbst beschäftigt, tief in seinen Gedanken versunken und dadurch außerstande, eine schleichende Enttäuschung zu erkennen. Anne sagte, sie sei enttäuscht, dass sich Lorenzo so stelle, als liefe alles weiter wie gewohnt, also gut nach guter Gewohnheit. Ich schloss aus diesen Klagen, dass Anne um nichts weniger bangte als um die Leidenschaft ihrer Liebe, sie bangte um den Exzess, mit anderen Worten, sie forderte das Absolute heraus – auch wenn sie es nie beim Namen nannte.

Was haben wir gegessen? Ich weiß es nicht. Aber Anne wird sich bestimmt daran erinnern, sie schlug die Speisekarte auf und entzog sich eine Zeit lang, sie war für mich so lange verloren, sie blätterte, sie suchte, sie wog ab und wählte aus, sie sah auf: und was nimmst du? Ich bin davon überzeugt, sie könnte die einzelnen Gänge des Menüs aufzählen, und sie hätte dann noch ein Wort übrig für die Komposition, Anne ist eine Feinschmeckerin, sagte ich mir, und sie hat sich für diesen Abend einen kostbaren Spanier ausgesucht, ich werde beim Anblick der Rechnung nicht erblassen, sagte ich mir, ich werde meine Kreditkarte zücken und ein freundliches Gesicht aufsetzen, etwa so freundlich wie Annes Vater zum Ausklang eines Kindergeburtstages. Anne lachte. Sie behauptete, sie habe zu viel getrunken, sie sagte: und du bist schuld daran, sie zeigte mit dem Finger auf mich, ich haschte mit der Hand danach, sie zog ihren Finger langsam aus meiner Faust.

Ich habe nicht gespart mit Komplimenten, nicht an diesem Abend, ich hielt diesen Abend für entscheidend, ja, im Sinne meiner Mission, das muss ich nicht eigens betonen, ich warf also mit Komplimenten nur so um mich, so sehr, dass es mir selbst schon peinlich wurde, ich muss sagen: ich verlor die Kontrolle über eine taktische Finesse, die an sich ganz leicht zu handhaben ist. Ich sagte: du siehst bezaubernd aus in diesem Kleid. Und Anne sagte: danke.

Ich sagte: wie du dir da deine Frisur hochgesteckt hast, mit Nadeln und mit Klammern, das kommt mir zwar ziemlich gefährlich vor, aber auch ziemlich aufregend.

Anne sagte: danke.

Ich sagte: ich finde deine Augen betörend, vor allem dann, wenn sie lachen.

Anne sagte: danke.

Ich sagte: ich finde deine Gedanken bestechend, und ich muss gestehen, ich fange an, mir und meinen Ansichten zu misstrauen, ich habe mich schon seit langem nicht mehr so anregend unterhalten.

Anne sagte: danke.

Ich sagte: in diesem Lokal war ich nicht zum letzten Mal, ganz bestimmt nicht, du hast einen erlesenen Geschmack.

Anne sagte: danke.

Ich sagte: du gefällst mir.

Anne sagte: wir müssen gehen.

Vor dem Lokal warteten wir auf ein Taxi, als wir es kommen sahen, umarmten wir uns kurz, Anne drückte sich an mich, der Impuls ging von ihr aus, zweifellos, Küsse auf die Wangen links und rechts, ich fühlte mich gut. Nach dem Abend im spanischen Lokal schrieb ich meinen ersten Brief an sie.

Ich war mir sicher, sie würde mir erliegen, ich genoss die Anmaßung, den Dünkel, die Rationalität des Spiels, ich war mir deshalb so sicher, weil Anne abgerückt war von ihrem absoluten Gefühl, sie hat plötzlich die Verhältnismäßigkeit entdeckt, sagte ich mir, und das ist der Anfang vom Ende, denn es gibt zwar eine Verhältnismäßigkeit in allen Dingen des Lebens, aber es gibt keine Verhältnismäßigkeit in der Liebe, das Herz duldet sie nicht, sagte ich mir und lachte über meine Gedanken, sobald man nämlich anfängt, die Liebe ins Verhältnis zu setzen, ist der erste Schritt gemacht, sie zu verlieren. Lorenz entzieht sich, denkt Anne, Lorenz enttäuscht mich, denn er sieht nicht, was aus mir werden möchte, Lorenz verfängt sich in seiner eigenen Welt, er versäumt, sie zu öffnen für mich, er glaubt, dass die Schnittmengen zu meiner Welt für die Ewigkeit gezogen sind, er kann sich nicht vorstellen, dass die Drähte reißen. Wenn mich Lorenz nicht ausführen möchte, denkt Anne, sagte ich mir, dann lass ich mich von seinem Freund ausführen, warum nicht, ich finde ihn sehr sympathisch.

Was wollte ich mehr. Ich hatte die Nummer von Annes Handy und verschickte kurze Mitteilungen an sie, nicht jeden Tag, aber doch jeden zweiten, mindestens, denn ich wollte mich in Erinnerung rufen, ich schaltete den Computer ein und tippte einen Satz, den ich mir beim Frühstück überlegt hatte, in die Tastatur, ich wollte, dass Anne mit ihren Schlitzaugen lachte, wenn sie eine Nachricht von mir las, und so konstruierte ich das Gesicht eines Clowns, das sich immer dann auf ihrem Display zeigte, wenn ich mich meldete. Ich versuchte, ihr eine Richtung aus dem Trübsinn zu weisen, ich sah zu, dass diese Richtung zu mir führte.

Ich stieg in meinen Volvo und fuhr zu ihrem Institut, ich parkte, den Haupteingang im Auge, an der Allee und schaltete das Radio ein, später drückte ich eine Kassette in das Gerät und hörte Groove Armada, *I See You Baby*, wunderbar, alles wiederholt sich, man wird mit den Jahren immer besser, sagte ich mir. Ich sah Leute kommen und gehen, alles in allem wenig Bewegung, ich stellte mir unter jedem grauhaarigen Schopf einen Professor vor, ich sah Leute im Kittel aus dem Gebäude fliehen, Frauen hatten sich ein Jäckchen über die Schultern gelegt, ich sah eine Frau mit verschränkten Armen vor der Brust, sie zögerte, sie zupfte am Kragen ihres Jäckchens, dann ging sie mit kurzen schnellen Schritten auf einen Professor zu, jedenfalls auf einen hoch gewachsenen Herrn im Kittel, fast kahlköpfig, mit einem schütteren Kranz von grauen Haaren, der Professor blieb sofort stehen und neigte den Kopf, jovial, väterlich, gleichzeitig herablassend, ich sah den Professor lächeln, während ihm die Frau mit dem Jäckchen eine Neuigkeit berichtete, eine komische Neuigkeit, sagte ich mir, denn der Professor hörte nicht auf zu lächeln, es war ein breites Lächeln, wie erstarrt zu einem Grinsen, ein sperriges Grinsen, sagte ich mir: in der Art des Jenaer Professors Schulz, dann, wenn dieser sich einer jungen Kollegin zuwandte, meiner Nicole zum Beispiel, sagte ich mir: dasselbe Spiel, alles wiederholt sich. Ich sah, dass der Professor die Frau mit dem Jäckchen am Ellbogen fasste und mit sich fortzog, aus dem Institut hinaus auf die Allee, die Frau verstummte, der Professor ergriff das Wort, sie schlenderten an den parkenden Autos vorbei, ich drehte mich nicht nach ihnen um.

Ich drückte auf eine Taste, die Kassette sprang heraus, ich versuchte mich zu entspannen, da erst nahm ich Klänge von draußen wahr, rasende Klänge auf dumpfen Bässen, ich entdeckte einen abgerissenen jungen Mann im Häuschen einer Bushaltestelle, davor ein Mofa mit einem Recorder auf dem Gepäckträger, die Boxen auf den Schallraum des Häuschens gerichtet, der Junge hatte die Augen geschlossen und zuckte ein bisschen, nicht ständig, sondern immer wieder ein bisschen, einmal riss er die Augen auf und starrte mich an, ich hatte nicht den Eindruck, dass er mich tatsächlich bemerkte, er schloss die Augen wieder, er zuckte, er entspannte sich. Ich zündete mir eine Zigarette an und warf einen Blick auf das Tor zum Institut, ich hatte keine Ahnung davon, wann Anne ihren Arbeitstag beendete, ich war, wie man sagt, auf gut Glück gekommen, ich wollte sie überraschen. Ich könnte nicht sagen, wie viele Zigaretten ich geraucht hatte, ehe sie plötzlich die Stufen hinabstieg und durch das Tor trat, nicht mehr im Kittel, sondern in gewöhnlichen Kleidern, sie war allein, sie ging direkt auf meinen Wagen zu, besser hätte ich es nicht träumen können, ich lehnte mich über den Beifahrersitz und öffnete die Tür, ich zog meinen Revolver: das ist ein Überfall.

Anne schrie auf, und dann lachte sie so, wie ich sie lachen sehen wollte. Sie fragte: ist die Waffe geladen?

Klar, sagte ich. Eine Patrone steckt in einer von sechs Kammern. Dieser Überfall folgt den Regeln des russischen Rouletts.

Dann hab ich ja noch eine Chance.

Nicht wirklich.

Anne sagte: ich will nicht entführt werden.

Ich richtete den Revolver auf sie: steig ein!

Beim Ausparken streifte ich blickweise die Bushaltestelle, der abgerissene junge Mann hatte einen lichten Moment, mit der Folge, dass er nicht mehr begriff, was vor sich ging, er riss die Augen auf und glotzte mich an, ich winkte ab und trat aufs Gas. Anne fragte: wohin fahren wir?

Ich fuhr zu einem Restaurant, ich lud sie zum Essen ein, ich sah sie an und sagte mir: sie ist so weit, das ist mein Abend. Ich hätte nicht sagen können, und ich weiß es bis heute nicht, warum sie sich an diesem Abend in meine Hände gab, ich sah keinen Grund dafür, nicht in dem Bubenstück mit der Entführung, nicht in der Einschüchterung mit dem Revolver, das war Hollywood, mehr nicht, ein bisschen Hollywood aber schadet nicht, ich redete mir ein: es war ein Blick im entscheidenden Moment, von der Seite, völlig überraschend, sie hatte keine Chance auszuweichen, du hast Quart vorgetäuscht, und du bist in Second ausgefallen, sagte ich mir, es ist wie beim Fechten, aber wie es wirklich war, das bleibt mir ein Rätsel. Ja, ich habe Anne die Tür zu meinem Volvo geöffnet, ja, ich habe den Volvo auf den Parkplatz eines Supermarkts gefahren und ihn auf der weiten leeren Fläche zwischen zwei weißen Streifen gestoppt, ja, ich habe Anne geküsst, ja, ich habe sie auf mich gezogen, ja, ich habe sie im Volvo geliebt, ich gebe zu, dass ich einen anderen, einen bequemeren Ort hätte finden können, einen Ort mit Matratze und Federbett, ich gebe zu, dass ich mich trotzdem für meinen Volvo entschieden habe, die Leidenschaft passt, wie ich finde, gut zu meinem Volvo, sie passt in meinen Volvo sehr gut hinein, in ein Auto überhaupt, finde ich, da hat sich nichts geändert, die Leidenschaft scheut sich nicht vor dunklen Parkplätzen, im Gegenteil, die verbotene Leidenschaft flackert, ich möchte sagen: lichterloh. Anne hielt inne, sie zögerte, wie von einem Gedanken flüchtig gequält, dann löste sie sich, sie sagte nichts, sie küsste mich, sie sagte: ich kann nicht anders, ich dachte: sie ist so weit, sie sagte: du brichst mir das Herz, ich sagte nichts, ich sagte mir: ein Bruchstück genügt.

Jemand ist in meinem Zimmer gewesen, dachte ich, jemand hat meine Sachen durchwühlt, ich fasse es nicht. Ich sah mich um, und ich entdeckte überall Unordnung, offene Schränke und Schubladen, die Kleiderbügel waren zur Seite geschoben, zwei Hosen zu Boden gesackt, jemand hat meine Post durchgesehen, dachte ich, als ich den wüsten Haufen Papier auf meinem Schreibtisch betrachtete, ich sah, dass der Aschenbecher nicht geleert war, dass er immer noch gefüllt war mit den Stummeln aus der vergangenen Nacht, ich sah, dass das Bett nicht gemacht war und dass kein Marzipanstück auf dem Kopfkissen lag wie gewohnt, das Bad war auch nicht geputzt, die Zahnpasta klebte noch im Waschbecken, ich stellte fest, dass mein Zimmermädchen nicht zum Dienst erschienen war, wenigstens nicht bei mir, das kommt in den besten Häusern vor, versuchte ich mich zu trösten, das hat nichts zu bedeuten, jemand hat meinen Computer benutzt, dachte ich, denn mein Computer summte leise vor sich hin, und der Bildschirmschoner zeigte gezackte Muster, die vor anderen gezackten Mustern zurückwichen, ich drückte auf eine Taste, um die Jagd der einen Muster nach den anderen zu beenden, worauf sich eine meiner Dateien auf dem Bildschirm zeigte, der Eindringling hat sich in meinen Texten umgesehen, sagte ich mir, er hat die Dateien der Reihe nach geöffnet, er hat meine Korrespondenz gelesen, ich erblickte das Format für Geschäftsbriefe, ich las: hallo, mein Schatz, du kannst, wenn du in Stimmung bist, ein Auge auf mich werfen, heute ganze vier Stunden lang, ab 18 Uhr, deine T.

T. versah ihre Nachricht mit einer Adresse im Internet.

Ich ließ mich in den Ledersessel fallen: die Überraschung ist dir gelungen. Ich hätte es meinem Zimmermädchen nicht zugetraut, dass sie in mein Zimmer eindringt, um dieses Zimmer nach was weiß ich was zu durchkämmen und in ein Durcheinander zu stürzen, ich wusste nicht, dass sich mein Zimmermädchen für meine Post und für meine Dateien interessierte, sie hat mich nie danach gefragt, ich wusste aber, dass ein kleiner Wink an die Hoteldirektion genügen würde, um mein Zimmermädchen aus dem Haus zu jagen, ja, ich dachte: sie muss weg, mein Zimmermädchen hat sich ein bisschen zu viel erlaubt, sagte ich mir, ich habe gute Lust, sie zu verpetzen. Ich griff nach meinen Zigaretten, ich entzündete ein Streichholz und steckte mir eine Zigarette an. Sie ahnt etwas, sagte ich mir, sie ahnt, dass ich nicht zu Geschäften in der Stadt gewesen bin, Geschäftliches, mag sie sich sagen, Geschäftliches hat nie eine Rolle gespielt, und zwar seit ich ihn kenne, er war zufrieden mit der kleinen Welt in diesem Hotel, mit den Annehmlichkeiten, die ihm dieses Haus bot, mit einem Service rund um die Uhr und vor allem: mit mir und meinen Vorzügen, er hat eine andere, mag sie sich sagen, er hat in dieser Stadt eine andere Frau kennen gelernt, und nun stiehlt er sich davon, ohne zu sagen, wohin. Sie ist eifersüchtig, sagte ich mir, sie weiß nicht mehr, was sie tut, sie vergreift sich an meinen Sachen. Ich rauchte, und ich fragte mich, ob das Zimmermädchen meinen Voyeurismus herausfordern wollte, ob sie Bescheid wusste über meinen Sextourismus im Netz, ob sie sich deshalb unter die Sehenswürdigkeiten mischte, sozusagen für mich, ich fragte mich: habe ich mich verraten, habe ich ihren Verdacht geweckt, hat sie etwas bemerkt? Ich sagte mir: ich muss sie sehen, ich muss, wie sie vorschlägt, ein Auge auf sie werfen, weil ich in Stimmung bin: jetzt. Ich schnellte aus dem Ledersessel hoch und probierte die angegebene Adresse aus.

Wohin. Ich hatte die Wahl: sieben Türen zu sieben Séparées, es war wie im Märchen, ich wurde aufgefordert, eine der Klinken zu drücken, klicken Sie auf die Klinke Ihrer Wahl, ich zögerte, ich wusste nicht, hinter welcher Tür mein Zimmermädchen wartete, auch dann nicht, als ich die Namen über den Eingängen entziffert hatte, ein Name klang wie der andere, Beatrice, Janina, Jasmin – das Übliche, ich hüpfte von einer Tür zur nächsten, ohne dass ich mich dazu hätte durchringen können, eine zu öffnen, das wird teuer, sagte ich mir, wenn du so viel Zeit im Foyer verplemperst, du musst dich entscheiden, aber ich war ratlos, die Appetitanreger zu den Ziffern Eins bis Sieben verstärkten diese Ratlosigkeit nur noch, Ziffer Eins versprach Knospen einer Schülerin, Ziffer

Vier Lippenbekenntnisse, Ziffer Sieben das Delta der Venus, Achtung, für den gehobenen Geschmack, was immer, ich hätte nicht sagen können, wo sich mein Zimmermädchen verbarg, ich war außerstande, sie zu identifizieren, jedenfalls nicht nach den Appetitanregern, ich entdeckte nichts Typisches, ich muss sagen: es fiel mir auch nichts ein, das sie vor anderen ausgezeichnet hätte, irgendetwas Typisches, nein, sie war zum Verwechseln, aber gut, ich drückte die Klinke der zweiten Tür, ich sagte mir: irgendwo musst du anfangen, die zweite Tür führte in das zweite Séparée, ich blickte in ein Badezimmer, auf eine Wanne mit sehr viel Schaum, eine Frau massierte sich ihre Brüste, langsam und offenbar mit Genuss, sehr lange und sehr langsam, das war alles, ich war enttäuscht, natürlich, denn ich hatte gehofft, auf mein Zimmermädchen zu treffen, ich verließ das zweite Séparée und kehrte in das dunkelrot schimmernde Foyer zurück, ich drückte die Klinke der sechsten Tür, schnell, ich möchte sagen: unverzüglich, ich war jetzt entschlossen, eine Tür nach der anderen aufzustoßen, ich sagte mir: eine Tür führt zu ihr, mein Zimmermädchen muss ja in einem der Zimmer stecken, sofern sie sich keinen Scherz erlaubt hat, sie verriet mir eine Adresse, und diese Adresse öffnete mir ein dunkelrot schimmerndes Foyer mit sieben Türen zu sieben Séparées, hinter der sechsten Tür stieß ich auf mein Zimmermädchen, sie räkelte sich nackt auf einem Flokatiteppich, ringsum verstreut lagen Kleidungsstücke, die Wäsche kam mir bekannt vor, ich habe sie ihr selbst schon vom Leib gezogen, nicht wahr, ich sagte mir: die Show ist schon eine Zeit lang im Gang, du bist spät dran, aber gut, ich muss sagen: mein Zimmermädchen beeindruckte mich, sie verstand sich auf ihren Job, ich muss sagen: das hätte ich nicht gedacht, sie verführt den Voyeur nach allen Regeln der Kunst – ob sie ahnt, dass ich sie anstarre?

Die Perspektive wechselte vom Allgemeinen zum Detail, die Kamera saugte sich fest am Körper meines Zimmermädchens, ich hatte wirklich den Eindruck: sie saugte sich fest, das Gesicht füllte plötzlich den Monitor aus, ich sah, wie mein Zimmermädchen die Lippen öffnete, und ich hörte ein leises Stöhnen, immerhin laut genug, dass es die sanfte Musik übertönte, rechts unten auf dem Bildschirm blinkte ein Licht, ich las: Talk to me!, ja, sagte ich mir, ich muss mit ihr reden, ich muss sie in die Schranken weisen, sie hat ein Zimmer, das sie aufräumen sollte, in ein Chaos verwandelt, sie hat sich benommen wie eine Teenagerin, sie ist erst zwanzig, rief ich mir ins Gedächtnis, ich muss mit ihr reden, aber dann zuckte ich zurück: ich werde nicht allein mit ihr sein, ich werde das sechste Séparée mit unzähligen Voyeuren teilen, die sich aus einer Laune heraus, aus Lust, aus Langeweile, in einem Foyer versammelt und sich aus irgendeinem Grund auf die sechste Tür gestürzt haben, ich hatte nicht vor, diese Leute zu unterhalten, nicht mit einem Gespräch, das ich ganz privat mit meinem Zimmermädchen zu führen beabsichtigte, mit einer Person, die sich eben, in diesem Moment, nackt auf dem Flokati räkelte, statt mein Zimmer in Ordnung zu bringen, dabei hatte ich keine Ahnung, ob die Leute im sechsten Séparée in der Lage sein würden, die Auseinandersetzung zu verfolgen, vielleicht sogar einzugreifen, nein, um Himmels willen, ich kann auf Zeugen verzichten, kein Bedarf, wirklich nicht. Talk to me!, blinkte ein Licht, rechts unten auf dem Bildschirm, und ich würde nichts anderes tun, als der Aufforderung nachzukommen, vielleicht würden sich die Voyeure auf die eine oder andere Seite schlagen, vielleicht auf meine Seite, vielleicht auf die Seite meines Zimmermädchens, wer weiß, vielleicht würden sie johlen und applaudieren, sie würden vielleicht unsere Äußerungen bewerten, Daumen rauf, Daumen runter, ich war mir sicher, sie würden ihre Augen nicht lösen von dem schönen nackten Körper, der sich auf dem Flokati räkelte, mein Zimmermädchen, sagte ich mir, sie war der Grund, weshalb die Voyeure noch immer vor ihren Bildschirmen saßen, sie war der Grund dieser Voyeursversammlung, ich finde, ich kann stolz sein auf mein Zimmermädchen, ich hätte ihr das alles nicht zugetraut, ich sah das Licht blinken, ich las: Talk to me! Ich klickte das entsprechende Feld an, ich war bereit, mit ihr zu reden.

Ich sagte: hallo?

Das Zimmermädchen stöhnte.

Ich sagte: ich bins.

Das Zimmermädchen richtete sich auf. Aber sie fasste sich schnell, sie schmiegte sich wieder an den Flokati, sie räkelte sich.

Ich sagte: was soll das?

Das Zimmermädchen stöhnte, dann sagte sie: ich spiele ein bisschen auch für dich.

Ja, schön.

Das Zimmermädchen sagte: du brauchst dein Hotelzimmer nicht zu verlassen, um mich zu sehen.

Das brauchte ich auch vorher nicht.

Du kannst zweimal klicken und ausschalten, wenn du genug gesehen und genug von mir hast.

Red keinen Unsinn.

Du betrügst mich, sagte mein Zimmermädchen.

Unsinn. Wie kommst du darauf.

Du hältst dich nicht an dein Versprechen, du sagst nicht, wohin du gehst, du treibst dich herum, die ganze Nacht lang.

Ja, schon.

Das Zimmermädchen sagte: du musst die langen Haare vom Sakko zupfen, wenn du mit deinen Lügen Erfolg haben willst.

Ich sagte nichts.

Sie sagte: deine E-Mails sind wunderschön, leider hast du sie nicht an mich geschrieben.

Ich sagte: du schnüffelst in Sachen herum, die dich nichts angehen, in meinen Sachen nämlich, du hast in meinem Zimmer nichts zu suchen.

Aber natürlich, sagte das Zimmermädchen, schon von Berufs wegen.

Ich sagte: ich werde den Hoteldirektor informieren müssen.

Die Voyeure jaulten auf, einige buhten, ich hatte plötzlich die ganze Versammlung gegen mich, ich fühlte mich dem Aufruhr nicht gewachsen, ich hielt mir die Ohren zu, bereits im Begriff, das Séparée zu verlassen. Ich harrte aus.

Musst du nicht, sagte sie, du musst den Hoteldirektor nicht informieren, er würde mich feuern, und zwar auf der Stelle. Damit wäre ich für alle Zeit in dieses Séparée verdammt.

Sie spreizte die Schenkel.

Was soll das?, sagte ich.

Sie sagte: dieser Job ist gut bezahlt, zweimal vier Stunden in der Woche, ich will mir auch mal was leisten können, die Musik zum Strippen darf ich mir aussuchen, ich strippe nur zu meiner Lieblingsmusik, jetzt läuft die Entspannungsphase auf dem Flokati, ein bisschen Ambiente dazu, echt kuschelig, wenn mich keiner anquatscht, vergesse ich völlig, wo ich bin, ich vergesse die Kamera, ich vergesse das Publikum, ich kann mich bei der Arbeit gut erholen.

Sie kraulte mit den Fingern ihre Schamhaare.

Ein Voyeur sagte: ja, ja, ja!

Sie sagte: sie wollen immer, dass ich mir einen Finger rein-stecke –

Na, komm schon, sagte ein Voyeur –

Aber dazu bin ich nicht verpflichtet, ich zeige nichts, was ich hier nicht zeigen will, höchstens manchmal, dann, wenn ich sehr entspannt bin, dann erfülle ich einen kleinen Gefallen.

Na, komm schon, entspann dich, sagte ein Voyeur.

Die Kollegen sind prima, zwei Chefs, sonst lauter Frauen, sagte mein Zimmermädchen und drehte sich auf den Bauch, es wird hier viel Tee getrunken, alle sitzen dann um einen kleinen Tisch herum, zu viel Tee aber ist auch nicht gut, nicht vor dem Strip, ich darf in den vier Stunden höchstens einmal aufs Klo, das ist eigentlich ganz okay, finde ich. In den ande-ren Kabinen dürfen sie chatten, sie knien vor ihren Compu-tern und chatten mit ihren Voyeuren, sie schauen nach, was gewünscht wird, sie erfüllen kleine Gefallen, nur ich sitze heute in einem akustischen Raum, nur ich kann mich direkt, ich meine: mündlich, mit meinen Voyeuren unterhalten, danke, dass du dich zu erkennen gegeben hast, ich hätte sonst nicht gewusst, dass du zuschaust.

Ich warte auf dich, sagte ich.

Natürlich hätte ich mein Zimmermädchen gerne über mein Zuschauen informiert, natürlich hätte sie wissen sol-len, dass ich mich im Kreis ihrer Voyeure aufhalte, ich hätte gerne ein paar Worte mit ihr gewechselt, dann zweimal ge-klickt und ausgeschaltet, es hätte ganz in meiner Hand gele-gen, ganz wunderbar, ich finde: das ist der Vorteil einer wirt-schaftlichen Beziehung, man bedient sich ihrer nur so lange, wie man es für nötig hält, jede Minute kostet Geld, man wird diese Beziehung also nicht endlos strapazieren, es wird kein

Stress, keine Ermüdung, keine Verdrossenheit daraus hervorgehen, ich hätte mein Zimmermädchen auf eine wirtschaftliche Beziehung einschwören sollen, sagte ich mir, und zwar von Anfang an, mein Zimmermädchen wäre dann nicht darauf gekommen, mein Zimmer zu durchsuchen, ich hätte mir den ganzen Ärger erspart, ich hätte sagen sollen: zweihundert Mark für einen kleinen Gefallen, und alles wäre anders und viel besser gelaufen, ich hätte es wissen müssen, irgendwann spielt jede Frau verrückt, ich hätte, wie es heißt, Vorsorge treffen und unsere Beziehung auf eine solide Basis stellen müssen, damit hätte sich auch das verzehrende Turteln erübrigt, das sich immer dann als unumgänglich erweist, wenn man sich eine Frau gefügig machen möchte, es wäre besser gewesen, ich hätte ihr ein Bündel Scheine in den Gürtel des Putzkittels gesteckt – aber das ist nun nicht mehr zu ändern. Ich sah, dass das Licht am rechten Rand des Bildschirms noch immer blinkte, ich las: Talk to me!, aber ich hatte nicht den Mut, mich mit meinem Zimmermädchen in Verbindung zu setzen, was hätte ich ihr, was hätte sie mir sagen sollen, noch dazu vor den Voyeuren, es hätte zu nichts geführt, also beschränkte ich mich darauf, sie durch das Auge der Kamera zu betrachten, sie räkelte sich, so wie sie sich räkelte, seit ich in das Séparée getreten war, sie lockte mit ihrem jungen, wie man sagt: makellosen Körper. Als sich die Stimme eines Voyeurs meldete, klickte ich zweimal und schaltete aus.

Ich warte auf sie, sagte ich mir und beschloss, in die Bar des Hotels zu gehen, auf dem Korridor erklang leise Musik, eine leise Melodie begleitete mich durch das Stockwerk, es war zehn oder elf Uhr abends, und der ganze Weg kam mir vor wie verwaist, keine Menschenseele, sagte ich mir, nicht auf dem Korridor, ich hörte allerdings Stimmen hinter den nummerierten Türen, da und dort zumindest, einmal eine Sirene und Geschrei aus dem Fernseher, ich ging weiter bis zu der schmalen Brücke, die sich vom Seitenflügel zum Hauptgebäude spannte, auch dort keine Menschenseele, ich stützte mich auf das Geländer und blickte hinunter auf den Marmorboden: niemand. Ich fragte mich, wie verzweifelt ein Zimmermädchen sein müsste, um sich von der Brücke in die Tiefe zu stürzen, um, wie der Hoteldirektor sagen würde, auf das Geländer zu steigen und sich dann einfach fallen zu lassen, ich habe sie nicht einmal schreien gehört, würde der Hoteldirektor sagen, ich habe nur einen dumpfen Aufprall vernommen, das wars, er würde sagen: sie war eine junge, fleißige Person, ich war sehr zufrieden mit ihr, kein Grund zur Klage, wirklich nicht, er habe allenfalls den Zeitpunkt des Springens zu beklagen, würde er sagen. Sich zu Mittag in den Tod zu stürzen sei rücksichtslos gegenüber Gästen und vor allem rücksichtslos gegenüber dem Hoteldirektor, mittags nämlich sei ein Mord gegen sich selbst keine private Angelegenheit, mittags sei dieser Mord gewissermaßen öffentlich, jeder, der sich dazu entschließe, müsse mit Aufmerksamkeit rechnen, mit einem Publikum: wie konnte sie mir das antun.

Ich muss sie loswerden, sagte ich mir, sie steht meiner Rückkehr ins Leben im Weg, sie fördert meine Einkerkerung, hier in diesem Hotel, mein Zimmermädchen ist mein Kerkermädchen, sie verschafft mir angenehme Stunden und kettet mich dadurch an dieses Haus, ich muss dieses Haus verlassen, sagte ich mir, will ich nicht in seinen Mauern, ich dachte: krepieren, ich muss meine auf das Hotel reduzierte Welt wieder öffnen, ich muss aus ihr ausbrechen, es ist nur von Vorteil, das Zimmer und dann das Hotel zu verlassen, es kann mir nur zuträglich sein, auswärts zu verkehren, seit ich mit Anne und also auswärts verkehre, hat sich meine Verfassung erheblich verbessert, sagte ich mir: denn ich muss den Kavalier spielen, jede Konvention tut mir gut, ob privat, ob gesellschaftlich, denn die Konvention zwingt mich in eine Rolle, und diese Rolle verhindert, dass ich mich gehen lasse, wenn man so will: ich reiß mich zusammen. Etwa so, wie sich der Kranke, sagen wir, der Sterbenskranke zusammenreißt, sobald er Besuch bekommt oder sobald er noch einmal, sagen wir, ein letztes Mal in eine öffentliche Situation gestellt wird. Alle, die ihn als krank oder, sagen wir, als sterbenskrank kennen, staunen über seine Geistesgegenwart, über sein höfliches Benehmen, über seinen Witz. Kaum zu Hause und wieder im Kreis der Familie, sinkt der Kranke ins Kissen und fängt an zu röcheln, erst jetzt findet er Zeit, an den Tod zu denken und damit daran, sich aufzugeben. Die Muster der Konvention sind also nicht zu unterschätzen, nicht für die Verfassung einer Persönlichkeit, solange man sich nach ihnen zu richten versteht, ist man noch nicht verloren. Ich bin überzeugt davon, dass ich längst in die ewige Finsternis gestürzt wäre, wäre ich in meiner Wohnung geblieben, allein und unkontrolliert, fernab jeder Rücksichtnahme auf andere, ich hätte mich für den Dämmerzustand geöffnet, für den totalen Dämmerzustand, sagte ich mir, ich hätte mich der Dämmerung hingegeben, das Hotel hat mich vor der Kapitulation bewahrt, zunächst zumindest, ich muss sagen: das Hotel und sein Service, denn der Service umgibt mich hier wie eine Familie, es ist für alles gesorgt, ich könnte also durchaus die Hände in den Schoß legen und allmählich in den Dämmerzustand gleiten, in den totalen Dämmerzustand, sagte ich mir. Die Konvention, die der Gast gegenüber dem Service zu erfüllen hat, ist allerdings zu schwach, als dass sie mir viel nützen würde, die Fassung zu bewahren, selbst gegenüber meinem Zimmermädchen verhalte ich mich höchstens so konventionell, wie es mir opportun erscheint, ich habe sie immer wieder weggeschickt, nie an meiner Seite übernachten lassen, wo käme ich hin. Der Service tut, wofür er bezahlt wird, mehr sollte man nicht erwarten, ich muss mein Zimmer und dann das Hotel verlassen, um wieder den Druck der Konvention zu spüren, sagte ich mir, es sind die Druckverhältnisse fremder Erwartungen, die meinen Körper stabilisieren, ich will nicht bei jeder Attacke aus der Rolle fallen, ich halte krampfhaft an mir fest. Als ich beim Aufzug ankam, öffnete sich die Tür des gläsernen Zylinders, und ein Liebespaar trat heraus, guten Abend, sagte das Paar, der Mann nickte, die Frau lächelte kurz, der Mann zog die Frau mit sich fort, wortlos, wie ich bemerkte, und in einer seltsamen Spannung, die jeden Übermut erstickte, der Mann sah sich am Ziel, angekommen auf dem Stockwerk und höchstens ein paar Schritte von seinem Zimmer entfernt, am Ende des Korridors schnappte ein Schloss auf.

In der Bar erklang leise Musik, unaufdringlich, ein Standard aus der Palette des Jazz, das hätte ich mir denken können. Ich ließ mich auf einem Hocker am Tresen nieder, ich nickte einer Frau zwei Hocker weiter zu, sie zuzelte an einem Strohhalm, sie bemerkte mich nicht, in einer Reihe von Nischen hingen ballonartige Lampenschirme tief über runden Tischen, zwei Männer mit gescheckten Krawatten steckten die Köpfe zusammen und flüsterten, wenn sie lachten, dann kontrollierte einer von beiden die Umgebung, in der Nische daneben gefror ein junges Paar auf einer orangen Plastikschalenbank, ganz links, in einen Winkel zurückgezogen, saß eine kleine Gesellschaft, die Stimmen waren laut und unbe-

schwert, ihr schallendes Gelächter ließ mich zusammen-
zucken, nein, ich zuckte zusammen, als mich der Barkeeper
ansprach: was soll es sein? Ich war mir nicht sicher, ob er seine Frage zum ersten Mal stellte oder ob er sie schon wiederholt an mich richtete, jedenfalls zuckte ich zusammen, als er
fragte, jedenfalls hörte ich die Frage zum ersten Mal, ich sagte: einen Cocktail, bitte, devil in disguise oder so ähnlich, ich
sagte mir: Vorsicht, du bist im Begriff, deine Konstitution zu
verlieren, du bist nicht mehr halb so aufmerksam wie als
Voyeur im Séparée deines Zimmermädchens, der Cocktail
wurde mit einer geheimnisvollen Schleife serviert, ich löste
sie, ich mag keinen Kitsch, ich zuzelte am Strohhalm und
fühlte mich von der Frau zwei Hocker weiter beobachtet,
vielleicht aber täuschte ich mich, ich schluckte, das Getränk
erfrischte mich, ich blickte mich um, ich griff nach einer Zeitung, die auf dem Tresen liegen geblieben war, schon die Zeitung für morgen, ich blätterte uninteressiert von einer Seite
zur anderen, ich steckte mir eine Zigarette an, die Frau zwei
Hocker weiter rauchte nicht, ich konnte ihr nicht mit einem
Streichholz entgegenspringen, sie hatte nachbestellt, sie zuzelte, ich fragte mich, aus welchem Grund sie in die Stadt gekommen war und ob sie im Haupt- oder Nebengebäude zu
Bett gehen würde, ich sah, dass sie sehr elegant, mit übereinander geschlagenen Beinen, auf dem orangen Plastiksattel an
der Bar saß, ich fand, dass ich diese Eleganz nicht erreichte,
ich glaube sogar, ich klopfte zweimal auf meinen orangen
Plastiksattel, auf die Wölbung zwischen den Beinen, sie hat
mich nicht dabei ertappt.

Ich blätterte in der Zeitung und stutzte, als ich Wettrich
entdeckte, auf einem Foto, eingerahmt zwischen zwei finsteren Typen, ich las etwas über Drohungen gegen die Baupolitik, ich las, dass der engere Kreis der Verantwortlichen unter

Personenschutz gestellt worden sei, ich sah Wettrich zwischen zwei finsteren Typen und erkannte, dass er sich unbehaglich fühlte, er, der es gewohnt war, im hellen Trenchcoat gelassen durch die Stadt zu streifen, er, der es liebte, am äußersten Rand des Alex zu stehen und den Linien des Verkehrs nachzuhängen, Jens Wettrich, so las ich, habe einen Lehrgang über sich ergehen lassen, wie alle anderen auch aus dem gefährdeten Kreis, er sei angehalten worden, jeden Morgen auf einer anderen Route ins Amt zu fahren, am besten, wenn möglich, zu verschiedenen Zeiten, er dürfe keine Post öffnen ohne vorherige Prüfung, man müsse mit allem rechnen, auch mit einem Sprengsatz in einem unscheinbaren Kuvert.

Mir kam es vor, als habe Wettrich ungeschützt in ein Mikrophon gesprochen, aus Ärger über die Zumutungen zugunsten seiner Sicherheit, er ließ, möchte ich sagen, seinem Temperament freien Lauf, er sei sein Lebtag noch nicht bedroht worden, jedenfalls nicht, seit er der Zone entronnen sei. Dem Zeitungsartikel konnte ich entnehmen, dass Einschüchterungsversuche an die Senatsverwaltung ergangen seien, nicht besonders wählerisch in der Zuordnung, da anscheinend auch an untere Amtsbezeichnungen adressiert, völlig willkürlich, sagte ich mir: die werden erschrocken sein, aber es wird ihnen nichts nützen, der staatliche Personenschutz ist nicht in der Lage, den ganzen Komplex zu beschirmen, natürlich erhielt der Senator selbst die meiste Post, natürlich von einem anonymen Absender, regelmäßig, etwa zweimal die Woche, man kann sich also vorstellen, dass die Beschäftigten unruhig wurden, der Senator sagte: wir arbeiten weiter wie gewohnt. Die Ermittlungen, bislang ohne Ergebnis, würden fortgesetzt, hieß es, die Polizei verbuche kleinere Erfolge, indem sie feststelle, aus welcher Telefonzelle bestimmte Anrufe erfolgt seien, mehr aber auch nicht. Ein Anrufer habe einem Angerufenen geraten: Hände weg vom Grundstück X, oder: wer sich am Objekt Y versündigt, stirbt, eine verzerrte Stimme habe schleppend klargestellt: dich kriegen wir sowieso, eine in Heidelberg abgestempelte Postkarte raunte: wenn dir deine Familie lieb ist, dann pass auf, was du tust. Dergestalt sei der Inhalt der missliebigen Äußerungen, selten gehe er darüber hinaus, weshalb sich die Fahndung denn auch, so schrieb die Zeitung, auf das Milieu der lebenslang pubertierenden Autonomenszene konzentriere. Grundstück X betreffe zumeist ein Filetstück in der Osthälfte der Stadt, zumeist vorgesehen für das eine oder andere Prestigeprojekt, denkbar sei also auch, dass sich die Senatsverwaltung den Unmut der Baubranche zugezogen habe, zum Beispiel aus den Reihen der unterlegenen Konkurrenz, aber würden die Abgeschlagenen deshalb schon abrutschen auf das Niveau der lebenslang pubertierenden Autonomenszene? spekulierte die Zeitung, die Zeitung vermutete Autonome traditionell im Westen, und so fragte sie sich: warum kämpft der schwarze Block für den Osten? Am Schluss des Artikels wurde die Ursache für die ganze Aufregung den anhaltenden Spannungen, ja, Animositäten zwischen Ost und West zugeschoben. Und unversehens löste sich die Zeitung von der Runde der bisher Verdächtigten: skrupellose Immobilienfirmen erobern den Markt, und der Osten verliert Grund und Boden. Wissen Sie, sagte Wettrich, darüber sind wir längst hinaus, ich kenne keinen Osten, ich kenne keinen Westen, ich kenne nur Bürger in ein und derselben Stadt.

Die ballonartigen Lampenschirme baumelten tief über den runden Tischen, ich hatte tatsächlich den Eindruck, dass sie hin und her schaukelten, als sei eine Windböe in die Nischen gefahren, die Männer mit den gescheckten Krawatten wichen in ihre orangen Plastikschalen zurück, sie hatten aufgehört zu flüstern, sie schrien sich Bruchstücke zu und lachten: wer zahlt, schafft an, oder: den können wir auszählen, oder: prima Klima. Die Frau zwei Hocker weiter stieg aus ihrem Sattel, das heißt, sie glitt elegant hinunter, sie stand am Tresen, sie zahlte, sie ging an mir vorbei, und ich überlegte, ob sie im Haupt- oder Nebengebäude zu Bett gehen würde, ich überlegte, ob sie sich kaufen lassen würde, das nämlich würde mir umständliches Heucheln von Zuneigung ersparen. Als die Frau an mir vorbeiging und mich dabei fast am Ärmel streifte, atmete sie aus vollen Lungen aus, und ich bemerkte, dass die Lampenschirme, wie von ihrem Atem bewegt, weiterbaumelten, ich sagte mir: du kannst nicht auch die Bar verlassen, nicht einfach der Frau hinterher, du kannst ihr nicht einfach die Treppe hinauf und dann durch die Korridore nachschleichen, du musst auf dein Zimmermädchen warten, ich stellte mir vor, wie sich mein Zimmermädchen unter den Augen der Voyeure auf dem Flokati räkelte, und ich dachte: das hätte ich ihr nicht zugetraut, ich zuckte erneut zusammen, als die kleine Gesellschaft im Winkel in lautes Gelächter ausbrach, so als sei sie ganz unter sich, das riss mich zwar nicht aus dem Plastiksattel, aber es erschreckte mich, ich drehte mich nach der kleinen Gesellschaft um, und ich stellte fest, dass sie aus dem Baumeln ihres Lampenschirms ein Spiel machte, dass bald der eine, bald der andere mit dem Kopf gegen den Ballon stieß und so für Antrieb sorgte, und jedes Mal wenn einer der Köpfe den Ballon traf, dann johlte die kleine Gesellschaft. Die Zeitung für morgen rutschte von der Theke und knallte auf den Boden, ich dachte, ich sollte Wettrich anrufen oder, besser noch, Nicole, ich sollte Nicole anrufen, sagte ich mir, ich glaube, ich vermisse sie, die fahle Nicole, dachte ich, während ich auf mein Zimmermädchen wartete, das keine Ahnung davon hatte, dass ich in der Bar des Hotels ihretwegen ausharrte, mein Zimmermädchen wird nicht die Treppen hinuntersteigen in die Bar, sie wird nicht kommen, du wartest vergeblich, ich warte auf einen Cocktail mit Schleife, devil in disguise, sagte ich mir, ich überlegte, wie viele Schleifen in meinem Leben ich schon gelöst hatte, und es wurde mir schwindlig beim Aufzählen: Haarschleifen, Kleiderschleifen, Schürzen, Schlipse, Schuhe, ich mag keinen Kitsch, ich werde Nicole nicht anrufen, nicht in meinem Zustand, ich werde auch Anne nicht anrufen, ich werde ihr nicht mal ein lachendes Gesicht aufs Handy zaubern, obwohl ich ohne Anne nicht mehr viel ausrichten kann, nicht gegen Lorenzo, nicht gegen mein allmähliches Verdämmern, ich sagte mir: Anne ist für mich unverzichtbar geworden. Ich erkannte aus den Augenwinkeln, dass das gefrorene junge Paar auf der Plastikschalenbank schmolz, ganz ohne zu reden, nur blicken und schmelzen, das Licht schwankte, die Musik schmiegte sich an die Gäste, das junge Paar küsste sich hinter dem Ballon, denn hinter dem Ballon, sagte ich mir, liegt eine ganze Welt.

Das ist alles, was ich über diesen Abend berichten kann. Ich muss mich übernommen haben. Ich wachte erst spät am folgenden Tag auf, vielleicht gegen fünf Uhr nachmittags, und zwar in meinem schwarzen Ledersessel, bloß die Schuhe hatte ich ausgezogen, ich ging in Socken zur Minibar und überzeugte mich, dass sie aufgestockt worden war, ich habe davon nichts mitbekommen, dachte ich und griff nach dem Mineralwasser: hat mein Zimmermädchen heute Dienst gehabt? Ich muss mit ihr reden. Ich ging auch an diesem Abend wieder in die Bar, ich fragte den Barkeeper, ob ich ihm etwas schulde.

Er sagte: ich hoffe, Sie sind wieder wohlauf.

Was ist vorgefallen?, fragte ich.

Nichts Außergewöhnliches.

Ich fragte: welchen Eindruck habe ich auf Sie gemacht?

Er sagte: Sie waren nicht mehr ansprechbar. Sie haben ein bisschen gezwinkert und mit dem Kopf gewackelt, es ist mir nicht gelungen, ein Wort aus Ihnen herauszubekommen. Dabei haben Sie nur einen Cocktail getrunken, jedenfalls hier in der Bar.

Ich war nicht betrunken.

Sie haben bei mir einen Cocktail bestellt, sagte der Barkeeper.

Ja. Was schulde ich Ihnen?

Nichts. Alles okay. Sie haben ja gestern Ihre Taschen entleert und dann alles auf der Theke ausgebreitet, Handy, Ausweis, Schlüssel, Brieftasche. Als Sie dann gehen wollten, hielt ich Sie zurück: Ihre persönlichen Dinge, sagte ich, ich glaube, ich sagte: Sie sollten Ihre persönlichen Dinge nicht vergessen, und ich half Ihnen beim Einsammeln, nicht ohne eine Banknote aus Ihrer Brieftasche zu ziehen, um die Rechnung für den Cocktail zu begleichen. Ich dachte, das sei ganz in Ihrem Sinn.

Natürlich, sagte ich: haben Sie ein wenig Trinkgeld berücksichtigt?

Ja, sagte der Barkeeper, ich muss gestehen, ich habe den Betrag großzügig aufgerundet.

Gut.

Ich dachte, das sei ganz in Ihrem Sinn.

Ja, gut.

Der Barkeeper schwieg.

Ich sagte: wie bin ich auf mein Zimmer gekommen?

Er sagte: das kann ich Ihnen nicht sagen, Sie sind dann einfach gegangen, und ich glaube, Sie haben mir noch zugenickt zum Abschied.

Und ich zwinkerte ein bisschen und wackelte mit dem Kopf?

Das kann sein.

Ich sagte: dann habe ich also ohne fremde Hilfe mein Zimmer gefunden?

So muss es gewesen sein.

Machen Sie mir bitte einen Cocktail.

Der Barkeeper sagte: und welcher, bitte, darf es sein?

Devil in disguise.

Ich habe etwas verschwiegen. Ich habe den Revolver nicht erwähnt, der am späten Nachmittag, es muss gegen fünf Uhr gewesen sein, als ich erwachte, auf meinem Schreibtisch lag, und zwar nach der Nacht mit den von der Decke baumelnden Ballons. Der Revolver nämlich war geladen, sechs Patronen steckten in den sechs Kammern der Trommel, er war geladen, obwohl ich mir angewöhnt hatte, die Patronen in einer Schatulle im Schrank zu verstecken und den Revolver selbst in der abgeschlossenen Schreibtischschublade zu verwahren, dann den Schlüssel unter die Flosse meiner Zimmernymphe zu legen, ich hatte in meinem, wie ich annehmen muss, bewusstlosen Zustand all diese Vorkehrungen durchbrochen und war, wie man sagt, an eine scharfe Waffe gelangt, ich muss eine scharfe Waffe in der Hand gehalten haben, sagte ich mir, ich habe meine Erinnerung daran, wie ich an eine scharfe Waffe gelangte, mit in meinen bewusstlosen Zustand genommen, mit in die Dämmerung bis zum Blackout, Schlüssel, Schublade, Schrank, Schatulle, ich war sogar fähig, den Revolver zu laden, ich zählte sechs Patronen in der Trommel, und ich fragte mich: warum habe ich mich nicht erschossen?

Ich weiß nicht, wie oft ich tatsächlich russisches Roulett gespielt habe, wahrscheinlich nicht so oft, wie ich behauptet habe, das ändert aber nichts daran, dass der Effekt dieses Spiels ungeheuerlich war, wer einmal ernsthaft gespielt hat, wird diesen Effekt nie vergessen, vielleicht habe ich nur ein paar Mal auf diese Weise mit meinem Leben und so mit meinem Tod gespielt, vielleicht habe ich ein paar Mal einen Effekt erzielt, der durch kein anderes Spiel aufzuwiegen wäre.

Seit Tagen ist mein Zimmermädchen nicht mehr in meinem Zimmer gewesen, sagte ich mir, eine Kollegin ist eingesprungen, nicht ganz so jung, aber sehr anstellig, und wenn sie lächelt, graben sich zarte Grübchen in ihre Wangen, auch die Kollegin bestückt die Minibar ganz nach meinen Wünschen, ich habe wirklich nichts auszusetzen, und trotzdem zögere ich, sie mein Zimmermädchen zu nennen, das kommt höchstens dann vor, wenn ich gegenüber Dritten von diesem Mädchen rede, etwa gegenüber einer freundlich lächelnden Dame an der Rezeption, ja, sage ich dann zum Beispiel, mein Zimmermädchen hat sich längst darum gekümmert.

Dabei habe ich mein Zimmermädchen seit Tagen nicht gesehen, ich muss sagen, sie fehlt mir, ich frage mich, wo sie steckt, und ich suche sie täglich im Internet, nach der Adresse, die sie mir angegeben hat, ich fiebere dem Augenblick entgegen, da ich auf sie treffe in einem der Séparées, ich stoße die Türen auf, eine nach der anderen, ich mache reizende Entdeckungen, durchaus, und es kommt vor, dass ich ein paar Atemzüge lang verweile und wie ein Spanner auf den Bildschirm glotze, durchaus, aber es glückt mir nicht, mein Zimmermädchen aufzuspüren, es glückt mir so ganz und gar nicht, dass ich zu zweifeln beginne, ob ich sie je in einem der Séparées gesehen habe, mein Misstrauen gegen meine Wahrnehmung wächst, es ist inzwischen so stark, dass ich ständig mit einer Einbildung rechne, ich muss feststellen: ein Interpenetrationsschaden führt dazu, dass die Wahrnehmung durchlässig wird für jede Halluzination, ich sollte mich also hüten, das, was ich sehe, automatisch für real zu halten, denn es ist gut möglich, dass ich der einzige Zeuge des Geschehens bin, ich muss mit meinen Fantasien rechnen, damit, dass sich mein Zimmermädchen allenfalls in meiner Vorstellung nackt, und zwar für alle, auf einem Flokati räkelte, ich muss sagen: das habe ich ihr sowieso nicht zugetraut, es lässt sich also kaum leugnen: ich habe mein Zimmermädchen aus den Augen verloren.

Anne soll sich ein Bild machen können, sagte ich mir, es soll das Bild einer romantischen Liebe sein. Ich habe längst aufgehört, mich zu fragen, warum jedes Verhältnis nach solch einem Bild verlangt, nach einer Aufnahme, die allen Zauber enthält, es kommt mir so vor, als sei dieses Verlangen nur deshalb so stark, weil es, später, eine verklärende Erinnerung begünstigt, es geht weniger um den Augenblick des Erlebens als um das Bild, das man sich von einem erlebten Augenblick einmal machen möchte, dieses Bild bedarf einer einprägsamen Umgebung, es muss so eingerichtet sein, dass es mit keinem anderen Bild verwechselt werden kann, es soll sich als einzigartig ins Gedächtnis einbrennen. Das ist natürlich nicht ohne weiteres zu haben, denn in der romantischen Liebe sieht ein Bild aus wie das andere, und meistens, wenn man Glück hat, ist es allenfalls die Person der Geliebten, die sich als originell erweist in einem Ambiente aus Landschaft, Brücke, Wind und zerzausten Haaren. Anne soll sich ein Bild machen können, sagte ich mir, damit unser Verhältnis ein Gewicht angehängt bekommt. Sobald Anne das Bild erkennt, wird sie es bei sich tragen bis zu einer späteren Zeit, in der sie dann mit Hilfe des Bildes zurückschauen wird. Es wird nicht der Augenblick sein, da ich meinen Volvo auf dem Parkplatz eines Supermarkts abgestellt habe, auch nicht derjenige, da sie mir schlitzäugig zugeprostet hat, bei Kerzenschein in einem spanischen Restaurant. Es wird schwer für mich sein, diesen besonderen Augenblick einer Stadt abzuringen, die schon Lorenzo als Kulisse für sich ausgebeutet hat. Es ist besser, diesen besonderen Augenblick anderswo anzupeilen, so wie es besser ist, mit Anne die Stadt zu verlassen, sagen wir, für ein Wochenende zu zweit irgendwohin, ich kann davon ausgehen, dass dieser kleine Ausflug Lorenzo um den Verstand bringen wird.

Zwei Personen, zwei Fahrräder?, fragte der Kassierer.

Ja, sagte ich und kramte ein paar Münzen hervor. Der Kassierer nickte und riss zwei Belege für uns ab, dann ging er weiter, zu einem Fahrer, der bei seinem Auto stand. In drei Reihen parkten die Fahrzeuge auf der Fähre, ein Sattelschlepper war auf die rechte Spur gerollt, der Fährkopf fing an zu dröhnen, Taue wurden gelöst, die Zugbrücke fuhr hoch. Die Fähre tuckerte los, schwarze Wolken schossen aus dem Schlot, und Anne klammerte ihre Finger um die Reling, als fürchte sie die hohe See. Containerschiffe kreuzten die Route in Richtung Hamburg oder Nordsee, die Fähre steuerte das andere Ufer an.

Wie breit ist der Mississippi?, fragte ich.

Anne sagte: dort, wo er am breitesten ist?

Wie breit ist die Elbe hier?, fragte ich.

Anne sagte: gibt es eine Stelle, wo sie breiter ist?

Sie trug eine Sonnenbrille, um ihre Augen zu schützen, ich sagte mir: sie trägt diese Brille, um vor ihren Augen zu schützen, es kam vor, dass sie die Brille plötzlich abnahm, so als hätten sich ein paar Haare am Bügel verheddert, sie funkelte mich an, ich ließ es geschehen, der Wind spielte weiter mit Annes Haaren, ich küsste sie und stellte fest, dass ihre Haut nach Sonnenmilch duftete.

Noch beim Fahrradfahren, Anne immer eine Fahrradlänge voraus, zog dieser Duft ab und zu an mir vorbei, aber vielleicht bildete ich mir das bloß ein. Ich bekam eine Vorstellung davon, wie üppig hier die Vegetation wucherte, nahezu verschwenderisch, sagte ich mir, Felder mit Apfelbäumen säumten die Straße, ehe wir auf einen Wegweiser stießen: Zum Marschenhof. Ist es das? Wir zweigten ab und folgten dem Lauf eines Baches, so lange, bis wir ein Wäldchen erreichten. Der Marschenhof, ein Ensemble mit vier reetgedeckten Dächern, lag zwischen Bäumen versteckt, kein einziges Fahrzeug stand auf dem Vorplatz, dafür stolzierten zwei Pfaue, ohne Räder zu schlagen, zwischen den Gebäuden hin und her, und im Hintergrund grasten drei, vier Ponys auf einer Koppel.

Anne sagte: wie bist du denn darauf gekommen?

Ich zuckte mit den Schultern.

Als wir auf das Haupthaus zugingen, auch dessen Giebel war so tief heruntergezogen, dass ich fürchtete, mit der Stirn gegen die Kante des Daches zu stoßen, schlug ein Hund an, hell und aggressiv, beinahe keifend also, aber da trat schon ein untersetzter Mann aus der Tür, mit Glupschaugen, wie man sagt, und schwulstigen Lippen, anscheinend der Wirt, denn er grüßte ausnehmend freundlich und führte uns in das

Gastzimmer. Ich muss sagen, dieses Gastzimmer war nicht größer als ein Wohnzimmer, und es sah auch wie ein Wohnzimmer aus, es wirkte sehr privat, trotz der immerhin fünf Tische mit bestickten Deckchen, trotz der jeweils vier Stühle mit herrschaftlich hohen Lehnen, in einer Ecke waren Kinderpuppen auf einer Kommode versammelt und schauten, wie man sagt, mit Glupschaugen in die Runde, bei jedem Schritt federten die Dielen und verschenkten einen Impuls, sodass die Lider der Puppen rhythmisch klapperten, das kam mir gespenstisch vor, während Anne ihren Spaß hatte und mit einem Fuß mehrmals vor- und zurücktrat, während sie kicherte und mit den Augen zwinkerte. In einer anderen Ecke erhob sich eine Hi-Fi-Anlage auf einem verchromten Bein, ich hörte das Klappern von CD-Plastikhüllen, ich wollte im Augenblick nicht wissen, welche Musik der Wirt für uns aussuchte, ich wollte auch nicht sehen, welche Haltung er vor der Hi-Fi-Anlage einnahm, noch weniger, welche Knöpfe er drückte, ich saß mit dem Rücken zur Hi-Fi-Ecke, Anne dagegen schielte ständig hin, besonders dann, als die ersten Klänge zu hören waren, Melodien für Millionen, sagte ich mir, Operette, ich hätte es mir denken können, der Wirt fragte: ist es wohl zu laut?

Anne und ich vermieden es, uns anzusehen, jeder tat so, als sei er völlig vertieft in das Angebot der Speisekarte, erst als der Wirt das Gastzimmer verließ, konnten wir uns nicht mehr halten, und ich muss sagen: wir prusteten los. Wie bist du nur darauf gekommen?, fragte Anne: der Wirt hat uns in Pantoffeln empfangen, und vor lauter Anbiederung weiß ich nicht, wohin ich blicken soll. Hast du gesehen, er hat sehr schlechte Zähne, und in den Ritzen stecken noch Salatreste. Das werde ich so schnell nicht vergessen.

Es sieht so aus, als seien wir die einzigen Gäste, sagte ich.

Er hätte aber auch fragen können, welche Musik wir hören möchten.

Ich fragte: was möchtest du essen?

Natürlich habe ich etwas anderes erwartet, aber gut, der Marschenhof ist mir empfohlen worden, und ich spürte sofort, dass diese Empfehlung richtig war, sogar goldrichtig, wie man sagt, denn alles, was ich beabsichtigte, war, ein Bild für die romantische Liebe zu finden, für Anne, versteht sich, für Anne allein, und ich war mir sicher, dass sie dieses Bild entdecken würde, hier auf dem Marschenhof, wo sonst, sagte ich mir, bei einem Wirt in Hauspantoffeln und mit ungepflegten Zähnen, genau hier: Anne und ich, ihr Liebhaber. Es wäre ein Trugschluss, anzunehmen, dass sich eine Frau wie Anne, dass sich eine Frau überhaupt, sagte ich mir, dass sie sich nach einem perfekten, gewissermaßen unantastbaren Bild für die Liebe sehne, das Gegenteil ist viel wahrscheinlicher, sie fühlt sich angezogen vom Charme des Unvollständigen, vielleicht sogar vom Charme des Verschrobenen, jedenfalls des vermeintlich Unverwechselbaren: das kann mir nur mit dir passieren. Ich wusste, dass ich fast schon gewonnen hatte, als mich Anne asiatisch anstrahlte.

Der Wirt schlappte in seinen Pantoffeln an unseren Tisch, er nahm die Bestellung auf und verbeugte sich, anbiedernd, wie Anne sagen würde, aber völlig korrekt, er schlappte hinaus, doch gleich wieder herein, er hielt ein Fotoalbum in den Händen, er sagte: das ist unser Gästebuch, bitte, sehen Sie selbst. Während wir auf das Essen warteten, blätterten wir die Seiten durch, wir entzifferten Unterschriften und kleine Sprüche auf den Marschenhof, wir erblickten fröhliche Gästegesichter, Hunde und Pfaue, daneben Ponys auf der Koppel, wie bin ich denn darauf gekommen, fragte ich mich, und Anne sagte: er wird auch uns beide fotografieren wollen.

Der Wirt sagte: wir haben nun auch den Annex ausgebaut, der diente früher als Schweinestall, alles tipptopp.

Wo liegen unsere Zimmer?, fragte Anne.

Im Annex, sagte der Wirt.

Die Betten waren frisch bezogen und dufteten, es könnte sein, nach Pfirsichblüte, jedenfalls nach einem starken Weichspüler, Anne streifte die Schuhe ab und ließ sich mit einem kühnen Satz rittlings aufs geblähte Federbett fallen, ich hatte den Eindruck, dass sie ganz langsam einsank, tiefer und tiefer, ich würde ihr folgen müssen, wollte ich nicht riskieren, sie zu verlieren, sie droht vor meinen Augen zu versinken, sagte ich mir und sprang hinterher, Anne kreischte auf und schlug mit dem Kissen nach mir: zieh wenigstens die Schuhe aus.

Die Hauptsache ist schnell erledigt, sagte ich mir, dann kommt die Entspannung, mich ausstrecken und mich streicheln lassen von einer Frau, die für mich, ich muss sagen: ein fabelhaftes Instrument darstellt. Ich sagte, töricht vielleicht, aber nur wenn man es vor Dritten beichtet, ich sagte also: das ist es, das und nur das und nichts anderes, ich musste so alt werden, um die Liebe kennen zu lernen, ich bin dir begegnet, mehr ist nicht möglich. Ich hätte es wissen müssen: die gestammelten Worte entzündeten ein Leuchten in Annes Augen, ich musste mich jetzt anschauen lassen von ihr, und ich musste ihren zärtlichen Blick ertragen, ich kenne diesen Blick so gut, dass ich ihn nicht mehr ertrage, sagte ich mir, ich habe ihn schon zu oft gesehen, ich bin schon zu oft unter diesem Blick gelegen, ich kann ein Paar Augen nicht mehr von einem anderen Paar Augen unterscheiden, sobald ein Paar Augen anfängt, seinen zärtlichen

Blick zu verschenken, dieser Blick erzeugt ein schnurrendes Geräusch in meiner Vorstellung, die Körper entspannen sich, es ist still im Zimmer, nur der Blick schnurrt, dass einem die Ohren dröhnen.

Als der Hund vor dem Annex keifte, drehte sich Anne im Liegen zum Fenster, wobei sie meinen Arm mit sich zog, meine Hand mit ihrer Hand umschloss und auf ihre Brust drückte, komm kuscheln, ihr Körper glühte, ich fuhr mit der Zungenspitze über ihre Schläfe, um die Spur ihrer Lusttränen zu schmecken.

Ich sagte: den keifenden Köter kannst du mieten.

Anne lächelte.

Ja, sagte ich, für zwölf Mark am Tag.

Du flunkerst, sagte Anne.

Steht aber so im Prospekt.

Anne sagte: dazu muss man prostituiert sein.

Ich zog meinen Arm zurück und wand mich aus dem Bett, ich tastete nach Zigaretten, suchte nach Streichhölzern, ja, genau, dachte ich: dazu muss man prostituiert sein, das hab ich schon mal gehört, ich weiß auch von wem, kein Geheimnis: von Lorenzo, soll ich meine Geliebte verklagen, weil sie mit fremden Gedanken schachert, ach was, das tut Anne ja ständig, sie schachert ununterbrochen mit Lorenzos Worten, das ist mir nicht entgangen, er muss sich mit ihr ebenso intensiv ausgetauscht haben wie mit mir, er hat sich in ihren Kopf ebenso hineingeredet wie in meinen, Annes Kopf ist voll mit Lorenzos Gedanken, sagte ich mir, und ich dachte: ausgezeichnet, Anne zitiert Lorenzo, sobald sich ein Wort von ihm anbietet, am liebsten kleine Splitter, hier und dort, wobei sie es vermeidet, auf die Quelle zu verweisen, sie denkt gar nicht daran, und es scheint so, als würde sie nicht einmal merken, woher sie diese Gedanken bezieht, es spielt für sie keine Rolle, warum auch. Sie stellt sich so, als sei ihr der Einfall gerade gekommen, Frauen sind so, sagte ich mir, sie erkennen die Bedeutung eines Gedankens, die Spuren aber sind ihnen gleichgültig, mit Vorliebe gebrauchen sie das taktische Zitat, sagte ich mir und steckte Anne eine Zigarette an, das ist bei Paaren sehr beliebt, eine Frau passt auf, wie ein Mann die Dinge einschätzt, um ihn drei Tage später mit ebendieser Einschätzung zu überraschen, jetzt aus ihrem Mund und nach ihrer Überzeugung dargestellt, meist dem Bedürfnis nach Bestätigung geschuldet, keine Frage, natürlich wird der Mann seine Meinung bestätigen. Ich ermahnte mich: du musst nett sein zu Anne, ich stellte ihr einen Aschenbecher ans Bett, ich kroch zu ihr unter die Decke, ich ging kuscheln, und ich dachte daran, dass sie sich bestens auf die Systemtheorie versteht, Lorenzos Meisterschülerin sozusagen, Anne ist imstande, die ganze Gesellschaft nach den einschlägigen Kategorien zu entschlüsseln, vorsorglich hat Lorenzo das Teilsystem der Liebe ausgespart, jedenfalls hat Anne nie darüber gesprochen. Anne hat nie die Liebe entschlüsselt, sagte ich mir, wer will es Lorenzo verdenken, dass er in diesem Punkt geschwiegen hat, er hat eine bezaubernde Frau, und er vertritt gegen alle Einsicht die Auffassung, dass er sich von dieser Frau bis an sein Lebensende bezaubern lassen werde, Männer sind so, dachte ich. Lorenzo hat sich völlig von mir zurückgezogen, ich muss sagen, ich schätze mich glücklich, wenn ich Lorenzo noch ab und zu reden höre aus Annes Mund, das ist viel mehr als ein Abklatsch, denn Anne ist klug, und Annes Mund ist schön und sinnlich, natürlich klingen Lorenzos Gedanken nach einer sexuellen Begegnung mit Lorenzos Frau anders als im kurdischen Café, das, würde ich behaupten, versteht sich von selbst, aber die Essenz hat sich nicht einfach aufgelöst, manchmal denke ich darüber nach, ob ich mich von Anne begleiten lassen sollte, dann, wenn ich wieder einmal ausschwärme zum Angeln von Professoren, mit Anne als Meisterschülerin sozusagen, vielleicht könnte sie Lorenzos Part in einem Expertengespräch übernehmen, sie könnte eine tadellose Expertin spielen, sagte ich mir, und in ihrem eigenen Fach, der Biochemie, da könnte sie eine tadellose Expertin sein, aber erstens gehe ich kaum noch zum Angeln, und zweitens würde sich Anne bestimmt dagegen sträuben. Was hätte Lorenzo auch anderes tun sollen, fragte ich mich, als sich von mir zurückzuziehen, nachdem ihm Anne alles gestanden hat, ich selbst hätte mich nicht durchringen können zu einem Geständnis, ich hätte nicht gewusst, wie, ich hätte alles nur noch schlimmer gemacht. Es muss eine Welt für ihn zusammengebrochen sein, ich stellte mir vor: er muss zusammengebrochen sein, die doppelte Enttäuschung wird ihn am Ende zermalmen, er wird sich in seinen eigenen Gedanken verfangen, und er wird den Verrat immer weniger fassen können, ein Liebes- und Freundschaftsverrat in einem Atemzug, sagte ich mir, doch das kommt vor, das Leben ist so, es ist opportunistisch, und wer wollte es mir nachsehen, dass ich eine günstige Gelegenheit, wie man sagt, beim Schopf gepackt habe, eine günstige und überaus bezaubernde Gelegenheit, dass ich mir also Anne geschnappt habe, ich wüsste nicht, wie sich Lorenzo aus diesem Schlamassel befreien könnte, ich möchte nicht hoffen, dass es ihm in absehbarer Zeit gelingt, ich möchte über sein Unglück aufrichtig erschüttert sein.

Anne sagte: zwölf Mark am Tag für einen gestörten Hund, das ist doch Wucher. Was sollen wir denn mit dem Tier die ganze Zeit über anstellen?

Die Wirtsleute wären es für einen Tag los, sagte ich.

Anne sagte: das sind doch schamlose Geldscheffler, erst scheffeln sie pauschal, dann scheffeln sie extra.

Ja, genau, dachte ich: es sind Geldscheffler, das hab ich schon mal gehört, und es ist kein Geheimnis, von wem.

Anne, glaube ich, redete damals nicht gern über Lorenzo, jedenfalls nicht mit mir, so als wolle sie damit signalisieren, dass sie noch nicht ganz zu mir übergelaufen sei, es kam vor, dass sie mitten im Gespräch stockte, sie wandte sich ab, sie griff nach einer Zigarette, sie verließ das Zimmer, ich ließ sie in Frieden: sie wird sich beruhigen. Einmal aber zumindest berichtete sie von ihrem Mann, einmal während des Wochenendes auf dem Marschenhof, das hat sich mir eingeprägt, selbst wenn ich nicht mehr sagen könnte, aus welchem Anlass und unter welchen Umständen, vielleicht schon am ersten Abend, als sie im Bett ihre Zigarette rauchte, draußen dämmerte es, doch keiner knipste das Licht an, vielleicht auch am Morgen danach beim Frühstück, nicht sehr wahrscheinlich, aber denkbar, denn Anne ist nicht besonders gesprächig in der Früh, vielleicht also doch erst am Nachmittag, nach dem Fußballspielen auf dem Vorplatz. Anne schlug vor, einen Fußball zu mieten, fünf Mark für den ganzen Tag, darüber lasse sich verhandeln, sie zerrte mich hinaus und forderte mich auf, ein Tor zu schießen, während sie vor der Scheune hin- und hersprang, sie hielt fast jeden Elfmeter, sie lachte und schrie, sodass ich sie mir gut vorstellen konnte, früher auf dem Spielfeld unter anderen Mädchen, ich gab schnell wieder auf, und weil der Wirt aus Neugier schon dabeistand, bugsierte ihn Anne ins Tor, sie zielte und schoss den Ball gegen das Scheunengatter, dass es krachte und die Latten zitterten, der Wirt schnaufte und bekam ein rotes Gesicht, seine Glupschaugen traten noch stärker hervor, er scheute jeden Schuss und versuchte dem Ball, so gut es ging, auszuweichen, aber er sah sich verpflichtet, Kampfgeist vorzutäuschen, und so stellte er sich nach jedem Tor untröstlich und feixte über sein Missgeschick.

Die Wirtin stemmte die Hände in die Hüfte: hey, Alter, pass auf, dass dich die Braut nicht kaputtschießt.

Die Wirtin sah aus wie der Wirt, ich dachte: sie könnte seine Zwillingsschwester sein, sie hatte dieselben Glupschaugen und dieselben wulstigen Lippen, das Haar steckte unter einem Kopftuch, und sie trug eine Strickjacke, die ich, wenn ich mich nicht täuschte, am Vorabend über dem gestreiften Hemd des Wirts gesehen hatte. Bloß ihr Wesen unterschied sich deutlich von dem ihres Mannes, es hatte nichts Anbiederndes, schon gar nichts Unterwürfiges an sich, die Wirtin hätte uns im Gastzimmer wohl nicht so verwöhnt wie der Wirt, sie hätte uns keine Operettenmelodien vorgespielt und kein Fotoalbum gezeigt, sie wirkte herb, ein wenig ruppig, Anne mochte sie.

Die Wirtin sagte: hau drauf, Kleine.

Anne holte aus, der Wirt floh die Stellung, die Wirtin schrie: schieß!

Und Anne schoss.

Die Wirtin drehte sich nach mir um: auf die Kleine müssen Sie Acht geben, die weiß, was sie will, die scheucht ein Hasenherz aus dem Weg.

Ich sagte: das brauchen Sie mir nicht zu sagen.

Anne kam mit dem Ball unterm Arm auf uns zu.

Die Wirtin deutete mit dem Finger auf mich und sagte: ihn müssen Sie mal ins Tor stellen.

Der muss erst richtig schießen lernen, sagte Anne, bis dahin spiele ich die Frau im Tor für ihn.

Das ist vielleicht ein Fehler, sagte die Wirtin: hey, Alter, das Spiel ist zu Ende, Zeit für eine Kaffeepause, du vergisst, dass wir Gäste haben, also schneid gefälligst den Kuchen an.

Der Wirt glotzte uns an wie Neugeborene: schön, ich eile.

Ein gepflegter Rasen, sagte ich mir, als wir über die kurz geschnittene Wiese gingen. Ist es draußen nicht zu kalt? fragte Anne. Ich sank auf einen weißen Plastikstuhl und sagte: komm, setz dich. Ich würde behaupten, hier ist es gewesen, dass Anne von Lorenzo zu erzählen begann, allenfalls unterbrochen durch den Wirt, der mit tief gebogenem Rücken Kaffee und Kuchen servierte, ja, ich bin mir fast sicher, dass es hier war, auf den Plastikstühlen am Plastiktisch unter den Bäumen, ich war begierig darauf, Neuigkeiten zu erfahren, da ich annehmen durfte, dass es sich um traurige Neuigkeiten handelte, ich war darauf gefasst, dass ich in diesen Neuigkeiten einem Schmerz begegnen würde, den ich selbst verursacht hatte, vorsätzlich und gewissermaßen unentschuldbar, Lorenzo litt an einem Schmerz, den kein anderer als ich ihm hätte zufügen können. Ich muss sagen: das nahm mich mit.

Anne sagte: dem Hund gefällt es bei uns.

Ich sagte: fass ihn bloß nicht an.

Wieso, beißt er?

Nein, aber damit erregen wir Aufmerksamkeit.

Zwölf Mark?

Wer einen Hund streichelt, hat ihn schon so gut wie gemietet.

Anne erzählte: ich kann mich nicht entschuldigen, das wäre der falsche Weg, und wohin würde das führen, entschuldige, Lorenz, und weiter? Es ändert ja nichts daran, dass ich nicht mit ihm, sondern mit dir Fahrräder ausgeliehen habe für eine Tour an die Nordsee, ja, sage ich zu ihm, es ist etwas passiert, es hat sich etwas verändert zwischen uns, etwas, das wir für undenkbar hielten, über all die Jahre jenseits jeder Vorstellung, wir haben zu sehr und damit blind auf uns und auf unsere Liebe vertraut, nein, es wäre mir nicht möglich, nicht mehr, von Liebe zu reden, nicht mit ihm, es ist, als sei das Wort plötzlich zerfallen, in seine einzelnen Buchstaben und also zu nichts, zweimal e, dazwischen b, einmal l und einmal i. Ich habe keinen Begriff dafür, ich sage vielleicht noch, dass es jetzt einen anderen Mann für mich gibt, vielleicht sogar, dass ich diesen anderen Mann liebe, einmal so weit gekommen, sage ich: Lorenz, du kennst ihn, du kennst ihn viel besser als ich, aber ich hüte mich, ihn nach seiner Einschätzung zu fragen, obwohl ich daran gewöhnt bin, genau das zu tun, ich frage nicht, wie er den Mann, den ich liebe, einschätzt, das Naheliegende ist plötzlich absurd geworden, und ich sehe, dass ich mich auf nichts mehr verlassen kann, ich muss mit dir reden, sage ich, und ich ahne, dass das Gespräch, anders als gestern, keine Stützen mehr bietet, ich ahne, dass es freihändig geführt werden muss. Dass so etwas vorkommt, Lorenz, ist auch dir nicht entgangen, Menschen verlieben sich, und Menschen trennen sich, darüber wissen wir beide Bescheid, aber wir haben nicht damit gerechnet, und zwar in keiner Sekunde, dass dies auch für uns gelten könnte, sich verlieben ja, sich trennen nein, wir sahen keinen Grund dafür, weit und breit nicht, jetzt aber ist es passiert, Lorenz, und du hast mir den Grund geliefert, du hast mich mit ihm bekannt gemacht, es gibt einen anderen Mann für mich. Und ich sage zu Lorenz, sagte Anne: ich will dich aber nicht verlieren, ich habe nicht aufgehört, dich für einen besonderen Menschen zu halten, einen ganz besonderen Menschen für mich und mein Leben, und wenn ich rede, dann rede ich aus vollem Herzen mit dir, auch wenn du mir das nicht abnimmst, seit heute nicht mehr, auch wenn du überall Lüge und Verrat witterst, ich kann es dir nicht ankreiden, du siehst mit einem Schlag alles entstellt, die ganze Zeit zwischen dir und mir, auch das kann ich dir nicht ankreiden. Sie sagte: ich weiß nicht, ob es richtig ist, was ich tue, nicht, ob es richtig und gut ist für mich, ich weiß nur, dass es mich innerlich zerreißt, aber ich kann im Moment nicht anders.

Ich höre es gern, das Pathos des Abschieds, sagte ich mir, und ich wünschte, Anne würde sich einmal mit denselben Worten und natürlich aus vollem Herzen von mir lossagen, das Ende der Liebe ist so stark wie der Anfang, ich möchte behaupten: das Ende ist stärker, denn es lässt die Liebe in einem Delta zerfließen, ungebändigt und aus der Form geraten, und das, obwohl das Ende schon alles Wissen mit sich führt.

Anne sagte: ich habe Lorenz bereits mit meinem Geständnis verloren, ich sah ihn stehen, in derselben Haltung, mit denselben tapsigen Händen, mit demselben offenen Blick durch die große Brille wie hundertmal zuvor, aber ich spürte, dass er nicht mehr derselbe war, nicht für mich, die Vertrautheit war zerbrochen, ich würde mich nie wieder in seinen Augen verlieren können, nie wieder seine großen, leicht gepolsterten Hände berühren, ich selbst habe ihn mir entrissen, es ist nicht wieder gutzumachen, wie oft habe ich mich danach gesehnt, noch einmal, wenigstens für einen Nachmittag, die Zeit zurückzudrehen, wenigstens bis vor das Geständnis, du, die neue Liebe schon am Horizont, doch ohne dass Lorenz etwas davon wüsste, wie oft habe ich mich danach gesehnt, noch einmal mit Lorenz zu reden, so wie ich es gewohnt war, ruhig, heiter, liebevoll, so würde ich ihn mir bewahren wollen, in dieser Stimmung, die so kostbar ist, dass sie das Leben nur selten vergibt. Stell dir vor, sagte Anne: ich habe ihn kein einziges Mal mehr in der vertrauten Art und Weise erlebt, es ist also vorbei, sage ich mir, er krümmt sich ein, er zieht sich zurück, ich kann ihn nicht ansprechen ohne die Angst, ihn zu verletzen, ich finde für die einfachsten Dinge nicht die richtigen Worte, ich weiß, dass er alles, was ich sage, gegen mich auslegt, es ist zum Verrücktwerden, dann die Abende des Schweigens, die schlimmsten von allen, Lorenz knipst das Licht aus, ich sage: gute Nacht, und Lorenz sagt: danke. Wir leben nicht mehr miteinander, wir leben nebeneinander, wir reden nur noch über das Nötigste, wer etwa was zu besorgen hat, damit der Haushalt nicht zerfällt. Lorenz kündigt an, dass er sich eine Wohnung suchen werde, dasselbe, was ich am Tag zuvor angekündigt habe, manchmal gibt es Streit, mit aggressiven Vorhaltungen und Gebrüll, einmal hat Lorenz ein Glas gegen die Wand geschmissen, stell dir vor, sagte Anne: diese große, leicht gepolsterte Hand schmeißt ein Glas gegen die Wand, und ich lese die Scherben auf, weil ich fürchte, dass sich Lorenz schneiden könnte, dann wieder ist er am Boden zerstört und zieht sich vor Weinen die Brille vom Gesicht, er sagt, er sei in einen Bus mit Schulkindern gestiegen, und er habe seine Tränen plötzlich nicht länger unterdrücken können, er sagt, er habe sich dafür nicht einmal geschämt, er sitzt mir gegenüber und greift mich an, so lange, bis er erneut in Tränen ausbricht, und seine Tränen reißen mich mit, ich muss mich zu ihm setzen, und dann ist er es, der mich in den Arm nimmt und tröstet.

Ich fragte: hast du ihm davon erzählt, dass wir dieses Wochenende gemeinsam verbringen?

Anne sagte nichts.

Weiß er, wohin du mit mir gefahren bist?

Anne stocherte mit der Gabel in ihrem Kuchen.

Du hast ihm also nichts erzählt, sagte ich.

Anne sagte: es ändert nichts.

Anne sagte: wenn ich aus dem Labor nach Hause komme, dann liegt Lorenz auf dem Sofa und starrt an die Decke, oder er läuft ziellos von einem Zimmer ins andere, ich sage: hallo, und Lorenz sagt: ach, du bist es. Ich vermisse, dass er mich empfängt, dass er mich küsst, ich bemerke, wie wichtig mir diese kleine Zuwendung geworden ist, ein Begrüßungsritual, mehr nicht, Lorenz sieht kaum auf, ich kann nicht feststellen, mit welchen Dingen er sich beschäftigt, jedenfalls öffnet er keine Post, Pakete mit Büchern stapeln sich auf dem Kühlschrank, das hat es noch nicht gegeben, er leert nicht mal den Briefkasten, ich lege ein oder zwei Sendungen auf den Tisch. Ich sehe, dass Lorenz leidet, ich sehe ihn jeden Tag leiden, eine Woche lang, zwei Wochen, wie kann er sich nur so gehen lassen, jedes Mal, wenn ich die Wohnungstür aufschließe, spüre ich ein flaues Gefühl im Magen, einmal ist Lorenz nicht da, ich habe das Bedürfnis, die Fenster zu öffnen, ich sage mir, wir können nicht mehr lange so weitermachen, ich denke: ich muss ihn schonen, er muss sich schützen vor mir, einmal ist er nicht da, als ich die Wohnung betrete, er ist in letzter Zeit öfter nicht da, auch daran muss ich mich gewöhnen, er kehrt betrunken zurück, aber das möchte ich ihm nicht verübeln, denn in diesem Zustand redet er wenigstens, ich habe Angst, dass er an seiner Enttäuschung erstickt, ich denke: er soll trinken, und er soll reden, ich werde mir egal was er sagt anhören, er sagt: das hätte ich nicht erwartet, dass du so leicht anzufachen bist, ein bisschen Schöntun, schon lüpfst du das Röckchen, es ist so erbärmlich, so billig, der wird sich gesundstoßen an dir, das hat der auch nötig, der erbärmliche, hirngeschädigte Schwachkopf, man müsste ihn in seinem Hotelzimmer erschießen, mit einem Kopfschuss in die ewigen Jagdgründe befördern, mit einem Gnadenschuss, sag ich dir, dann wäre Frieden, und man müsste nur noch das Jammern seiner billigen Schlampen ertragen, das Jammern über seinen billigen Tod, aber auch das wird sich legen. Anne sagte: ich bin schockiert, aber ich höre ihm weiter zu, ich rücke von ihm ab, aber ich bleibe in seiner Nähe, er klagt, und er stößt unter Schluchzen hervor: es hat keinen Sinn, ich kann nicht mehr, ich werde das nicht durchstehen.

Ich sagte: er will mich erschießen?

Das hatte er schon beim Einschlafen vergessen.

Ich sagte: er hat es aber gesagt.

Anne sagte: wir müssen ihn schützen.

Warum denn ihn?

Anne sagte: er ist verzweifelt.

Ich schloss die Augen, und ich gab mich diesem Augenblick hin, ich atmete ein und aus, nicht nur nebenbei, sondern ganz bewusst, ich achtete auf meinen Atem, ich legte die Hände auf die Brust, dann verschränkte ich die Arme, ich zwickte mir in die Haut, bald da, bald dort, und es tat jedes Mal ein klein wenig weh, gleichzeitig spürte ich einen heftigen Schmerz durch meinen Körper schießen, er raubte mir jedoch nicht die Sinne, im Gegenteil, er gab sie mir zurück, ich fühlte mich also völlig bei Sinnen, zweifellos, ich fühlte, wie betroffen mich das Unglück meines Freundes machte, und als ich dessen gewahr wurde, fühlte ich mich glücklich, ich hielt die Augen geschlossen und beschloss, den Augenblick auszukosten, und obwohl sich in diesen Sekunden eine Zigarette aufdrängte, ließ ich mich nicht dazu hinreißen, es wäre, wie soll ich sagen, es wäre pietätlos gewesen, eine Zigarette zu rauchen, nicht jetzt, sagte ich mir, jetzt, da ich erfahren habe: er ist verzweifelt. Ja, gut, sagte ich mir, es war letztlich einfacher als angenommen, es genügte, ein bisschen mit Anne zu spielen, um sie, wie Lorenzo sagen würde, anzufachen, das hätte selbst ich nicht erwartet, dass sie so leicht zu haben sein würde, denn Anne und Lorenzo, das hatte durchaus seine Stimmigkeit, muss ich zugeben, das habe ich gleich erkannt, von Anfang an, muss ich sagen, als ich die beiden zum ersten Mal gemeinsam sah, damals auf Nicoles Geburtstagsparty, bis dahin hatte mir Lorenzo seine Frau vorenthalten, aber gut, Lorenzo debattierte mit Schulz, Herrn Professor Schulz, muss ich sagen: Gott hab ihn selig, da drehte sich Anne in Lorenzos Richtung und überschüttete ihn mit Zuneigung, sie las in seinem Gesicht, und ich konnte nicht feststellen, ob sie seinen Ausführungen folgte oder sich lediglich, wie soll ich sagen, an seiner Anwesenheit erfreute, jedenfalls ein schöner Augenblick, ein schönes Paar, sagte ich mir, aber man kommt, wenn man es richtig anstellt, immer dazwischen, nicht wahr, das gehört gewissermaßen zum Handwerk, man muss sich auf das Handwerk verstehen, sagte ich mir, und man muss mit den Gesetzen der Liebe vertraut sein, und wer, wenn nicht Lorenzo, wäre imstande, diese Gesetze zu durchschauen und noch im Schlaf der Reihe nach aufzuzählen. Anne hat viel Verständnis für ihn gezeigt, dachte ich, so viel Verständnis wäre gar nicht nötig gewesen, ich gestehe, es wäre mir lieber gewesen, sie hätte weniger Einfühlungsvermögen erkennen lassen, denn Lorenzo, oder wie sie sagt: Lorenz, ist bereits Vergangenheit, das muss ihr einleuchten, sie muss es kapieren, sagte ich mir, ich finde, sie hätte durchaus Rücksicht nehmen können auf mich, zumal ich zum Zeitpunkt des Berichts bereits ihr Herz besaß, ich dachte tatsächlich so, wie ich es sage: ich besitze ihr Herz, ich besaß es nicht gestern, ich werde es nicht morgen besitzen, aber ich besitze es jetzt, und sie, Anne, hätte sich, wie ich finde, erkenntlich zeigen sollen, wie auch immer, sie hätte klarstellen sollen, wer der Herr ihres Herzens ist, sie hätte wenigstens ein paar Worte darüber verlieren sollen, wie sehr Lorenzo sie und damit die Liebe vernachlässigt hat, wie sehr er sich in seine eigenen Interessen verstrickt hat und wie wenig Aufmerksamkeit er ihr und damit der Liebe noch zuteil werden ließ, zu wenig, würde ich sagen, zu wenig, um eine Frau wie Anne, die eine innere Unruhe aufkeimen spürte, zufrieden zu stellen. Anne hätte erwähnen sollen, dass ich sie mit Aufmerksamkeit zu verwöhnen pflegte, sie hätte sich entsinnen sollen, dass sie mir folgte mit den Worten: sie könne nicht anders, sie hätte, als sie von Lorenzo erzählte, registrieren sollen, dass ich ihr Zuhörer war und nicht irgendwer sonst, sie hätte mir ein Wort der Liebe zuspielen sollen. Finde ich.

Anne sagte: lass uns morgen, wenn wir an die Nordsee fahren, meinen Vater besuchen.

Ich schlug die Augen auf: warum das denn?, dachte ich.

Anne sagte: ich habe ihn so lange nicht mehr gesehen, und wenn wir schon kurz vor der Küste sind –

Nein, dachte ich.

Anne sagte: ich rufe ihn heute Abend an.

Nein, dachte ich. Ich sehe nicht ein, weshalb Frauen, mit denen ich verkehre, stets ihre Väter ins Spiel ziehen müssen, geradeso, als suchten sie Beistand, weil sie mir insgeheim nicht über den Weg trauten. Gestern Nicole, die fahle Nicole, sagte ich mir: heute Anne, das Papa-Kind, ausgerechnet jetzt also möchte das Papa-Kind seinen Papa sehen, das ist nur zu verständlich, und ich stelle mir vor, dass wir hineinplatzen mitten in eine Sonntagsidylle, der Papa und seine blonde Lebensgefährtin sitzen im Garten, ja, hallo, ja, so eine Überraschung, es wird gegrillt, Fleisch liegt auf dem Rost, Lamm, das mögen Sie doch, nein: ich will lieber nicht an die Nordsee, jedenfalls nicht zu Annes Papa und seiner blonden Lebensgefährtin, aber es sieht so aus, als könne ich diesmal wenig dagegen ausrichten.

Ich täuschte einen Anfall vor, in der Art, wie ich es bis zu einem gewissen Grad selbst an mir beobachten konnte, in der Art auch, wie es Leute in meiner Umgebung wieder und wieder bezeugten, dieser vermeintliche Anfall ereignete sich im Annex, ich sorgte dafür, dass nur Anne zugegen war und ich das Schauspiel auf sie lenken konnte, ich inszenierte meinen Anfall für sie ganz allein, denn allein sie sollte von meiner Hilflosigkeit beeindruckt sein, sie sollte dadurch zu der Auffassung gelangen, dass ein Ausflug bis an die Nordsee und besonders der daran geknüpfte Besuch bei ihrem Vater unzumutbar sei für einen Menschen in meiner Verfassung, sie sollte erkennen, dass es für sie als Betreuerin, wenn man so will, nicht zu verantworten sei, einen Menschen wie mich zu diesem Ausflug zu nötigen, da könnte weiß Gott was passieren, würde sie das düstere Vorzeichen, den Anfall im Annex, missachten, sie mag sich sagen, sagte ich mir: das ist ein Wink des Schicksals, sie mag ihr Vorhaben aufgeben, ihren Vater mit einem Anruf zu überraschen und anderntags mit ihrer und meiner Person bei ihrem Vater anzurücken, sie mag sich sagen: das Risiko ist zu hoch. Der Anfall soll wenig mehr bewirken, als dass er Annes Besorgnis erregt, sagte ich mir, es geht um eine Besorgnis, zu der ausnahmslos Frauen und vor allem liebende Frauen fähig sind, sie soll sich veranlasst sehen, sich um mich zu kümmern: er braucht mich. Ich fragte mich in diesem Moment nicht, weshalb ich von tatsächlichen Angriffen auf mein Bewusstsein verschont blieb, weshalb ich nicht Opfer einer allmählichen Sinnestrübung wurde, ich hatte aufgehört, danach zu fragen, solange ich mich in Begleitung von Anne und damit in Sicherheit glaubte, ich durfte mich nicht gehen lassen, nicht vor Anne, denn Anne koppelte mich an meine Existenz, ihre Hingabe bewirkte Lorenzos Verzweiflung und damit meine Erschütterung, es lag an mir, diese Hingabe zu erwirken, ich brauchte dafür einen kühlen Verstand, ich riss mich also zusammen, der erbärmliche, hirngeschädigte Schwachkopf, wie Lorenzo sagen würde, rüstete sich zu seinen letzten Spielen. Nach dem Abendessen gingen wir in den Annex hinüber, der Hund keifte und die Enten schnatterten, wir hatten vor, uns kurz auszuruhen und dann zu einem Spaziergang ins Dorf aufzubrechen, die Gelegenheit ist günstig, sagte ich mir, und als Anne aus dem Badezimmer kam, sah ich sie ausdruckslos an, das heißt, ich tat so, als würde ich gleichsam durch sie hindurchschauen, als würde ich nicht mehr erfassen, wer sich hier vor wem zeigte und aufgrund von welcher Konvention, nicht einmal mehr zur Kenntnis nehmen, dass eine Frau im schwarzen Unterrock barfuß über einen Teppich ging, kurz überlegte ich, ob ich die Zunge seitlich heraushängen lassen sollte, aber ich verwarf die Idee, ich wollte mich nicht leichtsinnig entstellen, außerdem belegten Zeugenaussagen, dass ich, wenn das Ich meinem Körper entglitt, keineswegs zu unkontrollierten, hässlichen Ausfällen neigte, im Gegenteil, der entkernte Körper benahm sich den Umständen entsprechend rücksichtsvoll, um nicht zu sagen: zivilisiert. Anne sah, dass etwas nicht stimmte, aber sie war so sehr von ihren Verrichtungen gefangen, dass sie nicht gleich reagierte, sondern barfuß über den Teppich ging und sich vor dem hohen Spiegel über der Anrichte ankleidete, dabei redete sie mit mir, ich glaube, sie erzählte einen Vorfall aus dem Labor, und sie suchte meinen Blick im Spiegel, ich schlug die Beine übereinander und starrte auf den Teppich, Anne drehte sich um, sie sagte: hey, was ist los? Ich starrte auf ihre nackten Füße, ich tat so, als sei ich nicht ansprechbar, genauso, wie es mir immer geschildert worden ist von den Zeugen meiner Ohnmacht, ich versuchte aufzustehen, Anne aber drückte mich in den Sessel zurück, ich fluchte, ich muss sagen: aus Versehen, ich missbilligte diesen Fluch vor mir, und zwar unverzüglich, denn er verriet noch einen Hauch von Geistesgegenwart, einen Hauch zu viel für meinen Geschmack, wo ich doch für Anne verloren gehen wollte, Anne sagte: ich bin es, erkennst du mich nicht? Und sie strich mir mit der Hand übers Gesicht, sie ging vor mir in die Hocke, sie nahm meinen Kopf zwischen ihre Hände, das ist es, sagte ich mir, das ist die Besorgnis, auf die ich es abgesehen habe, ganz wunderbar, die Besorgnis einer liebenden Frau, nicht ohne mütterlichen Instinkt, aber gut, er braucht mich, mag sie sich einreden: ich muss mich um ihn kümmern. Ich stand auf, und Anne kontrollierte, was ich vorhatte, da beging ich den zweiten Fehler, erst das Fluchen, dann das Vorspielen, ich spielte ihr vor, wie ich versuchte, mit meinen Füßen in ihre schmalen Schuhe zu schlüpfen, hey, sagte sie, riss mich zurück und drückte mich wieder in den Sessel. Ja, ich weiß, ich hätte keinen Clown mimen sollen, als ich versuchte, Anne von meiner Hilflosigkeit zu überzeugen, das war viel zu unterhaltsam, eine Nummer sozusagen, dazu ist man nicht in der Lage, wenn das Bewusstsein verdämmert, ich fragte mich: wie aber spiele ich mich, wenn ich so weit bin, dass ich nicht mehr Ich sagen kann? Wie mache ich mich verständlich? Was bleibt von mir übrig? Ich sagte mir: der Körper. Zum Glück schien Anne auf mein Spiel hereinzufallen, es muss der erste Eindruck gewesen sein, der ihr einleuchtete, sie war ergriffen von meiner apathischen Erscheinung, sie erkannte einen Notfall, sie erkannte ihn an, und als ich fortfuhr, ihre nackten Füße zu betrachten, wurde sie sogar nervös, sie sagte: mein Gott, und: was soll ich tun, und: er braucht Hilfe, Anne sagte: ich hole Hilfe. Nein, sagte ich und begriff, dass ich damit das Schauspiel zerstörte, nein, es geht schon wieder, alles okay. Ich wagte nicht, mir vorzustellen, dass Anne die Wirtsleute herbeirufen könnte, okay, der Wirt würde zu gängeln sein, nicht so die Wirtin, sagte ich mir, die Wirtin würde bestimmt die Ambulanz alarmieren, und dann hätte mich ein Arzt am Wickel, der würde mich als hoffnungslosen Fall einstufen, und was hätte ich davon? Würde mich diese Einschätzung auch nur einen Schritt weiterbringen? Natürlich nicht, sagte ich mir, sie würde das Ende bedeuten, nein, sagte ich also, als Anne die Idee befiel, Dritte zu verständigen, nein, dachte ich, das schaffen wir auch allein, alles okay, bleib bei mir.

Der Wirt verneigte sich, die Wirtin lachte, als wir tags darauf, das Gepäck auf die Träger geschnallt, die Fahrräder bestiegen, eine gute Fahrt, sagte der Wirt, und die Wirtin lachte noch lauter.

Und? Wohin soll es gehen?, fragte die Wirtin.

Hoch an die Nordsee, sagte Anne.

Die Wirtin lachte, und der Wirt sagte: Ebbe und Flut.

Bis zum nächsten Mal!, sagte ich.

Aber warum an die Nordsee?, fragte die Wirtin.

Anne sagte: wir besuchen meinen Vater.

Der Wirt schoss ein Foto: das kommt ins Gästealbum.

Wettrich sagte: ich bin spät nach Hause gekommen, es gibt so Tage, immer wieder, da verrinnt mir die Zeit zwischen den

Fingern, plötzlich ist es Abend, dann Nacht, und ich habe nicht halb so viel geschafft wie vorgehabt, dabei lief alles nach Tagesplan, so wie ihn mir die Sekretärin am Vortag ausgedruckt und dann an die Schreibtischlampe geklemmt hat, ich erinnere mich daran, dass der eine oder andere Termin gelb markiert war, mit dem Leuchtstift unübersehbar gelb markiert, denn ich fahre mit dem Stift jedes Mal eigenhändig über das eine oder andere annoncierte Treffen, sodass es gelb aufleuchtet, aber nur wenn es ein wichtiges Treffen ist, ich muss ein wichtiges Treffen auf den ersten Blick erkennen, und auch Ulrike soll sich, wenn sie meinen Tagesplan morgens auf dem Küchentisch vorfindet, genauso wie ich den ihren vorfinde, auch sie soll sich sofort ein Bild davon machen können, welche Verabredungen, und zwar vor allem: welche wichtigen Verabredungen mich an einem bestimmten Tag, und zwar: laut Plan, erwarten. Ich bin nach diesem Plan vorgegangen, wie eh und je, sagte Wettrich, ich erschien pünktlich auf der Frühstückskonferenz, wie wir unter uns sagen, ich empfing ein paar Herren, die viel Geld in ein Passagenprojekt zu investieren bereit waren, herzlich willkommen, dachte ich, leider jedoch favorisierten sie einen Architekten, den ich für eine modische Geschmacksverirrung halte. Ja, ich erkenne, wenn ich vor einem der gläsernen Konsumpaläste ebendieses Architekten stehe, ich erkenne dann schon die Altglascontainer im Hinterhof, schemenhaft zumindest, man muss sich die Container zu jedem Projekt ebendieses Architekten dazudenken, ich höre es krachen und klirren, und ich stehe erschüttert vor einem riesigen Haufen von Scherben. Kein Ausweis für die Stadt der Zukunft, wenn du mich fragst, aber die Herren wollten mir ihren Favoriten regelrecht aufschwatzen, nicht mit mir, sagte ich, die Sitzung wurde vertagt. Danach sortierte ich meine Post, der ganze

Stapel war bereits geröntgt. Wie du weißt, verkehren die Personenbeschützer im Amt, seit den seltsamen, nicht abreißenden Drohungen gegen unser Haus, die Führung ist von Leibwächtern umgeben, entsetzlich, sag ich dir, ehe du einen Menschen verwünschst, hetze ihm einen oder zwei Wächter auf den Leib, das genügt. Obwohl wir ständig beteuern, dass wir uns sicher fühlen, und zwar absolut sicher, weichen die Personenbeschützer nicht von unserer Seite, sie nehmen ihren Auftrag, das Amt, wie sie sagen, vor Unbill zu bewahren, sehr ernst, und sie entlassen uns nur halbherzig in die Freizeit. Am liebsten würden sie uns noch in die Wohnungen folgen, aber nein, sage ich, besten Dank, sage ich: hier an der Türschwelle entbinde ich Sie Ihrer Aufgaben, es reicht völlig aus, wenn Sie morgen zur gewohnten Stunde wieder zur Stelle sind. Mittags ging ich dann essen mit einem Freund aus der Partei, nachmittags telefonierte ich mit Journalisten über den Stillstand beim Passagenprojekt, ich rief auch Ulrike an, ganz ohne Grund, ich höre am Nachmittag gern ihre Stimme, anschließend bereitete ich mich zwei oder drei Stunden lang vor auf eine wichtige, also gelb zu markierende Zusammenkunft, Politik und Bauwirtschaft, sie ist für die kommende Woche angesetzt, da könnte es krachen, ich schlug also in den Akten nach, ich redete mit meiner Sekretärin, ich telefonierte, und ich pfiff zweimal meinen Referenten zurück, danach verlangte der Senator nach mir, um eine politische Linie abzustecken, so ungefähr wenigstens. Es lief wie am Schnürchen, und die Eintragungen auf dem Tagesplan wurden nach und nach abgehakt, die Sekretärin verabschiedete sich, es wurde ruhig im Haus, und ich setzte mich an meinen Schreibtisch, um das, was liegen geblieben war, durchzusehen und mich gegebenenfalls darin zu vertiefen. Ich bin spät nach Hause gekommen, ich nickte den Beschützern meiner Person zu und summte leise vor mich hin, es ist gut, niemals zu wissen, was in den nächsten Minuten passiert, nicht das, was einem, wohl oder übel, widerfährt, es erleichtert vieles, sagte ich mir, zweifellos. Ich hatte natürlich keine Ahnung, was mich zu Hause erwartete, ich fand keine Notiz dazu auf meinem Tagesplan, der Anschlag war nicht vorgemerkt und so auch nicht mit einem Leuchtstift gelb markiert, wäre es anders gewesen, Ulrike hätte schon am Morgen geschrien.

In der Tür steckte ein wattiertes Kuvert, sagte Wettrich: ich drehte es um und blickte auf den Absender, Radio 2000, gefälscht, wie sich schnell herausstellen sollte, ich schloss die Tür auf und trat in die Wohnung, alles war dunkel, Ulrike anscheinend bereits im Bett, ich fragte mich, warum sie den Umschlag nicht entgegengenommen hatte, wo sie doch zu Hause war, aber ich verlor die Frage wieder, ich nahm eine Flasche Bier aus dem Kühlschrank und öffnete sie, ich schenkte mir ein Glas ein, Schaum bis zum Rand, und trank. Immer wenn ich spät nach Hause komme, freue ich mich auf diesen Moment, auf die Flasche Bier aus dem Kühlschrank, die Ulrike nie vergisst, in den Kühlschrank zu stellen, meistens setze ich mich auf die Eckbank mit den roten Lederpolstern, um ein bisschen zu entspannen, ich blättere die Zeitung durch und greife ab und zu nach dem Glas, diesmal nahm ich einen Schluck im Stehen und riss, ehe ich mich niederließ, das Kuvert auf – es knallte, ohrenbetäubend, würde ich sagen, und ich spürte einen stechenden Schmerz in der rechten Hand, es tat so verflucht weh, dass ich gellend um Hilfe schrie, Blut spritzte über das Tischtuch, und ich sah aus wie mehrmals angeschossen in meinem rot befleckten, ursprünglich weißen Hemd, ich hatte Panik und heulte, ich traute mich nicht, meine rechte Hand zu betrachten, ich blickte vorsichtig aus den Augenwinkeln und erkannte undeutlich einen entstellten, roten Klumpen, ich war so geschockt, dass ich mit der linken Hand die Flasche nahm und das Glas erneut mit Bier füllte, ehe ich begriff, was vorgefallen war, ich schrie um Hilfe, und ich schrie nach Ulrike. Als Ulrike mir zu Hilfe kam, schrie sie zunächst ebenso laut wie ich, so laut, wie sie am Morgen geschrien hätte, hätte sie das Wort Anschlag, noch dazu mit dem Leuchtstift gelb markiert, auf meinem Tagesplan entdeckt. Sie hat den Notarzt gerufen, und ich wurde mit einer zerfetzten rechten Hand unter Blaulicht in die Klinik gebracht, zur Notoperation natürlich, um zu retten, was noch zu retten war, das habe ich so aufgeschnappt, durch die Mauern meines Schocks hindurch, weißt du, sagte Wettrich und streckte mir seine verbundene Hand entgegen: ich habe meine Hand, den Daumen und den Zeigefinger behalten dürfen, mehr war nicht zu retten, beim besten Willen nicht, wie mir beteuert wurde, ich habe drei Finger verloren, und weißt du, was mir als Erstes durch den Kopf ging? Es ist tatsächlich absurd, aber der erste Gedanke war: dein Jugendtraum ist ausgeträumt, nun wirst du nie mehr richtig Klavier spielen lernen.

Wettrich lag in einem Einzelzimmer, ich stand am Fuß des Krankenbetts und folgte seiner Erzählung, ich stützte mich mit den Händen auf die blitzende Bettstange, meine Finger klammerten sich daran fest wie an einer Reling, und ich drückte meinen Schuh gegen ein arretiertes Rad, ich sah, dass Wettrich Blumen geschenkt bekommen hatte, sogar mehrere Sträuße, ich fragte nicht, von wem. Wettrich schwieg, ich wusste nicht, was ich hätte sagen, was ich hätte fragen können, ich sagte, glaube ich, lange Zeit nichts, und auch Wettrich fuhr nicht fort mit seiner Erzählung, so als habe er gerade das letzte Kapitel geschildert, er sah mich ohne ein Wort an, ich möchte sagen: er sah mich ausdruckslos an, und ich wich diesem stumpfen Blick aus und starrte auf seine unförmig verbundene Hand, tut mir leid, es ließ sich nicht vermeiden, ich konnte nicht anders, als das grotesk bandagierte Körperteil zu fixieren, ich glaube, dann fragte ich: was haben die Ermittlungen ergeben?

Nicht viel, sagte Wettrich, aber es ist eine Postkarte eingetroffen, beim Senator persönlich, und die Verfasser bekennen sich zur Tat.

Ach so?

Ja, sagte Wettrich, sie behaupten, es habe den Richtigen getroffen. Kein Wort des Bedauerns.

Ich sagte: die schicken nicht erst eine Briefbombe, um dann über den Schaden betrübt zu sein.

Ja.

Wer sind die Verfasser?

Wettrich sagte: sie kämpfen gegen das Projekt Alexanderplatz, gegen jeden einzelnen Wolkenkratzer, sie halten das ganze Vorhaben für eine kapitalistische, nein, für eine imperialistische Kolonisierung des Ostens, ein Vokabular, das ich bereits als ausgestorben erachtete, man kann sich irren, sie preisen den Alex als Platz der kleinen Leute, jetzt würden die Mieten in die Höhe schießen, und Ganoven würden einfallen wie in Chicago, und so weiter, wie üblich.

Wer sind sie?

Wettrich sagte: sie nennen sich Kommando Ost.

Auch Wettrich musste lachen, er sagte: die kommen als Täter nicht in Frage, nicht, wenn du mich fragst, mag die Polizei der Spur auch nachgehen, ich glaube nicht daran.

Sie wollten von sich reden machen, sagte ich.

Wettrich sagte: das sehe ich genauso. Und mehr nicht. Einmal wenigstens sollte das Kommando Ost in allen Zeitungen Erwähnung finden. Das ist gelungen. Aber der Anschlag kommt aus einer anderen Ecke, ich kann mir nicht vorstellen, dass ich einem Kommando Ost drei Finger habe opfern müssen.

Wem dann?, fragte ich.

Wenn ich das wüsste.

Wer hat ein Interesse daran, dich aus dem Weg zu schaffen, oder zumindest, dich einzuschüchtern?

In der Politik ist das ganz normal, sagte Wettrich.

Wer hat in letzter Zeit versucht, dich auf seine Seite zu ziehen, wer hat dir Versprechungen gemacht?

Ich bin nicht bestechlich.

Na, eben, sagte ich.

Wettrich sagte: was willst du damit sagen?

Dass man zu anderen Mitteln greifen muss, sagte ich: Jens, ich habe kürzlich ein bisschen halluziniert, du weißt, dass ich an keinen Hokuspokus glaube, natürlich nicht, niemand kann sagen, wie die Zukunft gelaunt ist, aber gut, ich lief also über den Alex, und ich fühlte mich angelockt von einem Licht aus dem Untergrund, es flutete magisch aus einer Linse mitten auf dem Platz, wie aus einem riesigen, weit offenen Auge, ich lief mehrmals rauf und runter, immer vom oberen Lid zum unteren Lid, ohne dass das Auge je geblinzelt hätte, nein, es leuchtete unverändert, es strahlte, ich fing an, zu schlendern und mich zu entspannen, und ich entdeckte Menschen auf der Netzhaut, einen ganzen Mikrokosmos, unruhig und pausenlos in Bewegung, ich stemmte meine Hände auf die Knie und blickte in das Innere des Auges, ich sah, dass dort Passanten stehen blieben und sich die Hälse verrenkten, um ihrerseits zu erkennen, was auf der

Glaskuppel geschah, sie beobachteten mich, sie sahen, wie ich mich, grätschbeinig und mit den Händen auf die Knie gestemmt, über sie beugte, wie einem wissenschaftlichen Interesse folgend, in diesem Augenblick bemerkte ich dich, ich war mir ganz sicher: du im Inneren des leuchtenden Auges, ich sah dich in deinem hellen Trenchcoat stehen und mit zwei Männern in Lederjacken verhandeln, ich ging in die Hocke, dann auf die Knie, schließlich presste ich meine Stirn auf die Kuppel, um besser erkennen zu können, was sich dort abspielte, dir wurde, soweit ich sah, ein Bündel Banknoten aufgedrängt, und du schlugst es immer wieder aus, sehr entschieden und am Ende so energisch, dass ein Handgemenge drohte. Als dann aus dem Hinterhalt ein weiterer Mann hervorpreschte, bewaffnet mit einem blitzenden Messer, sodass ein Blitzen quer durch das leuchtende Auge schoss, da stand ich auf und zog meinen Revolver, ich zielte auf das rasende Blitzen und feuerte ein paar Mal mitten in das Auge, und jedes Mal flogen einige Splitter durch die Luft und schlitterten über die Kuppel, genauso wie die Patronen, die von einer tieferen Schicht zurückprallten. Immerhin hatte ich so viel Erfolg, dass die Gestalten beim ersten Knall auseinander sprangen, weg in irgendwelche Winkel, das Innere des Auges glänzte still, ich stellte keine Regung mehr fest, jedenfalls so lange nicht, bis der Leuchtbrunnen unter meinen Füßen zu sprühen begann und das Wasser von allen Seiten in das Auge quoll, ich war erleichtert, nichts mehr zu sehen, eine dicke Träne verschleierte mir den Blick, ich steckte den Revolver ein, es gab nichts mehr zu tun, also legte ich mich hin und schlief ein über dem weinenden Auge.

Das hast du geträumt?, sagte Wettrich.

Das habe ich so erlebt, sagte ich: am helllichten Tag.

Wettrich winkte ab, und zwar mit seiner verletzten, unförmig verbundenen Hand, eine müde Geste, nicht ohne Nachsicht. Wettrich sagte: so.

Man muss den Kerlen das Handwerk legen, sagte ich.

Prinzipiell kannst du jeden verdächtigen, meinte Wettrich, es gibt keine verlässliche Spur. Du kannst die Kreise einzeln durchgehen, die politischen, die wirtschaftlichen und natürlich auch die privaten, die Sendung ging, immerhin, an meine private Adresse, was hindert mich daran, zum Beispiel Nicoles Mutter in Betracht zu ziehen? Sollte sie mir nicht suspekt sein? Sie jedenfalls hätte einen Grund gehabt, sich zu rächen, wenn auch einen, der weit zurückliegt, sie hätte sich allenfalls mit großer Verspätung gerächt, aber das würde für ein Kommando Ost genauso gelten, auch ein Kommando Ost hätte sich mit großer Verspätung gerächt, es hätte viel zu spät reagiert, seine Reaktion wäre nicht mehr nachvollziehbar und damit ausgesprochen sinnlos. So.

Vielleicht eine Verzweiflungstat.

Wettrich sagte: damit würde sich der Kreis der Verdächtigen erheblich erweitern, denn wer in dieser Stadt wäre nicht verzweifelt, das lässt sich, würde ich behaupten, gar nicht vermeiden, vor allem dann nicht, wenn man gezwungen ist, sich in politische Angelegenheiten zu verstricken, in so genannte Staatsgeschäfte, die sich hinter dem vordergründigen Staatszirkus verbergen, ein einziger Quell der Verzweiflung für den, der nicht darauf gefasst ist, man müsste nur noch den Mut dazu aufbringen, seiner Verzweiflung Ausdruck zu verschaffen. Alle Welt ist heute verzweifelt, sodass wir uns lieber fragen sollten, weshalb diese Bomben so selten verschickt werden, wir dürfen uns glücklich schätzen, dass diese Gesellschaft so verklemmt ist, das hält sie im Zaum. Bestimmt bist auch du über dich und dein Leben verzweifelt, ich lese dir diese Verzweiflung geradezu vom Gesicht ab, ich sehe einen Ausdruck, der mir sagt: so, wie die Dinge laufen, laufen sie gegen dich. Warum also hast nicht du mich mit einem wattierten Kuvert überrascht?

Was hätte ich davon?

Ein erfolgreicher Anschlag würde dich betroffen machen, sagte Wettrich, er würde dich aus deiner namenlosen Verzweiflung reißen, du würdest dich als Täter erleben, das wäre besser als gar nichts.

Ich sagte: das ist wahr.

Die Tür sprang auf, ohne dass jemand angeklopft hätte, jedenfalls hatte ich kein Klopfen gehört, ich nahm meine Hände von der Bettstange und sagte: hallo, Nicole. Sie nickte mir zu und ging zu ihrem Vater, sie küsste ihn wie einen kranken alten Mann auf die Stirn: geht es besser?, fragte sie. Sie sah übermüdet aus, fahl wie immer und mit dunklen Ringen unter den Augen, sie trug einen schwarzen Pullover, einen schwarzen Rock und eine schwarze Strumpfhose, sie hatte sich die Haare schneiden lassen, zu kurz für meinen Geschmack, diese Kurzhaarfrisur erinnert mich daran, dass sie älter wird, sagte ich mir: Nicole ist älter geworden. Sie kam auf mich zu, sie lächelte zaghaft und küsste mich auf die Wange, ich dachte: sie haucht mir einen Kuss auf die Haut, sie sagte nichts, und Wettrich bewegte vorsichtig seine verstümmelte Hand, so als winke er: na, ihr beiden.

Ich sagte: warum hast du mir nichts von dem Anschlag gesagt?

Es stand in jeder Zeitung, sagte Nicole.

Vielleicht hätte ich es gern von dir erfahren.

Das konnte ich nicht wissen, sagte Nicole.

Es klopfte, dann öffnete sich die Tür und zwei Schwestern,

gefolgt von einem dicken bärtigen Herrn im weißen Kittel, traten ein. Dürfen wir Sie bitten, für einen Augenblick das Zimmer zu verlassen? Nicole lächelte zaghaft: komm, gehen wir ins Treppenhaus, dort können wir rauchen.

Ich sagte: wenn sie dir wehtun, Jens, dann schrei, wir schlagen dich da raus.

Wettrich sagte: die sind noch harmlos.

Nicole stieg die Treppe hinunter, ich stieg hinterher, das Treppenhaus mit einer Front aus Glas wirkte hell, die Scheiben waren verfugt, keine Fenster zum Öffnen, doch auf halber Höhe, zwischen den Etagen, standen Aschenbecher auf dünnen Beinen, Nicole stieg tiefer als nötig, sie sagte: volle Aschenbecher kann ich nicht ausstehen. Ich gab ihr Feuer, sie sagte: danke, sie sah hinaus, ich folgte ihrem Blick, ein schöner kleiner Park, Patienten in Frotteemänteln zogen ihre Runden, manche begleitet von Freunden oder Angehörigen, die meisten allein mit ineinander gehakten Händen auf dem Rücken. Ich zog an meiner Zigarette, ich sah, dass Nicole an ihrer zog, ich wünschte, sie würde etwas sagen, aber sie schwieg und rauchte.

Steht der hohe Turm in Jena noch?, fragte ich.

Nicole sah mich an: was willst du wissen?

Nichts, sagte ich, ich will nichts wissen, es geht mir nur um den hohen Turm, ich habe gefragt, ob der hohe Turm noch steht, ich schwärme für Chicago seit meinem fünften oder sechsten Lebensjahr.

Nicole sagte: Jena ist nicht Chicago.

Ich sagte: weiß ich selber.

Nicole sagte: der Turm steht noch.

Ich verfolgte die Runden der in Frottee gehüllten Patienten, ich stellte mich, als sei ich völlig vertieft in den Anblick, ich sah hinaus und fragte: ist alles okay?

Es sieht so aus, als würde ich bald Professorin sein, sagte Nicole.

So?

Ja, es sieht so aus.

Ich fragte: du übernimmst den Wurtzig-Lehrstuhl?

Nicole sagte: es hat nie einen Professor Wurtzig in Jena gegeben.

Ach so.

Nicole sagte: es ist der Lehrstuhl von Schulz, Professor Schulz, ich folge ihm nach, ja.

Ich sagte: ach so.

Ich wusste, ich sollte mich freuen für Nicole, das war die vorläufige Krönung ihrer Karriere, und ich freute mich tatsächlich, so schön und so erfolgreich, sagte ich mir, ich hatte sogar kurz das Verlangen, sie reden zu hören in einem Hörsaal, eine ganze Vorlesung lang, warum nicht, die fahle Nicole, sagte ich mir: wer, wenn nicht sie. Ich glaube, ich hätte sie gerne umarmt, im Treppenhaus der Klinik, egal, ich hätte ihr gerne gezeigt, wie sehr ich mich für sie freute, das ist umwerfend, hätte ich gerne gesagt, und ich hätte sie gerne auf den Mund geküsst. Aber ich drückte, ohne ein Wort zu verschenken, meine Zigarette im Aschenbecher aus, und Nicole tat es ebenso, ich fragte mich: warum hat sie im nassen Nachthemd für Schulz posiert?

Sie sagte: gehen wir.

Lass uns noch eine rauchen.

Wir steckten uns Zigaretten an, wir schwiegen, wir sahen hinaus auf den Park, im Treppenhaus stiegen Leute die Stufen hinauf oder hinunter, das Haus belebte sich mit Besuchern, Schritte klackten, Stimmen näherten, Stimmen entfernten sich, eine Frau lachte. Einmal klopfte ich Asche ab in dem Moment, als Nicole Asche abklopfte, sie sah auf, sie lächelte nicht, und sie wandte sich wieder der Aussicht zu. Ganz in der Nähe, auf einer Holzbank sitzend, zeigte eine alte Frau einem alten Mann Fotos, eine Aufnahme nach der anderen, der alte Mann deutete mit dem Finger auf eine Szene und suchte den Blick der alten Frau, die alte Frau bog sich vor Lachen.

Nicole sagte: gehen wir.

Auf der Station verkehrten kaum Besucher, nur Patienten, dazwischen ein paar Schwestern und Pfleger hin und her, vor allem aber Patienten, Verletzte und Schwerverletzte, ich habe noch nie so viele verletzte Menschen auf einem Korridor gesehen, Kornährenverband, Zinkleinverband, Rucksackverband, diese Station ist ein Lazarett, abseits der Gefechte, sagte ich mir, ich möchte nicht wissen, wer mit welchen Verletzungen in welchem Zimmer liegt, und wer nicht mehr imstande ist, aufzustehen und hinaus auf den Korridor zu gehen, ich habe noch nie so viele Kopfverletzungen gesehen, dachte ich: Pflaster, Druckverband, Druckwickelverband, jeder Kopf ein Opfer von Gewalteinwirkung, es war einer der seltenen Augenblicke, da ich mich völlig gesund und also im Vorteil und also wie ein Besucher fühlte, der kommt und auch wieder geht, ich nahm mir vor, Wettrich zu versichern, dass ich nicht im Geringsten verzweifelt sei über meine Lage, das Schicksal gehe geradezu gnädig mit mir um, ich würde sagen: schau hinaus auf den Korridor, und du verstehst, was ich meine. In der Mitte der Spur setzte ein Patient einen Schritt vor den anderen, ich möchte sagen: er schlurfte in Pantoffeln den Korridor entlang, bedächtig und leicht gebückt, wir zögerten, ihn zu überholen, nicht links, nicht rechts, wir passten uns seiner Langsamkeit an, Nicole blieb stehen, ging weiter, blieb stehen, ging weiter, und ich stellte mich auf ihren Rhythmus ein. Ich überlegte, wie sich der Patient seine Verletzung, die eine Kopfverletzung war, zugezogen haben könnte, er trug einen um den Kopf gewickelten Verband, der knapp über seinen Augen ansetzte und dann zu einer Art Turban emporwuchs, er sah herrschaftlich aus, er flößte Respekt ein. Wäre nicht eine Schwester herbeigesprungen und hätte sie nicht routiniert den Patienten in ein Zimmer gezogen, wir wären ihm bis zum Ende des Korridors gefolgt. Die Schwester kam mir bekannt vor, sie drehte sich noch einmal nach uns um und sagte: Herr Wettrich erwartet Sie.

Ein Leibwächter döste mit verschränkten Armen auf einem Klappstuhl, ich öffnete die Tür zu Wettrichs Zimmer, hielt inne und ließ Nicole den Vortritt: Frau Professorin.

Wettrich versuchte sich aufzurichten im Bett, wobei Papierbogen zu Boden rutschten, ich sah, dass er sein Gesicht verzog vor Schmerzen, doch als er uns bemerkte, entspannte er sich. Nicole ging in die Hocke, sammelte die Bogen auf und legte sie zusammengerollt auf die Fensterbank. Wettrich sagte: am Ende kehrt man zu den einfachen Dingen zurück, ich könnte auch sagen: zu den radikalen Dingen, denn das Einfache ist bekanntlich immer das Radikale, radikal einfach sozusagen, wer einfach denkt, ist davor gefeit, sich in komplizierten Verästelungen zu verfangen, dabei lassen sich die entscheidenden Fragen meistens auf radikal einfache Alternativen bringen: entweder ja oder nein. Ich bin mit dem Leben davongekommen, ich habe Glück gehabt, also: ja. Ich bin dazu verdammt, mit einer verstümmelten Hand weiterzuleben, ich muss anfangen zu lernen, mit Daumen und Zeigefinger flüssig zu schreiben, ich muss abschätzige Blicke erdulden, ich muss mir angewöhnen, die unversehrte linke Hand zu benutzen, wenn ich Ulrike über das Gesicht streichele, die wird sie als angenehmer empfinden, die wird sie weniger irritieren, ich muss den Traum vom Klavierspielen aufgeben. Aber immer noch: ja. Ich habe überlebt, und ich bin dazu verdammt: ja. Dabei möchte ich nein sagen zu meiner verstümmelten Hand, nein sagen zu meiner Blöße, nein sagen zu meinen Schmerzen. Ich probiere es kurz und bündig: nein. Damit habe ich nein zu meiner Verdammung gesagt und gleichzeitig nein zu meinem Glück, mit dem Leben davongekommen zu sein. Nur wenn mich die Bombe getötet hätte, wäre mir die verstümmelte Hand erspart geblieben.

Stell dir vor, du hättest das Augenlicht verloren, sagte Nicole.

Wettrich sagte: ich hätte ja sagen müssen.

Nein, sagte ich, du hättest genauso gut nein sagen können.

Wettrich sagte: darin liegt die ganze Freiheit.

Wettrich wies mit seiner verstümmelten Hand auf die Papierbogen: ich studiere Schwarzpläne, sagte er, ich habe sie mir gestern von meinem Referenten herbringen lassen, nichts fesselt mich momentan so sehr wie das Studium von Schwarzplänen, eine radikal vereinfachte Sicht auf die Stadt, diese Sicht zeichnet sich dadurch aus, dass sie ja von nein unterscheidet, also bebaute Flächen von unbebauten, die einen Flächen sind schwarz, die anderen weiß markiert, darin liegt das ganze Geheimnis von Schwarzplänen, ein städtischer Grundriss, mehr nicht, man kann alte Schwarzpläne mit gegenwärtigen vergleichen und gegenwärtige mit zukünftigen, man sieht daran, wie sich die Stadt entwickelt, wo noch Lücken zu schließen sind, wo nicht mehr, ich studiere momentan die Schwarzpläne ganz unterschiedlicher Städte, aus ganz Europa, muss ich sagen, ich könnte Tage mit dem Studium von Schwarzplänen zubringen. Eine Stadt, von der es nicht mindestens drei Schwarzpläne gibt, ist keine Stadt, jedenfalls keine Stadt mit Geschichte, nicht für mich, denn sie hat keine Textur, ich kann diese Stadt dann nicht lesen, ich hätte gern eine ganze Bibliothek von gebundenen Schwarzplänen, ich könnte immer wieder darin lesen, wenngleich die Papierbogen eindrucksvoller sind, weil von größerem Maßstab. Ich habe die Nachtschwester bereits gefragt, ob ich das Zimmer mit Schwarzplänen tapezieren oder wenigstens da und dort einen Schwarzplan an die Wand heften dürfte, ich wäre dann aus dem Stand in der Lage, Zusammenhänge zu erläutern, also etwa klarzustellen, welchen Grundriss und welche Größe der Platz vor einer Kirche habe und wie sich die Kirche in das Gesamtbild der Stadt einfüge, und ich könnte deutlich machen, wo und aufgrund von welcher Bedingung eine bürgerliche Öffentlichkeit wieder Fuß fassen werde. Ich würde natürlich aus dem Bett steigen und mit Hilfe eines Zeigestabs, den mir mein Referent rechtzeitig besorgt haben würde, auf die Besonderheiten der Schwarzpläne verweisen, jeder Interessent wäre herzlich willkommen, Schwestern, Pfleger, Ärzte und natürlich Besucher zu allen Besuchszeiten. Die Nachtschwester aber hat abgewunken, nein, das ginge nicht, keine Schwarzpläne an den Wänden, ausgeschlossen, nein, auch keine Ausnahme.

Hast du ein Mittel erhalten, das deine Schmerzen lindert?, fragte Nicole.

Ja, ich bin in guten Händen, sagte Wettrich: Morphium? Wieso?

Weil du wirres Zeug redest, sagte Nicole sanft und legte ihre Hand auf Wettrichs Stirn.

Wettrich sagte: das kommt dir bloß so vor, alle im Amt reden so, Schwarzpläne sind tatsächlich unverzichtbar.

Ich sagte: auf einem Schwarzplan der Zukunft müsste auch der Alex schwarz angemalt sein.

Dieser Essay, ja?

Ja, sagte ich: können wir damit noch rechnen?

Wettrich sagte: der ist doch längst geschrieben, ich habe ihn vor Wochen an deine Redaktion geschickt, das Heft müsste doch bald auf dem Markt sein.

Davon habe ich nichts gehört.

Wettrich war verblüfft, Nicole sah mich an, ich dachte: ich werde nicht mehr auf dem Laufenden gehalten.

Auf dem Korridor hakte sich Nicole plötzlich unter. Verletzte und Schwerverletzte, sagte ich mir, ich habe noch nie so viele Kopfverletzte auf einem Korridor gesehen, ich spürte eine Lust, aus der Spur zu steigen und abzubiegen in eines der Zimmer, ich sagte mir: es wäre nicht unangenehm, sich auf ein Bett zu legen und sich auszustrecken, endlich und mit einem leichten Seufzen, ja, vielleicht sollte ich mich an diesem Punkt in fremde Hände geben, vielleicht sollte ich mich aufgeben. Ich sollte mich zu meinem erbärmlichen, hirngeschädigten Schwachkopf, wie Lorenzo sagen würde, bekennen, ich bin müde, ich bin erschöpft, was hindert mich daran, mich hier, und zwar sofort, dem in aller Welt geschätzten Gesundheitssystem des Ernst-Abbe-Staates zu übergeben? Mir ist die Vorstellung sympathisch, an der Seite von Nicole, der bezaubernden, der fahlen Nicole, in die medizinische Fürsorge einzuschwenken, Nicole würde mich zum Abschied küssen, und sie würde versprechen, so oft wie möglich auf Besuch zu kommen: ich besuche dich am Wochenende. Sie würde mich nicht vergessen, sie nicht.

Ich bin so weit, dass mich der eigene Verlag vergisst, der Verlag rechnet nicht mehr mit mir, dachte ich, der Verlag hat mich abgeschrieben, er teilt mir nicht mit, welche Beiträge eintreffen, nicht, welche Publikationen erscheinen, er konsultiert mich nicht mehr, er hat sich von mir abgenabelt. Ich sollte es den Kollegen nicht verübeln, ermahnte ich mich, ich stehe nicht mehr für sie zur Verfügung, das Ansinnen, anlässlich eines kleinen Jubiläums einen Vortrag zu halten, ausgerechnet in einer De-Mark-Universität, habe ich abgelehnt, da ein solcher Auftritt für mich inzwischen unkalkulierbar geworden ist, ich kann mich auf ein solches Ansinnen nicht mehr einlassen, nicht einmal dann, wenn es der eigene Verlag an mich stellt, das Risiko ist, schlicht gesagt, zu hoch, dass ich, schlicht gesagt, den Faden verliere, ich verliere, sobald sich die Finsternis über mich wirft, jede Logik und jeden Faden, ich verliere mich selbst, ich kann keine Verantwortung übernehmen, nicht für die einfachste Angelegenheit, die sich mit Ja oder Nein beantworten ließe, ich kann für mich nicht länger verantwortlich sein, ich treibe auf den Rand zu, ich werde über kurz oder lang über den Rand hinaustreiben und werde am Ende ausgeschlossen sein. Ich bin so weit, dass ich mir Nachrichten für mich zukommen lasse, ich rufe in meinem Hotel an und bitte darum, mir eine Nachricht zu hinterlassen, ich mag es, wenn die Damen an der Rezeption aufblicken, wenn sie lächeln und sagen: da ist eine Nachricht für Sie, ich schreibe an mich, weil ich es zeitlebens gewohnt bin, Post zu empfangen, ich möchte nicht zu denen gehören, für die jede Korrespondenz versiegt ist, ich will für die Welt erreichbar bleiben, ich will für sie am Leben sein.

Ich sagte: du hättest mich unbedingt benachrichtigen sollen.

Nicole sagte: das konnte ich nicht wissen.

Ein Taxi brachte mich zum Alex, der Fahrer sagte: wo darf ich Sie absetzen? Ich war mir unschlüssig, ich hätte nicht einmal sagen können, ob ich an diesem Platz tatsächlich ankommen wollte, es war völlig unerheblich, ich hätte mich genauso gut nach Pankow fahren lassen können oder zur Trabrennbahn nach Mariendorf, völlig wurscht, am besten wäre der Bahnhof Friedrichstraße zum Ankommen, sagte ich mir, denn von dort hätte ich nur ein paar Schritte zu gehen bis zum kurdischen Lokal, aber der Bahnhof Friedrichstraße lag bereits hinter uns, das Taxi war daran vorbeigefahren, und ich wollte den Fahrer nicht zum Umkehren auffordern, ich wollte mich nicht lächerlich machen. Ich bemerkte Anzeichen eines Dämmerzustands, ich möchte sagen: ich sah die Dämmerung heraufziehen, aber ich fürchtete sie nicht, ich ließ mich nicht beunruhigen, ich beschloss, mich ihr auszusetzen und mich dadurch auf die Probe zu stellen: wie lange würde ich die Übersicht behalten? Wie lange würde ich wissen, wo ich bin? Wann würde ich mich verlieren? Den ganzen Tag schon ließ ich mich durch die Stadt kutschieren, mit Bahnen und Bussen. Dass ich schließlich ein Taxi nahm, erleichterte das Ankommen, wo immer ich anzukommen beliebte, doch ich hätte nicht sagen können: wo. Wo darf ich Sie absetzen?, fragte der Fahrer, und ich spürte, wie sich seine Frage in meine Unentschlossenheit bohrte, zum Alex, hatte ich beim Einsteigen gesagt, ich sagte: zum Alex. Der Fahrer warf mir einen Blick von der Seite zu, ich stellte mich unbeeindruckt, er schien sich zu fragen, wie fremd ich in der Stadt sei – so fremd, dass ich nicht einmal den Alex erkannte, nicht den Alex unterm Fernsehturm, der Fahrer, die Augen auf die Fahrbahn gerichtet, sagte: das ist der Alex.

Dann ist es gut.

Wo darf ich Sie absetzen?

Ich sagte: hier.

Der Fahrer riss das Steuer nach rechts und trat auf die Bremse. Er las den Fahrpreis vom Zähler ab und verlangte die angezeigte Summe. Ich bat ihn um eine Quittung, das

Trinkgeld eingeschlossen. Der Fahrer kritzelte den Betrag auf einen Zettel und trennte den Zettel vom Block, er sagte: danke und einen schönen Tag. Ich stieg aus.

Das ist der Alex, sagte ich mir und drehte mich in die Richtung, aus der ich mit dem Taxi gekommen war, schau dir den Strom an, hatte Wettrich einmal gesagt: wie er sich über den Asphalt ergießt und sich in die Spandauer Vorstadt stürzt, das raubt dir den Atem. Ich suchte mir einen roten Kleinwagen in der Kolonne und verfolgte seine Fahrt entlang des Alexanderplatzes, ja, sagte ich mir, dieser Kleinwagen stürzt in die Spandauer Vorstadt hinein, und zwar mit atemberaubender Präzision. Ich ging über den Platz, ich fühlte mich leicht und sehr gelöst, ich dachte nicht an die Zukunft, nicht an Häuser, die bis in die Wolken ragen würden, nicht an Sockel, Türme, Kronen, ich hatte für diesen Platz keine Vorstellung, schon gar nicht für seinen Untergrund, der aus einem riesigen Auge in die Welt glotzen würde, ich verschwendete keinen Gedanken daran, ich konzentrierte mich auf mich selbst, darauf, dass ich über diesen Platz ging, und ich war erleichtert, dass ich dieses Gehen als mein Gehen wahrnahm, diesen Körper als meinen Körper, ich sagte mir: du bist im Vollbesitz deiner Kräfte, ich dachte: Vollbesitz und nichts weiter, unter meinen Schritten federt der Alex, sagte ich mir und fühlte mich glücklich, ich bemerkte, dass bei jedem Schritt ein Impuls über den Platz jagte, so als ginge ich über schwingende Dielen, dieser Impuls schoss in die Gesichter der Passanten, die Passanten klapperten mit ihren Augenlidern, einheitlich und also wie im Takt, das wirkte sehr musikalisch, und ich hatte den Eindruck, als würde ich freundlich und auf die Viertelnote genau gegrüßt, also zwinkerte ich auf die Viertelnote genau zurück, es war angenehm und gespenstisch zugleich, ich ging weiter, ich setzte einen Fuß vor den anderen, der Alex federte, die Passanten klapperten mit den Augenlidern, und ich zwinkerte zurück. Ein Zeitungsjunge sprang in den Weg: eine Zeitung gratis, rief er und sprang zurück, eine Fremdenführerin stieß ihren eingezogenen Schirm in den Himmel und lachte grundlos in ihre Gruppe, zwei Trinker tranken Bier aus Dosen, und vor dem S-Bahnhof lagerte ein Rudel Punker. Ich hatte mit all den Menschen nichts zu schaffen, mit der ganzen Menschenmenge nichts, ich ging und ließ den Alex federn, damit die Menschen freundlich mit den Lidern klapperten, ich sah in die Gesichter, schmale, runde, eckige, ich sah aufrechte Schultern und gekrümmte, Haltungen aller Art, schneller Schritt, langsamer Schritt, ich sah Passanten mit Plastiktüten und Passanten mit Umhängetaschen, ein weißhaariger Mann schob einen Kinderwagen vor sich her, eine blonde Frau blieb mitten auf dem Platz stehen und blickte sich nach allen Seiten um, ich zögerte, ihr zuzuwinken, beim Brunnen spielte eine Gruppe Indios verbrauchte Melodien aus ihrer Heimat, ein Bratwurstverkäufer hielt sich die Ohren zu, ich ging zögernd weiter, wenn man so will: ich verlangsamte den Takt, die Lider klapperten hinunter, und die Augen blieben eine Sekunde geschlossen, ganz wunderbar, beinahe magisch, jedenfalls fühlte ich mich geschützt vor zudringlichen Blicken, ich zögerte auch deshalb, der blonden Frau zuzuwinken, weil ich mir misstraute, ich war mir unsicher, ob sie, die nach allen Seiten um sich blickte und so den Platz abgriff, jene blonde Frau war, die ich in ihr vermutete. Wenn man mich heute fragen würde: nein, sie war es nicht, ich sagte mir: sie ist es nicht, sie ist allenfalls eine blonde Frau, die dich an eine andere blonde Frau erinnert, oder umgekehrt, es ist eine andere blonde Frau, die du in der blonden Frau auf dem

Alex siehst, aber du täuschst dich, ich dachte: du täuschst dich
immer öfter, da du immer öfter auf Leute triffst, die dich an
andere Leute, an frühere Begegnungen erinnern, die eine
sieht der anderen zum Verwechseln ähnlich, du sagst dir: das
hast du schon mal gesehen, die charakteristische Geste der
einen wird von der anderen genauso charakteristisch wiederholt, ich möchte sagen: nachgeahmt, sie ist austauschbar, sie
ist ein Serienprodukt, eine blonde Frau fährt sich mit den
Fingern durchs Haar und dreht sich auf dem Alex, sie sucht
vergeblich, sie kann niemanden entdecken, also legt sich Enttäuschung auf ihr Gesicht, alles wie gehabt, ich möchte sagen: fünfunddreißig Jahre reichen aus, um das gesamte Repertoire kennen zu lernen und zu durchschauen, was danach
kommt, ist nur noch Abklatsch, Monotonie, Langeweile,
selbst dann, wenn einen das Gesicht der blonden Frau auf einem Bildtelefon anspringt: da bist du ja endlich. Vielleicht
liegt ein Segen darin, dass mich die Dämmerung in absehbarer Zeit verschlucken wird. Wenn ich wüsste wie, würde ich
in die Dämmerung hineingehen, in einer zögernden Bewegung, im verlangsamten Takt, sodass ich die Lider klappern
hörte und für eine Sekunde unbeobachtet wäre, Schritt für
Schritt immer wieder für eine Sekunde allein, schließt ruhig
die Augen, dachte ich, denn ich bin allenfalls einer, den ihr
von früher kennt, ich bin ein Serienprodukt, eines, das euch
an ein anderes erinnert, ich dachte: der Typ geht euch nicht
verloren, ich bleibe als Typ erhalten.

Ich entdeckte Schulz am Rand des Alex, zweifellos, Professor
Schulz aus Jena, er hatte es eilig, er rannte fast, eine Leder-
mappe unter den Arm geklemmt, so wie Dutzende von Professoren vor ihm, er rannte unbeirrbar auf mich zu, und als
er auf meiner Höhe war, grinste er sperrig, so sperrig, dass

ich heute behaupten kann: er war es hundertprozentig, ich habe Professor Schulz auf dem Alex getroffen, Schulz sagte: wir sehen uns, und dann rannte er weiter. Als ich mich umwandte, sah ich ihn eine Schlinge um den Hals ziehen, einfach so durch die Luft, dann riss er eine Hand in die Höhe, ballte sie zur Faust, als hielte er ein Seil umklammert, und knüpfte sich eigenhändig auf, er senkte den Kopf und ließ sich die Zunge aus dem Mund hängen, er zog eine entsetzliche Grimasse, er wollte sagen: ich bin tot, und ich dachte: so habe ich den Schulz schon mal gespielt, so habe ich ihn, zurückgekehrt von seinem Begräbnis, den Damen an der Hotelrezeption vorgespielt, worauf ihr verlässliches Rezeptionslächeln erstarb. Versenkt mich in der Erde dieser Stadt, hatte sich Schulz gewünscht, denn er wollte in Ostdeutschland begraben sein, das war sein letzter Wunsch, sagte ich mir, und er wurde ihm erfüllt, so mag er also ruhen in Frieden, nicht wahr, ich habe Schulz auf dem Alex getroffen, sagte ich mir, Professor Schulz mit dem sperrigen Grinsen, ich wandte mich um und sah, wie er sich den Riemen seiner Ledertasche über den Kopf auf die andere Schulter zog, jetzt verlief der Riemen quer über seine Brust, wir sehen uns, sagte Schulz und rannte davon.

Natürlich hätte ich keine Skrupel zeigen sollen, ich hätte den Fahrer auffordern sollen, das Taxi zu wenden und zurückzukehren zum Bahnhof Friedrichstraße, das wäre günstiger und nicht derart ab vom Schuss, wie man sagt, es wäre von dort nur ein kleiner Sprung bis zum kurdischen Lokal, bis zur Kurdin, möchte ich sagen, ich wäre sozusagen im Nu an Ort und Stelle, wie man sagt, und ich käme pünktlich zu meiner Verabredung, ganz bestimmt, meine Skrupel aber haben alles vermasselt, dabei hätte ich mit dem Fahrer bloß reden

müssen wie mit einem Dienstboten, so wie ich mit Dienstboten zu reden gewohnt bin, die in meinem Hotel in großer
Zahl meine Wege kreuzen, bald dahin, bald dorthin, je nach
Anweisung, schließlich erwies mir der Fahrer keine Gefälligkeit, sondern einen Dienst, ich habe für diesen Dienst bezahlt, so wie ich jeden Dienstboten für seinen Dienst bezah-
le, ich hätte mich also nicht nur zum Bahnhof Friedrichstraße
chauffieren lassen können, sondern zuerst nach Pankow und
dann zur Trabrennbahn nach Mariendorf, das versteht sich
von selbst, sagte ich mir, jedenfalls, solange ich eine dicke
Brieftasche bei mir trage, ich hätte den Fahrer richtig foppen
können, ich hätte sagen können: zum Alex, zur Friedrichstraße, zum Alex, zur Friedrichstraße, immer hin und her, bald
dahin, bald dorthin, und wenn er gemurrt und sich be-
schwert hätte, dann hätte ich ihm eins aufs Maul gegeben,
Skrupel helfen da nicht weiter. Das Versäumnis erkannt,
winkte ich nicht etwa erneut nach einem Taxi, sondern fügte
mich in mein Schicksal, ich setzte einen Schritt vor den anderen, alles wie gehabt, der gepflasterte Boden federte und
die Augenlider klapperten. Ich gehe durch die alte Mitte der
Stadt, sagte ich mir, und ich stellte mir vor, wie Wettrich über
seinen Schwarzplänen brütete, denn ohne Schwarzpläne,
würde Wettrich sagen, wäre eine Stadt nicht zu entschlüsseln, schon gar nicht eine Stadt mit Geschichte, ich ging über
die Schlossbrücke und dann Unter den Linden entlang, ich
ging, bis ich auf die Friedrichstraße stieß, und wollte schon
abbiegen zum Bahnhof, als ich mich von den hohen Schau-
fenstern eines Autosalons angezogen glaubte, vom Reiz einer blank polierten Limousine auf rotem Teppich, aber das
allein war es nicht, es war nicht einmal entscheidend, ich trat
näher heran, bis dicht vor die Scheibe, und ich überzeugte
mich davon, dass ich mich nicht getäuscht hatte, mein erster

Eindruck bestätigte sich – ja, wie soll ich es ausdrücken? Kurz: ich erblickte mein Zimmermädchen im Salon, ich hatte sie sofort erkannt, denn ich war mit den Posen, in denen sie sich gefiel, seit langem vertraut, ich erblickte sie auf der Motorhaube, ich möchte sagen: splitternackt, mein Zimmermädchen posierte in Natur auf dem blank polierten Blech einer Luxuslimousine, sie wechselte in einem bestimmten Rhythmus die Stellung, sie zog die Beine an, und sie streckte sie aus, sie riskierte kurzzeitig eine Grätsche, sie wälzte sich von einer Seite auf die andere, dabei das Gesicht stets, wie soll ich sagen: in Fahrtrichtung gedreht, sie rutschte nach vorn und mimte eine Kühlerfigur, bis ein Voyeur in die Hände klatschte, sie räkelte sich nicht weniger hingebungsvoll als auf ihrem Flokati, ich dachte: sie hat das Séparée im Internet gegen diesen Autosalon getauscht, Flokati gegen Blech, sie lässt sich keine Enttäuschung anmerken, ich sagte mir: dafür wird sie bezahlt, sie wird dafür eine hohe Summe kassieren, ich dachte: sie lässt alle Scham fahren, nur so steht sie die Nummer durch, sie schüttelte ihr lockiges Haar verschwenderisch über die rechte Flanke, sie schmiegte sich an das Auto, die Lippen zum Kussmund geformt, sie ist sehr anschmiegsam, sagte ich mir und erinnerte mich ihrer Liebkosungen, ich fragte mich, inwieweit das kapitalistische System sie und ihren schönen straffen Körper ausbeutete und inwieweit sie das kapitalistische System, ich fand keine Antwort, nicht in diesem Moment, aber ich hielt mein Zimmermädchen plötzlich für gerissen, ich sah sie auf der Höhe der Zeit, ich sah, dass sie sich verkaufte, und ich sah, dass sie noch im Verkauftwerden über das Geschäft triumphierte, schwer zu sagen, wodurch, vielleicht dadurch, dass sie spielte, sie verkaufte sich, ohne sich zu veräußern, sie prostituierte sich im Schaufenster eines Autosalons, ohne das Geringste von sich preiszugeben, sie wahrte ihr Geheimnis gerade in Augenblicken, da sie ihre Nacktheit an die Laufkundschaft verschleuderte. Erst jetzt bemerkte ich das kurze Blitzen, den hellen Widerschein auf der blank polierten Motorhaube, ein ständiges Blitzen begleitete ihre Posen, sie legte eine Hand über ihre Scham, sie beugte sich vornüber und fauchte lüstern, ich dachte mir die Fotos dazu, aufgezogen zu Kalenderblättern und am Ende des Jahres an Stammkunden verschenkt, ich sah den Autokalender in verschämten Winkeln hängen, in dem einen oder anderen Großraumbüro, ich könnte jedem Großraumbürohengst erklären, dass die Stute aus meinem Hotel stammt, aber das wird ihn nicht bekümmern, das Zimmermädchen, würde ich fortfahren, stockt tagtäglich meine Minibar auf.

Ich klopfte gegen die Scheibe: hallo, ich klopfte erneut: hallohallo, doch mein Zimmermädchen reagierte nicht, erst als ich mit den Fingerknöcheln zu trommeln begann, glitt sie von der Motorhaube und kam tastend näher, sie sah mir nicht in die Augen, sie sah an mir vorbei, sie bewegte sich wie blind, und ich gewann den Eindruck, dass sie mich nicht sehen konnte, vielleicht sind die Scheiben innen verspiegelt, dachte ich, vielleicht sieht sie nur ihren Körper vor der Luxuslimousine, man kann zwar in den Salon hineinsehen, aber nicht aus dem Salon heraus, mein Zimmermädchen wird gesehen, aber sie sieht nicht, von wem, es verhält sich genauso wie in ihrem Séparée im Internet, ich kann bezeugen, dass ich sie gesehen habe, sie aber nicht, dass sie mich gesehen hat, ich bezeuge ihre Anwesenheit, sie aber nicht die meine, ich kann nicht auf sie zählen, um mich meiner Person zu vergewissern, sie wird sich nicht an mich erinnern können, nicht daran, dass ich vor dem Schaufenster eines Autosalons stehe und jede ihrer Regungen verfolge, und wenn ich dieses Erlebnis nicht selbst speichere, dann wird es keiner für mich tun. Sie wandte sich ab und kehrte zurück zu ihrer Limousine, sie lehnte sich keck an die Beifahrertür. Ich trommelte weiter gegen die Scheibe und drückte mir gleichzeitig die Nase platt, dann packte mich eine starke Hand am Arm und riss mich herum.

Der Hüne trug einen blauen Anzug, Hemd und Krawatte, und ich hatte den Eindruck, dass jedes Kleidungsstück mit dem Emblem seines Autohauses verziert war. Ich dachte: auch die bösen Furchen, die sich gerade zwischen seine Augenbrauen graben, könnten sich noch zu diesem Emblem fügen, ich dachte: vielleicht auch nicht. Der Hüne war offenbar aus dem Salon hinausgestürzt vor die Schaufenster, zwar nur eine kurze Strecke, aber lange genug, um seinen Zorn zu entfachen, er hatte nichts mehr an sich von der Zuvorkommenheit eines Verkäufers edler Automarken, ich dachte: er lässt seine Muskeln spielen.

Wollen Sie mir den ganzen Salon verrückt machen?

Nein, sagte ich, ich schau nur zu.

Sie hämmern aggressiv gegen die Scheiben, das ist es, was Sie tun. Haben Sie denn keine Manieren?

Ein Passant mischte sich ein: willste nu wat koofen oder willste nüscht? Dat isset, wat hier zählt, hörste.

Ich will nur zuschauen, sagte ich: das Mädchen kenne ich.

Wat fürn Gör?

Ich verstehe Sie nicht, sagte der Verkäufer.

Ich schau ihr gerne zu, sie hat Talent.

Der Passant zögerte, weiterzugehen, er sagte: zukieken gibts hier nich, hörste.

Der Verkäufer beherrschte sich und sagte: hier werden Automobile ausgestellt, einmal in Position gebracht, stehen sie still, auch die Drehbühne dreht sich nicht, sie steht ebenfalls still, Sie stellen fest, dass sich nichts bewegt, Sie können also die Fahrzeuge allenfalls anschauen. Zuschauen, das trifft es nicht, denn es passiert nichts, wo Sie zuschauen könnten.

Allet nur zum Ankieken.

Ja, ich schau sie mir an.

Datde nich noch eenmool an dat Fenster jehst, lachte der Passant und nickte mir zu.

Der Verkäufer ließ mich los: entschuldigen Sie mich.

Natürlich, sagte ich.

Ich wollte mich sowieso nicht aufhalten, auch dann am Bahnhof Friedrichstraße nicht, ich war verabredet, und ich hatte nicht vor, mich zu verspäten, jedenfalls nicht unnötigerweise, ich durchquerte die Ladenpassage des Bahnhofs, Lebensmittel, Tabak, Zeitungen, Espressobar, Leute und wieder Leute, kreuz und quer, sie gehorchten mir nicht mehr, sie missachteten den Takt, den ich ihnen durch mein Gehen vorgab, der Mechanismus schien zu versagen, der Boden federte nicht mehr, und so begegnete mir nicht ein Mensch, der mit den Lidern klapperte, also zwinkerte ich auch nicht zurück, stattdessen hatte ich das Gefühl, als würden Passanten, kaum dass sie meinen Weg kreuzten, zusammensacken und liegen bleiben mitten in der Passage, mal einer hier, mal ein anderer dort, das kommt vor, sagte ich mir, zumal auf Bahnhöfen, plötzlich sieht sich ein Mensch überfordert und knickt ein, davon liest man immer wieder, nicht wahr, ich bin der Letzte, der den Menschen deshalb Vorwürfe machen, aber auch der Letzte, der bei ihrem Unglück eingreifen würde, ehrlich gesagt, ich wüsste nicht, was ich gegen die allgemeine Überforderung ausrichten könnte, ich wäre gewissermaßen selbst überfordert angesichts des massenhaften Zusammensackens, ich wäre der Not nicht gewachsen, also beschleunigte ich meinen Schritt und beobachtete höchstens aus den Augen-winkeln, was links und rechts von mir geschah, ich bemerkte gleichwohl die Erschöpfung, das Entweichen der Kräfte, die Hilflosigkeit beim Aufgeben der eigenen Person, all das be-kam ich durchaus mit, obwohl ich darauf achtete, mich nicht umzudrehen, ich blickte stur geradeaus, ich wollte in diese Bewegung nicht hineingezogen werden, nicht hinein und nicht hinunter, nicht jetzt, unmittelbar vor meiner Verabre-dung, ich muss sagen: nein, lieber nicht. Dabei verspürte ich auch Erleichterung in meiner Umgebung, und zwar darüber, dass eine Anstrengung nachließ, ja, ich verspürte eine Ent-spannung, Freude auf ein ruhiges Plätzchen, wer wollte es den überforderten Menschen verdenken, ich jedenfalls nicht, ich jedenfalls konnte nichts für sie tun, ich konnte ihnen nicht beistehen. Glücklicherweise waren die Unglücklichen im gut organisierten Ernst-Abbe-Staat zusammengesackt, dieser Staat würde sich ihrer annehmen, es konnte sich nur um Minuten handeln, es handelt sich nie um mehr als ein paar Minuten, schon ist ein Rettungswagen da und ein Not-arzt dazu, es wird sich alles zum Guten wenden, ja, dachte ich, ja, und ich hörte den Jubel aus meinen Gedanken heraus: ja, der ganze Vorplatz ist schon voller Rettungswagen, die Sanitäter springen heraus und ziehen eine Trage aus dem Fond, der Notarzt öffnet sein Köfferchen, so gibt es lange Zeit Hoffnung.

Es war Viertel nach neun, als ich das kurdische Lokal erreich-te, die Zeiger auf einem in die Höhe gespießten Würfel streckten sich unverändert nach der Uhrzeit aus, aber die Mechanik stand still, sie war nicht repariert worden, unge-achtet dessen redete ich mir ein, dass ich pünktlich sei, eine Viertelstunde zu früh sogar, ich würde meiner Verabredung gelassen entgegensehen, ich dachte: Viertel nach neun, und dann löste ich meinen Blick vom Zeitwürfel und ließ ihn über die Fahrzeuge schweifen, über die Polizeifahrzeuge, genauer gesagt, ich muss sagen: Polizeifahrzeuge sind mir nie aufgefallen vor dem kurdischen Lokal, und schon gar nicht in dieser Zahl, sie parkten allerdings nicht unmittelbar vor dem Eingang, sondern in einer bestimmten Entfernung, vielleicht im Sicherheitsabstand, was weiß ich, jedenfalls im Halbkreis und so jeweils im selben Abstand vom Eingang, ich dachte: so haben sie es gelernt. Soweit ich erkennen konnte, verzichteten die Polizisten auf Drohgebärden, warum auch, fragte ich mich, warum sollten sie drohen und wem eigentlich, die Polizisten saßen in ihren Fahrzeugen und starrten durch die Windschutzscheiben, ziemlich apathisch, würde ich sagen, aber sie starrten alle und also ausnahmslos auf die Tür und auf die großen Fenster des kurdischen Lokals, dieses Lokal wird observiert, sagte ich mir und fand, dass ich die Vorgänge in meiner Umgebung immer noch richtig einzuschätzen verstand, ich sah, dass in einem Fahrzeug ein Imbiss verzehrt wurde, der Polizist hinterm Steuer biss in einen aufgestockten Big Mäc, während der Polizist daneben an einem Strohhalm sog, der eine energisch, der andere apathisch, würde ich sagen, aber gut, da und dort stand die Tür eines Fahrzeugs offen, ich hörte den Polizeifunk knacken, ein Rauschen, eine Stimme, ein Knacken, aber ich konnte nichts verstehen, niemand zeigte sich beunruhigt, bis dann ein Polizist ausstieg, als wolle er sich die Beine vertreten, und plötzlich ein Fernglas hervorzog, er setzte es an seine Augen und richtete es auf mich, das hielt ich für übertrieben, da ich ja kaum drei Autolängen entfernt stehen geblieben war, er hätte mich mit bloßem Auge erkennen müssen, aber gut, sagte ich mir: sie müssen auf alles vorbereitet sein, und so lächelte ich in das Fernglas, so gut es ging, die Wahrheit ist: ich lächelte frei und ungezwungen, es kostete mich keine Anstrengung, ich brauchte auch nicht tapfer zu sein und tapfer zu lächeln, ich lächelte ganz natürlich, ich muss sagen: ein Aufgebot von Polizeifahrzeugen flößt mir Zuversicht ein, ganz anders als eine Rettungsaktion mit Rettungswagen und Sanitätern und mit einer Trage, die aus dem Fond gezogen wird zu einem Zeitpunkt, da ich bereits kapituliert habe, ein Aufgebot von Polizeifahrzeugen dagegen versetzt mich in Bereitschaft, ich sehe zu, dass ich mich konzentriere und dass mir keine Fehler unterlaufen, ich muss sagen: ich fühle mich gefordert, erstens die Lage zu checken, zweitens den eigenen Standort, drittens die Chancen zur Flucht, a und b und c, immer auch c, da man sich immer einen Ausweg offen halten muss, vor allem dann, wenn a unübersichtlich bleibt oder wenn, wie an diesem Nachmittag vor dem kurdischen Lokal, die Absicht, in der das Aufgebot vorgefahren ist, nebulöse Züge trägt: welchen Grund gäbe es, eine Kette von Polizeifahrzeugen aufzuziehen, und zwar vor einem Lokal wie dem der Kurdin? Schutz oder Bedrängnis? Ich wusste es nicht. Ich rätselte, während mich ein Polizist durch das Fernglas betrachtete, ich rätselte weiter, ohne eine Lösung zu finden, ich überlegte, ob ein Fernglas zur Ausrüstung der Polizei gehörte, ich konnte es mir nicht vorstellen, ich dachte: der Polizist geht einem Hobby nach. Aber gut. Ich staunte, als der erste Einsatzwagen, dicht an der Häuserzeile und damit am Anfang der Kette, sein Blaulicht einschaltete, ich staunte weiter, als ein Einsatzwagen nach dem anderen diesem Beispiel folgte, bis der ganze Halbkreis blinkte, ich dachte: das ist bloß eine Übung, ich weigerte mich, dieses Blinken als ein gefährliches Signal zu deuten, zumal es ein stummes Blinken war, ganz ohne Sirenen, das Blinken sagte:

hallo, hier ist die Polizei, und es sagte: das ist bloß eine Übung, aber ich ließ mich nicht täuschen, ich dachte: dieses Blinken richtet sich gegen mich, das ganze Aufgebot verspricht nichts Gutes, ich sollte also gewappnet sein, ich tastete nach meinem Revolver, und dann betrat ich das Lokal.

Das Lokal wirkte wie ausgestorben, das heißt: nicht im Ernst, denn im hinteren Teil, der im Lichtkreis einer Stehlampe lag, beugte sich ein grauhaariger Herr ohne Brille über eine Zeitung und im vorderen, unmittelbar am Fenster, blickten sich zwei jüngere Frauen stumm ins Gesicht, ihr Gespräch war versiegt, und sie ergriffen die Gelegenheit, sich mir zuzuwenden, ich fühlte, wie ich ihre Blicke auf mich zog, wie sie mich verfolgten, als ich mich umständlich ans zweite Fenster setzte, an einen Tisch neben dem ihren, dann blickten sie sich wieder stumm ins Gesicht – was hätte ich tun sollen? Die Kurdin schob Tische aneinander, zwei, nein, drei, sodass eine Tafel entstand für eine größere Gesellschaft, ich sah keinen Bedarf dafür, ich konnte mir nicht denken, dass in Kürze eine größere Gesellschaft in das Lokal einfallen würde, woher, bitte, sollte sie kommen? Alles, was ich mir denken konnte, war, dass an dieser Tafel ein Aufgebot von Polizisten speisen würde, jenes Aufgebot da draußen, das beauftragt war, ein kurdisches Lokal zu beobachten, und zwar in einer, ich muss sagen: undurchsichtigen Absicht. Es war nicht einzusehen, weshalb sich die Beobachter mit einem Big Mäc und einem Getränk aus dem Pappbecher begnügen sollten, wo doch das Beobachten, ich möchte sagen: das scharfsinnige Beobachten, einen hohen und nicht zu unterschätzenden Grad an geistiger Anspannung erfordert, andernfalls wäre das Beobachten sinnlos, es würde schlicht kein Ergebnis zeitigen, ein Beobachten, dem es an der geistigen Anspannung mangelt, ist kein Beobachten, sagte ich mir, und ich stellte mich darauf ein, dass die beobachtenden Polizisten in absehbarer Zeit in das Lokal gehen würden, um sich an die für sie gedeckte Tafel zu setzen, vielleicht nicht alle auf einmal, denn ein Teil des Aufgebots würde, wie es heißt, die Stellung halten müssen, um den anderen Teil beim Essen und Trinken zu kontrollieren, schließlich ist die Polizei nicht zum Vergnügen irgendwo.

Die Kurdin trug ein leichtes, dunkelblaues T-Shirt, das ihren Bauchnabel verdeckte, ich sehe sie noch vor mir, ich war enttäuscht, muss ich gestehen, denn ich hätte ihren Bauchnabel gerne gesehen an diesem Nachmittag, gerade an einem Nachmittag wie diesem, ich wunderte mich erneut, wie sehr die Kurdin meinem Zimmermädchen ähnelte, jedenfalls in der Art, wie sie sich bewegte, wie sie das runde Tablett gegen ihre Hüfte schlug, sehr musikalisch, würde ich sagen, sie benutzt das Tablett wie ein Tambourin. Genau betrachtet aber erinnert sie mich nicht so sehr an mein Zimmermädchen, wie ich eben noch gedacht habe, natürlich nicht, sie ist ein ganz anderer Typ, sagte ich mir, es ist nur die Musik in ihren Gliedern, die einem ähnlichen Rhythmus folgt, mehr ist es nicht. Die Kurdin stellte sich linkisch vor meinen Tisch, und ich begriff sofort, dass es ihr nicht darum ging, eine Bestellung aufzunehmen, sie sah zu mir herunter, und dann setzte sie sich.

Ich fragte: was ist los da draußen?

Sie sagte: was soll schon los sein.

Da draußen steht ein ganzes Aufgebot.

Ja, sagte sie.

Wozu?

Das hat nichts zu bedeuten.

Ich sagte: ich fühle mich beobachtet.

Die Kurdin lachte: was soll das heißen, ein ganzes Aufgebot, was meinen Sie damit?

Sehen Sie denn nicht, was da draußen los ist?

Die Kurdin lachte.

Ich sagte: ich bin verabredet.

Ja, sagte sie.

Ich sagte nichts.

Soll ich gehen?, sagte sie.

Nein, nein. Ich sagte: sind Sie Kurdin?

Ich bin Deutsche. Sieht man das nicht?

Doch, doch. Ich sagte: ich habe Sie für eine Kurdin gehalten.

Sie sagte: das ist ein kurdisches Lokal. Meine Eltern stammen aus Kurdistan.

Aus der Türkei?

In der Türkei werden meine Eltern Bergtürken genannt.

Haben Sie noch Verwandte in Kurdistan?

Die Kurdin sagte: natürlich, was denken Sie denn, sogar meine Großeltern leben noch, der Vater meiner Mutter zum Beispiel sitzt den ganzen Tag auf dem Marktplatz und trinkt Tee, zusammen mit anderen Männern, manchmal sitzen die beiden Brüder meiner Mutter dabei, sie haben alle Zeit der Welt, sie haben keine Arbeit, und sie können sich am Ende des Monats keinen Tee mehr leisten, wenigstens nicht auf dem Marktplatz, sie warten also auf das Geld aus Deutschland, meine Eltern unterstützen sie, Monat für Monat, wenn das Geld eintrifft, wird ein großes Essen aufgetischt, die Familie feiert ein Fest, und mein Großvater tanzt, sobald er ein paar Gläser getrunken hat, der alte Mann tanzt dann wie ein Besessener, und er fordert alle zum Mittanzen auf, er tanzt, bis er umfällt, denn er weiß, dass er einen Monat lang von dieser Nacht zehren muss, er möchte also jede Sekunde auskosten. Sonst gibt es nicht viel. Das Land ist kaputt, das Vieh getötet, die Dörfer sind verwüstet, und der türkische Staat zögert seine Hilfen hinaus, auch für die vertriebenen Menschen, die ganze Region stöhnt unter den Folgen des Krieges, immer noch, da hat sich nicht viel geändert.

Ich sagte: immerhin wird nicht mehr gekämpft.

Ja, sagte die Kurdin: die Kämpfe haben so gut wie aufgehört, auch wenn noch ein paar hundert Guerilleros über die Berge ziehen. Niemand aber traut der Ruhe, niemand redet von Frieden.

Die Kurden nicht, sagte ich.

Und die Türken auch nicht, sagte die Kurdin.

Vielleicht sinnt bereits eine Seite auf Rache.

Welche Seite?

Die kurdische, die türkische, was weiß ich.

Das ist mir zu ungenau.

Ich sagte: vielleicht haben ein paar Türken gedroht, ein kurdisches Lokal zu überfallen, und zwar hier in Berlin.

Haben sie das?

Das kann man sich doch vorstellen, sagte ich. Jedenfalls würde eine solche Drohung das Aufgebot da draußen erklären.

Die Kurdin lachte und stand langsam, mit einer, wie ich fand, sehr anmutigen Drehung auf. Sie sagte: Sie verrennen sich. Sie fragte: was möchten Sie trinken?

Einen Schoppen vom Wein des Hauses.

Wie immer?

Ja, sagte ich: bringen Sie doch am besten gleich zwei Schoppen, ich bin, wie Sie wissen, verabredet.

Wie immer.

Ja, sagte ich.

Ich starrte hinaus, es befiel mich ein Gefühl, das mir einredete, etwas Entscheidendes stehe unmittelbar bevor, die Blaulichter blinkten von den Dächern der Fahrzeuge, ohne

Sirenen, alles wie gehabt, aber da es dunkel geworden war, zuckten die Lichter unheilvoll durch die Nacht. Schlagartig, möchte ich sagen: schlagartig war das Tageslicht erloschen, ganz ohne Dämmerung wie in einer Gegend am Äquator, und nun herrschte Dunkelheit wie um Viertel nach neun. Da kam Bewegung in das Aufgebot, ich möchte sagen: entsprechend meiner Vorahnung, Fahrzeugtüren wurden aufgestoßen, Polizisten sprangen heraus, Polizisten zogen ihre Pistolen und gingen in Deckung, Scharfschützen flüchteten sich in das Gestrüpp auf der Verkehrsinsel, ich konnte sogar zwei Jagdgewehre erspähen. Ich sah mich nicht mehr nur beobachtet, sondern gewissermaßen ins Fadenkreuz gerückt, ich dachte: sie zielen auf mich, ich dachte: sie werden mich erschießen, und ich stellte fest, wie gut meiner geschwächten Verfassung dieses lebensbedrohende Ereignis bekam: ich fühlte mich gestärkt.

Die Kurdin stellte zwei Schoppen auf den Tisch, ich sagte nichts, ich konnte sie nicht mehr genau erkennen, aber ich hatte so sehr damit gerechnet, dass sie mich bedienen würde, dass ich ihre Gegenwart nicht bezweifelte, die Wahrheit ist: ich war außerstande, Farben wahrzunehmen, und auch das Gedächtnis ließ mich im Stich, ich sah die Kurdin in die Küche gehen, und schon hätte ich nicht mehr sagen können, womit sie bekleidet war, ob sie ihren Bauchnabel zeigte oder nicht. Die ganze Umgebung war in Schwarzweiß getaucht, allerdings ohne scharfe Konturen, alles wirkte seltsam verschwommen, so wie auf einem undeutlichen Fotonegativ, ich sah, dass sich die Welt zurückzog, ich erkannte, dass ich keine Chance hatte, ich klammerte mich mit den Händen am Tisch fest, und vielleicht stieß ich sogar einen kurzen Schrei aus, doch als ich mich hilfesuchend nach draußen wandte, durch das Fenster an das mobilisierte Aufgebot, in diesem

Augenblick wurden die Abzüge durchgedrückt, sodass es höllisch knallte, mehrmals und sehr schnell hintereinander, klirrend zersprang das Glas, alles voller Blut, Sirenen heulten und so weiter, was weiß ich, ich sank zusammen und kippte vom Stuhl, so oder jedenfalls so ähnlich muss es sich zugetragen haben.

Diesmal kam ich nicht so leicht davon, ich möchte sagen: ich fiel dem Ernst-Abbe-Staat in die Hände. Die Kurdin verständigte einen Notarzt, einen Rettungswagen sowieso, ich kann mir denken, was dann passiert ist, nämlich eins nach dem anderen, ich sehe, wie die Sanitäter in routinierter Gelassenheit vor dem kurdischen Lokal vorfahren, wie sie die Hecktüren aufklappen und eine Trage herausziehen, wie sie in das Lokal schlurfen und alle notwendigen Verrichtungen ausführen, und zwar ohne auch nur einmal aufzusehen, wie sie dann, weil der Notarzt nicht eingetroffen ist, das Blaulicht einschalten und die Notfallsirene aufdrehen und wie sie mit meinem erschöpften Körper im Fond durch die Stadt trudeln bis zu der Klinik, in der ich später erwachen, in der ich wieder zu mir finden werde, ich möchte sagen: ich zu mir, ich erinnere mich an besorgte Blicke, besorgt, doch ohne Mitleid, Mitleid in den Augen von Ärzten wäre unprofessionell, sagte ich mir, und was hätte ich schon davon, was hätte ich anzufangen gewusst damit, nichts, sagte ich mir, jeder trägt sein eigenes Los, eyeyey, dachte ich: ganz schön super ausgedrückt und blablabla, mein Los ist absolut verheerend: wenn Sie wüssten, wie es unter Ihrer Hirnschale kracht, wie sich Ihre Person allmählich selbst zersetzt, dann würden Sie die Konsequenzen ziehen, welche Konsequenzen, frage ich mich: bitte, was bleibt mir noch übrig, ich bin zu jeder Konsequenz bereit, ich gebe zu, ich bin aus der Klinik geflohen, das hätte ich nicht tun sollen, zumindest nicht nach allgemeiner Auffassung, es heißt, ich hätte mich nicht einfach davonschleichen dürfen, nicht von dort, wo sie so sehr bemüht waren um mich, dabei die Aussichtslosigkeit ihrer Bemühungen vor Augen, sie haben es, genau betrachtet, nicht verdient, dass ich sie ohne einen Abschiedsgruß verließ, aber ich hatte plötzlich den Einfall, mich noch nicht auszustrecken, wenngleich das durchaus seine Vorteile gehabt hätte, es fehlte mir ja an nichts auf der Station, nicht an Betreuung und nicht an freundlicher Zuwendung, kein abfälliges Wort über das Pflegepersonal, die Ärzte diagnostizierten auf der Höhe ihrer Kunst, alles vortrefflich und folglich ganz wunderbar, die Wahrheit ist: ich wollte noch einen Moment für mich verantwortlich sein, und da ich noch etwas Energie vorrätig hatte, ging ich durch den Haupteingang hinaus und setzte mich in ein Taxi, ich ließ mich zu meinem Hotel fahren, wo ich einen Diener anwies, meinen Wagen aus der Tiefgarage zu holen, ich wusste, dass ich damit gegen jeden ärztlichen Ratschlag verstieß, und das, obwohl ich mich eben noch einsichtig gezeigt hatte, in ernsten, wie ich fand: tonnenschweren Gesprächen, nicht wahr, ich solle mich künftig begleiten lassen, bei allem, was ich noch vorhätte, ich habe das Noch ganz deutlich gehört, ich solle mich nicht leichtsinnig in Gefahren stürzen, der Arzt sagte: das Autofahren ist in Ihrem Fall nicht mehr möglich, Sie müssen Ihre Fahrerlaubnis als entzogen betrachten, das Risiko ist zu hoch, lassen Sie sich von Freunden mitnehmen, oder fahren Sie mit den öffentlichen Verkehrsmitteln, mit der Bahn zum Beispiel, das ist viel angenehmer, aber auch damit nie ohne Begleitung, sagte der Arzt, ich hatte zugehört und folgsam genickt, nun aber war ich glücklich, in meinem Volvo zu sitzen, ich fuhr durch die Stadt, ich fuhr aus der Stadt hinaus, ich sah mich im Einklang mit der Welt, denn jeder geht seiner Wege, solange er dazu in der Lage ist, ich bin wie jeder andere auch, dachte ich: ich wie jeder, jeder trifft seine Wahl, jeder fällt eine Entscheidung, und jeder glaubt daran, dass er seinem Leben dadurch einen unverwechselbaren Zug verleiht, ein Irrtum, aber egal, ich entschied mich dafür, nach Jena zu fahren, ich fahre immer wieder nach Jena, es ist wie ein ungeschriebenes Gesetz, dem sich meine Person nicht entziehen kann, ich unterwerfe mich gern, ich rase gern auf der Autobahn dahin, ich rase, und ich höre Musik, so lange, bis der einsame Turm von Jena in den Blick kommt, Jena ist Chicago, sagte ich mir, ich träume von Chicago, seit ich fünf oder sechs Jahre alt geworden bin, ich bereue es nie, nach Jena zu fahren, ich zünde mir eine Zigarette an, und ich höre Musik, *I See You Baby*, es ist wie immer, ich denke: Nicole, und ich denke: es gibt eine Sehnsucht, die mich zieht, eyeyey, Sehnsucht, ich hätte nicht gedacht, dass in diesem Wort noch eine Erregung für mich steckt, aber gut, ich möchte nicht einfach so verdämmern, sagte ich mir, ich möchte mich noch einen Moment lang betroffen fühlen, also habe ich Lorenzo meinen Revolver geschickt, einfach so mit der Post, ich weiß ja, wie er sich quält, wie er, der alles erklären kann, vor der Erklärung seiner enttäuschten Liebe versagt, ich finde, er sollte eine Wahl treffen, er sollte eine Entscheidung fällen, natürlich ist der Revolver geladen, mit sechs Patronen in sechs Kammern, was sonst, die Entscheidung sollte auch umzusetzen sein, und zwar sofort, mir war nicht nach Spielen, nicht nach russischem Roulett, nicht bei Lorenzo, wenn er sich für etwas entschied, sollte er die Entscheidung auch ausführen können, und zwar sofort, der Gedanke schmerzte mich, und das war auch so beabsichtigt, der Schmerz versichert mich meiner Existenz, ich bin weit davon entfernt, das Bewusstsein zu verlieren, ehrlich gesagt, ich kann mir das nicht einmal vorstellen, nicht jetzt, nicht auf der Autobahn, das wär ja noch schöner, ich würde in mein Verderben rasen, offenen Auges, wie man sagt, aber ohne etwas zu sehen, ohne zu sehen, wo ich hinschleudere und wo ich aufschlage und wo ich umkomme, adieu und *I See You Baby*, es wäre das Ende, zweifellos, doch ich hätte mich schon vorher entzogen, ich meinem Körper, ich habe das Ende gewissermaßen seit langem trainiert, ich steige aus, und die Umwelt hat das Nachsehen, ich werde nicht wieder einsteigen können, aber das weiß ich ja im Moment des Aussteigens nicht, ich finde, es gibt Leute, die schlimmer dran sind als ich, ich rase dahin, und ich höre Musik, ich fahre immer wieder nach Jena, Blinker raus, Blinker rein, nach links ausscheren heißt: zum Überholen ansetzen, ich schere nach links aus und überhole einen Tanklastzug, dann schere ich wieder nach rechts ein, ich bleibe, bis ich den nächsten Langsamfahrer eingeholt habe, auf der rechten Spur, dann schere ich aus, überhole, schere wieder ein, einmal wird mein Volvo links überholt, von einem Pfeil, muss ich sagen, der Pfeil schießt auf der linken Spur dahin, links und rechts, sage ich mir: man kommt mit ein paar Regeln durchs Leben, zum Überholen nach links, sage ich mir: aber gut